D1665258

Pierre Loti

RAMUNTCHO

Roman

aus dem Französischen von
Holger Fock und Sabine Müller

FÜR MADAME V. D'ABBADIE,

die im Herbst 1891 begann, mich in die Geheimnisse des Baskenlands einzuweihen.

In liebevoller Hochachtung.
PIERRE LOTI

Ascain (Basses-Pyrénées), November 1896.

ERSTER TEIL

1

Soeben waren die traurigen Brachvögel, Vorboten des Herbstes, zuhauf auf der Flucht vor den nächstens im Nordmeer drohenden Stürmen in einer grauen Bö eingetroffen. An den Mündungen der südlichen Flüsse, des Adour, der Nivelle, der Bidassoa entlang der Grenze zu Spanien, irrten sie tief fliegend über die schon abgekühlten Gewässer, streiften mit ihren Flügeln den Wasserspiegel. Und während die Oktobernacht anbrach, schienen ihre Schreie den jährlichen Halbtod der erschöpften Pflanzen einzuläuten.

Langsam legte sich die schwermütige Stimmung der regnerischen Spätherbstabende über die ganz von Dickicht oder großen Wäldern bedeckte Bergwelt der Pyrenäen, umhüllte sie wie ein Leichentuch, während Ramuntcho in seinem Bergsteigergang mit geflochtenen Schuhsohlen, die weich und leise waren, auf dem moosbewachsenen Pfad lautlos seines Weges zog.

Ramuntcho kam zu Fuß zurück von weit her, aus Gegenden, die an die Biskaya grenzen, hinauf in sein abgelegenes Haus, das dort oben, im Schatten der Berge, nahe der spanischen Grenze stand.

Zu beiden Seiten des einsamen jungen Wanderers, der mühelos so schnell aufstieg und dessen Schritte in den Espadrilles nicht zu hören waren, sank das Umland, das sehr verschwommen unter ihm in der Dämmerung und im Dunst lag, in immer tiefere Fernen.

Der Herbst, überall kündigte sich der Herbst an. In den Tälern breiteten sich die im Frühjahr so herrlich grünen Maisfelder in strohgelben Schattierungen über das tief liegende Weideland aus, und auf allen Berggipfeln verloren die Buchen und Eichen ihre Blätter. Die Luft war fast kalt; von der moosigen Erde stieg eine würzige Feuchtigkeit auf, und bisweilen kam ein leichter Schauer von den Höhen herab. Man spürte das beängstigende Nahen dieser Jahreszeit mit ihren Wolken und langen Regenfällen, die jedes Mal mit den gleichen Anzeichen zurückkehrt, um das endgültige Versiegen der Säfte und den unvermeidlichen Tod zu bringen – die jedoch vorübergeht wie alles, und im nächsten Frühling hat man sie wieder vergessen.

Überall, in den aufgeweichten Blättern, die die Erde bedeckten, in den langen, ebenfalls aufgeweichten Gräsern, die liegen geblieben waren, zeigte sich die Trostlosigkeit des Endes, die stumme Ergebenheit in die fruchtbare Verwesung.

Doch wenn der Herbst das Leben der Pflanzen beendet, ist er nur eine Art ferne Mahnung für den etwas ausdauernderen Menschen, der mehrere Winter übersteht und sich mehrmals vom Zauber der Frühlinge täuschen lässt. An den regnerischen Oktober- und Novemberabenden spürt der Mensch vor allem den instinktiven Wunsch, sich in seiner Hütte zu verkriechen, sich vor dem Kaminfeuer zu wärmen unter dem Dach, das er mit der Erfahrung vieler Jahrtausende immer besser zu bauen gelernt hat. Und Ramuntcho fühlte, wie tief in ihm die uralte Sehnsucht seiner baskischen Vorfahren nach der heimischen Feuerstelle erwachte, nach dem abgeschiedenen Gehöft ohne Kontakt zu den Nachbar-Gehöften; er hatte es immer eiliger, zu dem einfachen Heim zu gelangen, in dem seine Mutter ihn erwartete.

Hier und da sah man in der Ferne die kleinen baskischen

Häuser unscharf in der Abenddämmerung, weiße oder fast graue Punkte, die weit auseinanderlagen, mal tief unten in irgendeiner in Dunkelheit getauchten Schlucht, mal an den Ausläufern der Berge, deren Gipfel im dunklen Himmel verschwanden; im gewaltigen Gesamtbild, in dem die Dinge immer stärker ineinanderflossen, waren diese menschlichen Behausungen eigentlich zu vernachlässigen, kaum der Rede wert und zu dieser Stunde sich sogar ganz auflösend vor der Erhabenheit der einsamen Höhen und der ewigen Wälder.

Ramuntcho stieg schnell bergan, flink, verwegen und jung, ein Junge noch, imstande, sich unterwegs wie alle Bergbauernkinder mit einem Kiesel zu vergnügen, mit einem Schilfrohrhalm oder einem Ast, den sie im Gehen schnitzen. Die Luft war bewegter, die Umgebung schroffer, und die Rufe der Brachvögel über den Flüssen am Fuß der Berge, die wie rostige Seilscheiben klangen, waren schon nicht mehr zu hören. Doch Ramuntcho sang eines jener Klagelieder aus alter Zeit, die in den hintersten Winkeln des Landes noch immer über Generationen weitergegeben werden, und im Dunst oder Regen verklang seine unverdorbene Stimme unter dem großen, immer düsterer werdenden Leichentuch der Abgeschiedenheit, des Herbstes und des Abends zwischen den nassen Eichenzweigen.

Um einen Ochsenkarren zu beobachten, der weit unter ihm in der Ferne vorüberzog, blieb er für einen Augenblick nachdenklich stehen. Der Rinderhirte, der das langsame Gespann führte, sang ebenfalls; über einen steinigen und schlechten Pfad ging es hinab in eine Schlucht, die bereits in nächtlicher Dunkelheit lag.

Und bald verschwanden Mann und Fuhrwerk hinter einer Biegung, plötzlich von Bäumen verdeckt, als hätte ein Abgrund sie verschlungen. Da fühlte sich Ramuntcho von einer Schwermut ergriffen, die ihm wie die meisten seiner verwickelten Gefühle unerklärlich war, und während er mit gedrosseltem Tempo weiterging, zog er den Schirm seiner wollenen Baskenmütze mit der üblichen Geste über seine grauen, sehr lebhaften und sehr sanften Augen.

Warum? ... Was konnte ihm dieses Fuhrwerk, dieser singende Rinderhirte anhaben, den er nicht einmal kannte? ... Eindeutig nichts ... Dennoch, bei ihrem Verschwinden, um, wie gewiss jede Nacht, in irgendeinem abgelegenen Pachthof in den Niederungen Quartier zu nehmen, war ihm deutlicher als sonst zu Bewusstsein gekommen, dass diese bescheidenen bäuerlichen Existenzen, die an der Scholle und den Feldern ihrer Heimat klebten, dass dieses Leben ebenso freudlos war wie das der Arbeitstiere, dass sich ihr Niedergang nur länger hinzog und beklagenswerter war. Und während er so dachte, hatten die intuitive Unruhe eines *Anderswo*, hatten die tausend *anderen* Dinge, die man in dieser Welt sehen oder tun oder deren man sich erfreuen konnte, seinen Geist gestreift, ein Wirrwarr von beunruhigenden, halb fertigen Gedanken, atavistischen Reminiszenzen und Fantasiegebilden, die in der Tiefe seiner ungebändigten Kinderseele flüchtig auftauchten ...

Denn in ihm, in Ramuntcho, vermischten sich zwei sehr unterschiedliche Rassen, zwei Menschen, die, wenn man so sagen darf, ein Abgrund von mehreren Generationen trennte. Dank des traurigen Einfalls eines Feingeistes unserer schwindelerregenden Zeit war er bei seiner Geburt als »Sohn mit unbekanntem Vater« registriert worden und trug den Namen seiner Mutter und keinen anderen. Daher fühlte er sich stets ein wenig anders unter den Gefährten, mit denen er spielte oder sich auf gesunde Weise verausgabte.

Einen kurzen, stillen Moment lang marschierte er langsamer

auf den einsamen Pfaden, die sich über die Anhöhen schlängelten, seiner Bleibe entgegen. In ihm tobte das Chaos der *anderen* Dinge, des strahlenden *Anderswo*, der herrlichen und schrecklichen Dinge, die seinem eigenen Leben fremd waren, das sich zu entwirren suchte ... Aber nein, das alles gehörte zum Unfassbaren und Unbegreiflichen, blieb zusammenhanglos, ohne Folge und ohne Form, im Dunkeln ...

Als er schließlich nicht mehr daran dachte, begann er wieder, sein Lied zu singen: Es erzählte in jener geheimnisvollen baskischen Sprache, Euskara, deren Alter scheinbar nicht zu bestimmen und deren Herkunft unbekannt ist, in eintönigen Strophen von einer klagenden Flachsspinnerin, deren Geliebter weit weg in den Krieg gezogen war und dessen Rückkehr lange auf sich warten ließ. Unter der Wirkung der alten Melodie, des Winds und der Einsamkeit fand Ramuntcho nach und nach wieder zu dem zurück, was er am Anfang seines Weges gewesen war: ein einfacher baskischer Bergbauer von sechzehn oder siebzehn Jahren, gebaut wie ein Mann, aber noch ahnungslos und arglos wie ein kleiner Junge.

Bald sah er Etchézar, seine Pfarrgemeinde, ihren Kirchturm, massiv wie der Donjon einer Festung; einige Häuser standen um die Kirche, zahlreicher waren jedoch die in der Umgebung verstreuten Gehöfte, die zwischen Bäumen, in tiefen Einschnitten oder an Steilhängen lagen. Auf einmal war es ganz dunkel, die Nacht hatte es eilig an diesem Abend wegen der dunklen Schleier, die sich an den Gipfeln festkrallten.

Rund um das Dorf, über ihm und auch in den Tälern darunter, erschien das Baskenland in diesem Augenblick wie ein Durcheinander gewaltiger dunkler Massen. Lang gestreckte Wolken versperrten die Aussicht; alle Entfernungen, alle Tiefen waren eingeebnet, im nebelverhangenen Trugbild des Abends sahen die wandelbaren Berge noch viel größer aus. Die Stunde war, man weiß nicht, warum, seltsam feierlich, als stiege das Gespenst vergangener Jahrhunderte aus der Erde. Auf diesem weiten Höhenzug, der Pyrenäen heißt, spürte man, dass etwas umging, vielleicht die untergehende Seele dieses Menschenschlags, dessen Überreste sich dort erhalten hatten, und zu dem Ramuntcho durch seine Mutter gehörte …

Und in der doppelten Seele des Kindes, das in sich zwei so verschiedene Wesensarten vereinte, das ganz allein durch die Nacht und durch den Regen nach Hause wanderte, regte sich allmählich wieder die Unruhe über unerklärliche Bilder aus der Vergangenheit.

Schließlich gelangte er vor das Haus, das nach baskischer Art sehr groß war, mit alten Holzbalkonen unter schmalen Fenstern, durch deren Scheiben der Schein einer Lampe nach draußen in die Nacht fiel. Auf dem Weg zur Tür wurden seine Schritte wegen der dicken Laubschicht noch leiser: die welken Blätter der nach landesüblichem Brauch zum Gewölbe geschnittenen Platanen, die eine Art Vorhof vor jedem Anwesen bilden.

Sie erkannte den Schritt ihres Sohnes von Weitem. Blass und aufrecht erwartete ihn die ernste, schwarz gekleidete Franchita, die einst einen Fremden geliebt hatte und ihm gefolgt war; die dann, als sie spürte, dass sie bald im Stich gelassen würde, mutig ins Dorf zurückgekehrt war, um allein in dem baufälligen Haus ihrer verstorbenen Eltern zu wohnen. Statt in der großen Stadt zu bleiben und eine peinliche Bittstellerin zu werden, hatte sie sich schnell entschlossen, wegzugehen, auf alles zu verzichten und aus dem kleinen Ramuntcho, der bei seinem Eintritt ins Leben Kleider aus bestickter weißer Seide getragen hatte, einen einfachen baskischen Bauern zu machen.

Fünfzehn Jahre lag das zurück, fünfzehn Jahre, seit sie heimlich bei Anbruch der Nacht zurückgekommen war, an einem Abend, der dem heutigen glich. In der ersten Zeit nach ihrer Rückkehr sprach sie mit niemandem und war aus Furcht, ihre Verachtung zu spüren, für ihre einstigen Gefährtinnen unnahbar gewesen. Sie verließ das Haus nur, um unter der schwarzen, über die Augen gezogenen Mantilla in die Kirche zu gehen. Als sich dann nach einiger Zeit die Neugier der Leute gelegt hatte, nahm sie ihr altes Leben wieder auf, so tapfer übrigens und untadelig, dass ihr alle verziehen.

Um ihren Sohn zu empfangen und in die Arme zu schließen, lächelte sie voller Freude und Zärtlichkeit; da sie jedoch beide von Natur aus schweigsam und verschlossen waren, redeten sie kaum mehr als das, was erforderlich war.

Er setzte sich auf seinen angestammten Platz, um die Suppe und das dampfende Gericht zu essen, die sie ihm wortlos hinstellte. Als in dem hohen und breiten Kamin, der mit einer weißen Stoffbordüre eingefasst war, die Zweige plötzlich aufflammten, wirkte der sorgfältig gekalkte Raum heiter. In den ordentlich aufgereihten Rahmen hingen Bilder von Ramuntchos Erstkommunion sowie von verschiedenen männlichen und weiblichen Heiligen mit baskischer Bildunterschrift; dann *Unsere liebe Frau auf dem Pfeiler* und die *Jungfrau der Ängste*, dazu Rosenkränze und gesegnete Zweige. Schön aufgereiht glänzten das Koch- und Speisegeschirr auf den ins Mauerwerk eingelassenen Regalbrettern. Jedes Brett war mit einem aus Papier gestanzten und durchbrochenen rosafarbenen Volant geschmückt, wie sie in Spanien hergestellt werden und auf denen immer dieselben Zyklen tanzender Personen mit Kastagnetten oder Szenen aus dem Leben von Toreros dargestellt sind. In diesem weißen Innenraum, vor diesem fröhlichen, hellen Kaminfeuer fühlte man sich zu Hause, empfand eine stille Behaglichkeit, und dies umso mehr, als man um die lange, nasse Nacht draußen, die große Finsternis in den Tälern, Bergen und Wäldern ringsum wusste.

Wie jeden Abend betrachtete Franchita lange ihren Sohn, sah ihn schöner werden und wachsen, und ihr fiel auf, dass er immer entschlossener und stärker wirkte, je deutlicher sich ein dunkler Bart über seinen frischen Lippen abzeichnete.

Als er die Suppe gelöffelt, mit dem Appetit eines jungen Bergbauern mehrere Scheiben Brot gegessen und zwei Gläser Cidre getrunken hatte, stand er auf und sagte:

»Ich gehe schlafen, denn heute Nacht gibt es Arbeit für uns.«

»Ach?«, fragte seine Mutter, »und wann musst du aufstehen?«

»Um eins, sobald der Mond untergegangen ist. Sie werden unter dem Fenster pfeifen.«

»Und worum geht es?«

»Um Stoffballen, Seide und Samt.«

»Und mit wem gehst du?«

»Mit denselben wie immer: mit Arrochkoa, Florentino und den Iragola-Brüdern. Genau wie letzte Nacht, für Itchoua, für den ich seit Kurzem arbeite … Gute Nacht, Mutter! … Und nein! Wir werden nicht lange unterwegs sein. Bis zur Messe bin ich bestimmt wieder zurück …«

Da neigte Franchita ganz anders, als es gewöhnlich ihre Art war, mit einer fast kindlichen Zärtlichkeit ihren Kopf an die starke Schulter ihres Sohnes und lehnte sich für eine Weile, Wange an Wange, zärtlich an ihn, als wollte sie im Vertrauen auf ihn ihren eigenen Willen aufgeben und ihm sagen: »Ich mache mir noch immer ein wenig Sorgen wegen dieser nächtlichen Geschäfte; aber wenn ich es recht bedenke, ist es immer gut, was du willst; ich bin nur ein Anhängsel von dir, und du, du bist alles …«

Früher hatte sie sich für gewöhnlich an die Schulter des Fremden gelehnt und sich ihm rückhaltlos hingegeben, damals, als sie ihn liebte.

Als Ramuntcho in seine Kammer hinaufgegangen war, verweilte sie nachdenklich und länger als sonst, bevor sie schließlich wieder ihr Strickzeug zur Hand nahm ... Diese nächtlichen Gänge – bei denen man riskierte, sich eine Kugel der spanischen Zöllner einzufangen! – wurden also tatsächlich sein Beruf. Am Anfang hatte er es aus Spaß gemacht, um seinen Mut zu beweisen, wie die meisten von ihnen, wie auch sein Freund Arrochkoa, der jetzt in derselben Bande zu arbeiten begann; nach und nach war dieses fortwährende Abenteuer in finsterer Nacht zu einer Notwendigkeit für ihn geworden; wegen dieses harten Gewerbes ließ er sich immer weniger in der Zimmerei blicken, in die sie ihn zur Lehre gegeben hatte und wo er unter freiem Himmel Eichenstämme zu Balken zurechtschnitt.

Das würde jetzt also aus ihrem kleinen Ramuntcho werden, der einst so verwöhnt war in seinem weißen Kleidchen, und für den sie in ihrer Naivität so viele Träume gehabt hatte: ein Schmuggler! ... Ein Schmuggler und Pelota-Spieler – zwei Dinge, die übrigens gut zueinanderpassen und ausgesprochen baskisch sind.

Sie zögerte trotzdem noch, ob sie ihn diesen unvorhergesehenen Weg beschreiten lassen wollte. Nicht weil sie die Schmuggler gering schätzte, oh nein!, denn ihr eigener Vater war einer gewesen, und auch ihre beiden Brüder: Der Älteste starb eines Nachts, als er schwimmend die Bidassoa durchqueren wollte, durch eine spanische Kugel in die Stirn, der Zweite flüchtete nach Amerika, um dem Gefängnis in Bayonne zu entkommen; beide waren für ihre Kühnheit und Kraft geachtet worden... Aber er, Ramuntcho, der Sohn des Fremden, hätte bestimmt Aussicht auf das weniger harte Leben der Städter gehabt, wenn sie ihn nicht, einer unüberlegten und etwas wilden Regung folgend, seinem Vater entzogen und in die baskischen Berge zurückgebracht hätte … Ramuntchos Vater war eigentlich nicht herzlos gewesen; als er ihrer verhängnisvollerweise überdrüssig geworden war, hatte er sich bemüht, es sich nicht anmerken zu lassen, und er hätte sie mit ihrem Kind nie verlassen, wenn sie nicht selbst aus Stolz gegangen wäre … Vielleicht wäre es heute an der Zeit, ihm zu schreiben und ihn zu bitten, sich seines Sohnes anzunehmen …

Und jetzt sah sie ganz selbstverständlich Gracieuse vor sich, wie jedes Mal, wenn sie an Ramuntchos Zukunft dachte; sie war die Kleine, die sie sich seit bald zehn Jahren als Verlobte für ihn wünschte. (Auf dem Land ist man noch rückständig gegenüber den heutigen Lebensformen, und es ist üblich, blutjung zu heiraten, häufig kennt sich das Paar schon seit frühester Kindheit und hat sich längst gefunden.) Ein Mädchen mit einem Hauch von Gold in ihrem zerzausten Haar, Tochter einer Kameradin aus Franchitas Kindertagen, einer gewissen Dolorès Detcharry, die sich schon immer für etwas Besseres gehalten hatte – und seit Franchitas großem Fehltritt stets mit Verachtung auf sie herabblickte …

Wenn sich der Vater für Ramuntchos Zukunft engagieren würde, wäre das sicher ein entscheidender Pluspunkt, um die Kleine zu gewinnen – das würde ihr nach den alten Feindseligkeiten sogar gestatten, mit einem gewissen Stolz bei Dolorès um die Hand der Kleinen anzuhalten … Doch je mehr sich ihr der Gedanke aufdrängte, sich an diesen Mann zu wenden, ihm morgen schon zu schreiben, ihn vielleicht wiederzusehen, die Asche aufzurühren, umso mehr spürte Franchita ein großes Unbehagen, das sie ganz durchdrang … Und dann kam ihr der häufig so düstere Blick des Fremden in Erinnerung, seine vagen Aussagen, die von unendlichem Überdruss, unbegreiflicher Verzweiflung zeugten; er schien, jenseits ihres eigenen Horizonts, immer nur ferne Abgründe und Finsternisse zu sehen, und wenngleich er die religiösen Dinge nicht verhöhnte, betete er doch nie, was ihr zu allem Überfluss noch Gewissensbisse machte, weil sie sich mit einem Heiden eingelassen hatte, dem der Himmel verschlossen war. Seine Freunde waren übrigens wie er, feine Herren auch sie, ohne Glauben, ohne Gebet, und in ihre Gespräche flossen andeutungsweise abgründige Gedanken ein … Mein Gott, wenn Ramuntcho im Kontakt mit ihnen genauso werden würde! – Wenn er sich von der Kirche entfernen, auf die Sakramente und die Messe pfeifen würde! … Dann rief sie sich die Briefe ihres alten Vaters ins Gedächtnis – der heute unter einer Grabplatte aus Granit in der tiefen Erde am Fundament der Kirche seiner Pfarrgemeinde verweste –, Briefe in baskischer Sprache, die er ihr nach einem Monat der Empörung und des Schweigens in die Stadt schickte, in die ihre Sünde sie geführt hatte: »Bist du, meine arme Franchita, mein Töchterchen, wenigstens in einem Land, in dem die Menschen fromm sind und regelmäßig in die Kirche gehen? …« Ach! Nein, die Großstadtmenschen waren nicht fromm, die vornehmen Leute, mit denen Ramuntchos Vater verkehrte, nicht mehr als die einfachen Arbeiter in dem Vorstadtviertel, in dem sie verborgen lebte; alle wurden von derselben Strömung mitgerissen, die sie von den überkommenen Dogmen, den alten Symbolen entfernte … Wie könnte Ramuntcho einem solchen Milieu widerstehen?

Noch andere, vielleicht geringfügigere Gründe hielten sie ab. In ihrer stolz zur Schau getragenen Würde, mit der sie in der Stadt Anstand und Einsamkeit bewahrt hatte, bäumte sie sich regelrecht auf bei der Vorstellung, wieder als Bittstellerin vor ihrem einstigen Geliebten erscheinen zu müssen. Ihr überlegener gesunder Menschenverstand, den nie etwas hatte in die Irre führen oder blenden können, sagte ihr zudem, dass es nun zu spät war, um alles zu ändern; dass Ramuntcho, der bis jetzt unwissend und frei gewesen war, nicht mehr imstande sein würde, in die gefährlichen, schwindelerregenden Regionen vorzudringen, in die sich der Vater mit seiner Intelligenz aufgeschwungen hatte, sondern sich vielmehr weit darunter verzehren würde wie ein Deklassierter. Und schließlich ruhte tief in ihrem Herzen ein sehr mächtiges Gefühl, das sie sich selbst kaum eingestand: die ängstliche Sorge, diesen Sohn zu verlieren, ihn nicht mehr lenken, nicht mehr halten zu können, ihn nicht mehr bei sich zu haben ... So gelangte sie, nachdem sie jahrelang gezögert hatte, in ihren Überlegungen an einen Punkt, an dem sie sich immer mehr darauf versteifte, dem Fremden gegenüber für immer Stillschweigen zu bewahren und unter dem schützenden Blick der Jungfrau und der Heiligen dem Leben ihres Ramuntcho demütig seinen Lauf zu lassen ... Blieb noch die Frage nach Gracieuse Detcharry ... Ach, sie würde ihren Sohn ja trotzdem heiraten, mochte er auch Schmuggler und arm sein! Mit dem Instinkt ihrer nahezu ungebremsten Mutterliebe ahnte sie, dass die Kleine schon viel zu verliebt war, um sich je wieder von ihm zu lösen; sie hatte es in den dunklen Augen der Fünfzehnjährigen gesehen, ihrem eigensinnigen und ernsten Blick unter dem goldenen Nimbus ihres Haars ... Gracieuse würde Ramuntcho schon allein wegen seines Charmes heiraten, trotz und gegen den mütterlichen Willen! ... Was in Franchitas Seele nachtragend und rachsüchtig war, freute sich plötzlich sogar über diesen größten Triumph, den sie über den Stolz von Dolorès davontragen würde.

Um das abgelegene Haus, wo sie in der großen, mitternächtlichen Stille allein über die Zukunft ihres Sohnes entschied, wehte der düstere, auch eifersüchtige Geist ihrer baskischen Vorfahren; voller Geringschätzung für das Fremde, voller Angst vor Gottlosigkeit, Wandel, Weiterentwicklung der Geschlechter; der Geist der baskischen Vorfahren, der alte, unwandelbare Geist, der dieses Volk noch immer zwingt, mit starrem Blick an den vergangenen Zeiten festzuhalten; der geheimnisvolle, jahrhundertealte Geist, der die Kinder dazu bringt, an den Hängen derselben Berge, in denselben Dörfern, unter denselben Kirchtürmen genauso zu handeln wie einst ihre Väter ...

Jetzt hörte man Schritte draußen in der Dunkelheit! ... Jemand ging vorsichtig in Espadrilles über die dicke Laubschicht, die sich unter den Platanen angesammelt hatte ... Dann ein Pfiff ...

Schon so spät? ... Schon ein Uhr früh! ...

Mit großer Entschlossenheit öffnete Franchita nun dem Anführer der Schmugglerbande die Haustür, begrüßte ihn mit einem Lächeln, das er bei ihr nicht kannte:

»Kommen Sie herein, Itchoua«, sagte sie, »wärmen Sie sich auf ... ich gehe inzwischen meinen Sohn wecken.«

Itchoua war ein stattlicher, großer Mann, schlank, mit breiter Brust, ganz und gar kahl rasiert wie ein Priester nach Art der Basken vom alten Schlag; unter der Baskenmütze, die er niemals absetzte, ein farbloses, ausdrucksloses Gesicht mit derben Zügen, wie geschnitzt, das an die archaisierenden Darstellungen bartloser Männer aus den Messbüchern des 15. Jahrhunderts erinnerte. Die wuchtigen Kiefer unter den ausgehöhlten Wangen und die vorspringenden Muskelstränge am Hals vermittelten eine Ahnung von seiner außerordentlichen Kraft. Er verkörperte extrem übertrieben den baskischen Typus; die Augen lagen viel zu tief in ihren Höhlen unter dem Stirnbogen; die Brauen waren ungewöhnlich lang, und ihre Spitzen, die abfielen wie bei einer

Mater Dolorosa, reichten fast bis ans Schläfenhaar. Sein Alter war unbestimmbar, er dürfte zwischen dreißig und fünfzig Jahre alt gewesen sein. Er hieß José-Maria Gorostéguy, doch wie im Baskenland üblich, kannte man ihn nur unter seinem Spitznamen Itchoua (der Blinde), den man ihm einst scherzhaft gegeben hatte wegen seines Blicks, der die Nacht durchdrang wie der von Katzen. Zudem ein praktizierender Christ, Küster in seinem Kirchensprengel und eine donnernde Stimme im Kirchenchor. Berühmt war er auch für seine Zähigkeit, er konnte ohne Anzeichen von Erschöpfung stundenlang mit schweren Lasten auf dem Rücken im Laufschritt die Hänge der Pyrenäen erklimmen.

Kurz darauf kam Ramuntcho die Treppe herunter, rieb sich die Augen, die noch schwer waren von dem kurzen Schlaf, und bei seinem Anblick erstrahlte ein Lächeln auf Itchouas finsterem Gesicht. Ständig auf der Suche nach tatkräftigen und starken Jungen für seine Schmugglerbande, wusste er sie trotz des geringen Lohns bei sich zu halten, indem er aus seinem Geschäft eine Ehrensache machte; er hatte einen Blick für brauchbare Beine, Schultern und auch für Charaktere, und er machte viel Wind um seine Neuzugänge.

Bevor Franchita sie aufbrechen ließ, drückte sie noch einmal ihren Kopf etwas länger an den Hals ihres Sohnes, dann begleitete sie die beiden Männer zur Tür, die sich vor einer gewaltigen Dunkelheit öffnete, und sprach fromm das *Vaterunser* für sie, während sich die Männer in der finsteren Nacht entfernten, durch den Regen und das Chaos der Berge hin zur nebligen Grenze …

2

Einige Stunden später im schwankenden Zwielicht des Morgengrauens, in dem Hirten und Fischer wach werden.

Die Schmuggler kehrten fröhlich zurück, ihr Geschäft war erledigt.

Sie waren zu Fuß aufgebrochen, hatten unter zahllosen Vorkehrungen lautlos Schluchten, Wälder, gefährliche Furten passiert, und nun kamen sie zurück, als hätten sie vor niemandem je etwas zu verbergen gehabt, setzten am taufrischen Morgen auf der Bidassoa von Fontarabie über in einem Kahn, den sie unter den Augen der spanischen Zöllner gemietet hatten.

Das ganze Massiv aus Bergen und Wolken, das ganze düstere Chaos der vorausgegangenen Nacht hatte sich, wie von einem Zauberstab berührt, fast schlagartig geklärt. Wieder in ihre wahren Proportionen zurückgekehrt, waren die Pyrenäen nur mittelhohe Berge, deren Kluften noch im nächtlichen Schatten badeten, deren Kämme sich jedoch klar vor einem Himmel abzeichneten, der sich schon aufhellte. Die Luft war mild, lieblich, herrlich zu atmen, als hätte man plötzlich das Klima oder die Jahreszeit gewechselt – und das lag am Südwind, der angehoben hatte, der köstliche und besondere Südwind des Baskenlands, der Kälte, Wolken und Nebel vertreibt und jede Schattierung kräftig hervortreten lässt, den Himmel blau färbt, die Horizonte ins Unendliche weitet und selbst mitten im Winter die Illusion des Sommers hervorruft.

Der Fährmann, der die Schmuggler nach Frankreich über-
setzte, stieß sich mit seinem langen Staken vom Grund ab, und
der nahezu schiffbrüchige Kahn schaukelte langsam voran. Um
diese Stunde schien die Bidassoa ausgetrocknet zu sein, und
ihr fast leeres, über die Maßen breites Bett, das die beiden Länder trennt, dehnte sich so weit und war so flach wie eine kleine
Wüste.

Still und zartrosa gefärbt würde jetzt wahrhaftig der Tag
anbrechen. Es war der erste November; am spanischen Ufer läutete in großer Ferne die helle Glocke eines Männerklosters den
Tag ein und kündete von den religiösen Feierlichkeiten jeden
Herbstes. Und Ramuntcho, der sicher im Boot saß, sich sanft
gewiegt von den Strapazen der Nacht erholte, atmete diesen frischen Wind mit einem Wohlgefühl ein, das alle Sinne einschloss;
mit kindlicher Freude sah er einem strahlenden Allerheiligentag
entgegen, der ihm alles bieten würde, was er an Festen auf dieser
Welt kannte: Man würde das Hochamt mit der großen Litanei
feiern, vor dem versammelten Dorf Pelota spielen, und abends
würde er auf dem Kirchplatz im Mondlicht mit Gracieuse den
Fandango tanzen.

Nach der durchwachten Nacht verlor Ramuntcho langsam
das Gefühl für seinen Körper; im sanften Wind des jungfräulichen Morgens übermannte eine wohltuende Betäubung seinen
jungen Leib, versetzte ihn in einen Zustand zwischen Traum
und Wachsein. Er kannte diese Stimmung und die damit ver-
bundenen Gefühle übrigens gut, denn üblicherweise endete
jede Schmuggeltour mit der Rückkehr bei Tagesanbruch in der
Sicherheit eines Bootes, in dem man schnell einschlief.

Jede kleinste Einzelheit der Bidassoa war ihm vertraut, jeder Anblick des Mündungsbeckens, der sich je nach Tageszeit
im eintönigen, regelmäßigen Wechsel von Ebbe und Flut änder-

te … Zweimal täglich kehrt die Flut zurück und füllt dieses fla-
che Becken; dann liegt zwischen Frankreich und Spanien eine
Art See, ein hübsches kleines Meer, über das winzige blaue Wellen laufen – und die Boote fahren raus, die Kähne sind schnell;
die Bootsmänner singen ihre alten Lieder, die das Knarren und
die regelmäßigen Schläge der Riemen begleiten. Doch wenn
sich die Flut zurückgezogen hat wie jetzt, liegt zwischen den
beiden Ländern nur eine unbeständige Niederung von wech-
selnder Farbe, durch die barfüßige Menschen wandern, Boote
schwerfällig dahinkriechen.

Sie waren jetzt in der Mitte dieser Region, Ramuntcho und
seine Bande dösten im noch spärlichen Licht. Langsam zeigten
die Dinge ihre Farben, lösten sich vom Grau der Nacht. Sie glit-
ten dahin, streiften mit leichten Ruderschlägen mal den gelben
Samt der Sandbänke, mal den braunen, regelmäßig gestreiften
Untergrund aus Schlick, der für Fußgänger gefährlich ist. Und
der anbrechende Tag spiegelte sich in den tausend kleinen Was-
serpfützen, die die Flut vom Vortag zurückgelassen hatte, sie
glänzten auf der weichen Fläche wie Perlmuttschuppen. In der
kleinen gelbbraunen Wüste folgte ihr Fährmann dem Lauf eines
schmalen Silberfadens, der beim Tidentiefstand die Bidassoa
darstellte. Ab und zu kreuzte ein Fischer ihren Weg und fuhr,
aufrecht in seinem Boot stehend und es mit schönen, ausholen-
den Gesten steuernd, leise ganz dicht an ihnen vorüber, ohne
zu singen wie an den Tagen, an denen gerudert wird, da er zu
beschäftigt damit war, sich beim Staken vom Grund abzustoßen.

Träumend näherten sich die Schmuggler dem französischen
Ufer. Und auf der anderen Seite dieser seltsamen Zone, in der
sie wie in einem Schlitten unterwegs waren, entfernte sich der
Umriss der alten baskischen Stadt Hondarrabia, die auf Französisch Fontarabie heißt, langsam von ihnen; die Höhen, die

25

dort in schroffen Umrissen in den Himmel ragten, waren die spanischen Pyrenäen. Das alles gehörte zu Spanien, war das bergige Spanien, das für alle Zeiten dort aufragte und das sie fortwährend beschäftigte: das Land, in das man im Winterregen in dunklen, mondlosen Nächten geräuschlos gelangen musste; das ewige Ziel gefährlicher Touren; das Land, das für die Männer aus Ramuntchos Dorf den Horizont nach Südwesten für immer zu verstellen schien und dabei je nach Bewölkung und Tageszeit immer anders aussah; das Land, über dem die blasse Morgensonne als Erstes aufging und das später wie ein dunkler Schirm die rote Abendsonne verbarg ...

Ramuntcho liebte sein Baskenland, und dieser Morgen gehörte zu jenen, an denen ihn diese Liebe noch tiefer durchdrang. In seinem späteren Leben, in den Jahren fern der Heimat sollte die Erinnerung an diese köstlichen Momente der Rückkehr im Morgengrauen nach den Nächten auf den Schmugglerpfaden ein unbestimmtes und sehr beklemmendes Heimweh in ihm wecken. Doch seine Liebe zur heimatlichen Scholle war nicht so schlicht wie die seiner Gefährten bei diesen Abenteuern. Wie bei all seinen Gefühlen, all seinen Empfindungen mischten sich darin sehr verschiedene Dinge. Zuerst die instinktive und nicht hinterfragte Verbundenheit seiner Vorfahren mütterlicherseits mit ihrem Geburtsort, dann etwas untergründiger, ein unbewusster Reflex der Bewunderung, die seinen Vater die eine oder andere Saison in dieser Gegend festgehalten hatte, wo es ihm, dem Künstler und Fremden, schließlich gefallen hatte, sich mit einer Tochter der Berge einzulassen, um einen baskischen Nachfahren zu zeugen ...

3

Es war elf Uhr, die Glocken von Frankreich und Spanien läuteten, was das Zeug hielt, und ihr Läuten zum Gottesdienst ver-
mischte sich über die Grenze hinweg.

Gebadet, ausgeruht und im Sonntagsstaat begab sich
Ramuntcho mit seiner Mutter zum Hochamt an Allerheiligen.
Auf dem von rostbraunem Laub überhäuften Weg gingen beide
zu ihrer Pfarrkirche hinunter. Die Sonne schien so heiß, dass
man hätte meinen können, es sei Sommer.

Er fast elegant gekleidet wie ein junger Städter, mit Ausnah-
me der traditionellen Baskenmütze, die er schief aufgesetzt und
wie einen Schirm über seine Kinderaugen gezogen hatte. Sie mit
aufrechtem und stolzem Gang, hocherhobenem Kopf, ein vor-
nehmes Auftreten in einem Kleid von neumodischem Zuschnitt;
wie eine Frau von Welt bis auf die Mantilla aus schwarzem Tuch,
die ihr Haar und ihre Schultern bedeckte: In der Großstadt hatte
sie einst gelernt, wie man sich kleidet – überhaupt haben im
Baskenland, obwohl dort so viele alte Traditionen gepflegt werden, die Frauen und Mädchen in den kleinsten Dörfern gelernt,
sich nach der Mode und mit einer Eleganz zu kleiden, die den
Bäuerinnen in anderen Landstrichen Frankreichs unbekannt ist.

Als sie den Vorhof der Kirche erreichten, wo riesige Zypressen den Duft von Sommer und Orient verströmten, trennten sie
sich, wie es der Anstand erforderte. Von außen sah ihre Pfarrkirche übrigens aus wie eine Moschee mit ihren hohen, unbeugsa-

27

men alten Mauern, in die nur ganz oben winzige Fenster eingelassen waren, und der warmen Farbe des alten Steins, des Staubs und der Sonne.

Während Franchita durch eine der Türen im Erdgeschoss eintrat, stieg Ramuntcho eine ehrwürdige Steintreppe an der Außenwand hinauf, die zu der für Männer reservierten Empore führte.

Im Chorraum der dunklen Kirche war alles mit alten, funkelnden Vergoldungen ausgestattet, es gab eine Fülle von gedrehten Säulen, komplizierten Gesimsen, Statuen mit übertrieben gewundenen Körpern unter zerklüfteten Faltenwürfen im Stil der spanischen Renaissance. Und dieses prachtvolle Tabernakel kontrastierte mit der Schlichtheit der Seitenwände, die einheitlich weiß gekalkt waren. Doch äußerste Altertümlichkeit verband diese Dinge harmonisch, von denen man spürte, dass sie seit Jahrhunderten an ihrem Platz waren, um dort miteinander *fortzubestehen*.

Es war noch früh, und man fand sich gerade erst zum Hochamt ein. Auf das Geländer der Empore gestützt, beobachtete Ramuntcho, wie unter ihm die Frauen hereinkamen, eine wie die andere dasselbe schwarze Gespenst, Kopf und Tracht unter dem Trauerschal aus Kaschmir verborgen, in den sie sich dem Brauch gemäß beim Kirchgang hüllten. Schweigend und andächtig huschten sie über das unheimliche Pflaster aus Grabplatten, auf denen, obwohl die Zeit an ihnen nagte, noch Inschriften auf Euskara zu lesen waren, die Namen erloschener Familien und Daten aus vergangenen Jahrhunderten.

Gracieuse, nach der Ramuntcho vor allem Ausschau hielt, ließ auf sich warten. Aber dann näherte sich langsam ein schwarzer *Trauerzug* und lenkte ihn kurz ab; der *Trauerzug* wurde von den Verwandten und engsten Nachbarn eines während der Woche Verstorbenen gebildet, die Männer waren noch in die langen

Umhänge gehüllt, die man beim Totengeleit trägt; die Frauen in langen Mänteln trugen zudem die traditionellen Kapuzen, zum Zeichen ihrer tiefen Trauer.

Oben auf den beiden riesigen Emporen, die sich längs des Kirchenschiffs überlagerten, nahmen die Männer einer nach dem anderen ernst und mit dem Rosenkranz in der Hand ihre Plätze ein: Bauern, Feldarbeiter, Rinderhirten, Wilderer oder Schmuggler, alle andächtig und bereit, niederzuknien, wenn das Einzugsglöckchen ertönte. Bevor sie sich setzten, hängte jeder seine wollene Kopfbedeckung an einen Nagel in der Wand hinter sich, und so reihten sich nach und nach zahllose Baskenmützen an der kalkweißen Wand auf.

Unten traten endlich die Schulmädchen ein, in Reih und Glied, flankiert von den Nonnen aus Sainte-Marie-du-Rosaire. Und unter den Nonnen mit ihren schwarzen Hauben erkannte Ramuntcho Gracieuse. Auch sie hatte ihren Kopf schwarz verschleiert und hielt ihr blondes Haar, das der Fandango-Wind am Abend zerzausen würde, vorerst unter der strengen Festtags-Mantilla versteckt. Gracieuse war seit zwei Jahren keine Schülerin mehr, aber noch immer eng mit den Nonnen verbunden, die ihre Lehrerinnen gewesen waren, und sie begleitete die Nonnen stets, ob beim Singen, bei den Novenen oder beim Schmücken der Statuen der Heiligen Jungfrau mit weißen Blumen …

Dann erschienen auf einem hohen, bühnenartigen Podium die Priester in ihren prachtvollen Gewändern vor dem herrlichen Goldgepränge des Tabernakels, und die Messe begann, die in diesem verlorenen Nest mit demselben übertriebenen Pomp gefeiert wurde wie in der Großstadt. Kleine Jungen schmetterten mit kaum gebändigtem Schwung Choräle. Es folgte der liebliche Chor der kleinen Mädchen, die von einer Nonne auf dem Harmonium begleitet und von der frischen und klaren Stimme Gracieuse' angeführt wurden. Ab und zu ertönte von den Emporen, wo die Männer saßen, ein Brüllen wie Sturmgetöse, und ein herrliches Responsum ließ die alten Gewölbe und die alten Holzschnitzereien erzittern, die seit Jahrhunderten von denselben Liedern in Schwingung versetzt wurden ...

Alles so zu tun wie die Vorfahren seit endloser Zeit, blind dieselben Glaubenssätze nachzusprechen, das ist höchste Weisheit, höchste Kraft. Für all die Gläubigen, die dort sangen, ging von diesem unwandelbaren Zeremoniell der Messe eine Art Frieden aus, eine wirre, aber süße Ergebenheit in die kommenden Schicksalsschläge. Ganz in der Gegenwart lebend, verloren sie etwas von ihrer vergänglichen Persönlichkeit, um sich noch enger mit den Toten unter den Grabplatten zu verbinden, sie in sich fortleben zu lassen und mit ihnen und ihrer künftigen Nachkommenschaft noch eine jener widerständigen Gemeinschaften von fast zeitloser Dauer zu bilden, die man eine *Rasse* nennt.

4

»*Ite missa est!*« Das Hochamt ist zu Ende, und die altertümliche Kirche leert sich. Die Kirchgänger verteilen sich draußen auf dem Kirchhof zwischen den Gräbern. Als sie aus dem düsteren Kirchenschiff treten, in dem sie, die einen mehr, die anderen weniger, jeder gemäß seinen bescheidenen Fähigkeiten, das große Mysterium des unvermeidlichen Todes erblickt haben, empfängt sie die Wonne eines sonnigen Mittags.

Die Männer, die wieder alle einheitlich die nationale Mütze tragen, kommen die Außentreppe herunter; die Frauen, die sich nicht so schnell vom blauen Himmel ködern lassen, bewahren unter ihrem Trauerschleier noch ein wenig von der Andacht in der Kirche und treten in schwarz gekleideten Gruppen unter dem Vorbau hinaus; einige verweilen an einem frischen Grab und weinen.

Der Südwind, dieser große Magier des Baskenlands, weht sanft. Der Herbst von gestern ist verschwunden und vergessen. Die Luft wird von einem warmen Hauch belebt, sie ist erfüllt vom Duft nach Heu und Blumen, gesünder als die Zugluft im Mai. Zwei fahrende Sängerinnen sind da, lehnen an der Friedhofsmauer und singen zu Tamburin und Gitarre ein altes spanisches Tanzlied, eine Seguidilla, die feurigen Schwung und ein wenig arabisches Flair von jenseits der nahen Grenze hierherbringt.

Und inmitten dieser rauschhaften, südländischen Novemberstimmung, die köstlicher ist als das Hochgefühl des Frühlings in dieser Gegend, wartet Ramuntcho, der als einer der Ersten die Treppe heruntergekommen ist, nun darauf, dass die Nonnen aus der Kirche kommen, um sich Gracieuse zu nähern.

Auch der Espadrilles-Verkäufer ist zum Ende der Messe gekommen und stellt zwischen den Rosen auf den Gräbern seine mit Blumenmotiven bestickten Stoffschuhe aus; und angezogen von den bunten Wollstickereien, umringen ihn die jungen Männer, um sie anzuprobieren, die Farben auszuwählen.

Bienen und Fliegen summen wie im Juni; für ein paar Stunden, ein paar Tage, solange dieser Wind weht, ist das Land wieder sonnig und warm. Vor den Bergen, die grelle braune oder dunkelgrüne Färbungen angenommen haben und heute so nahe gerückt scheinen, als hingen sie über der Kirche, heben sich die Dorfhäuser unter ihrem Kalkputz sehr deutlich, sehr weiß ab – typische alte Pyrenäen-Häuser, hoch und mehrstöckig, mit Holzbalkonen und dem einst modernen Fachwerk an den Fassaden. In Richtung Südwesten, im sichtbaren Teil Spaniens, ragt in unmittelbarer Nachbarschaft der kahle rote Gipfel, den die Schmuggler so gut kennen, in den schönen, klaren Himmel.

Gracieuse ist noch nicht erschienen, bestimmt kümmert sie sich mit den Nonnen um den Altar. Franchita, die sich an den sonntäglichen Festen nicht mehr unter die Feiernden mischt, hat sich, nachdem sie ihrem Sohn zum Abschied ein Lächeln zugeworfen hat, schweigsam und stolz wie immer bereits auf den Heimweg gemacht. Sie wird ihn erst am Abend wiedersehen, wenn der Tanz beendet ist.

Unterdessen hat sich auf der Schwelle zur Kirche eine Gruppe junger Männer in der Sonne versammelt, die etwas Ernstes auszuhecken scheinen, darunter der Vikar, kaum dass er aus seinem goldbestickten Ornat geschlüpft ist. – Es sind die guten Spieler aus der Gegend, die Auswahl der besonders Flinken und Starken; sie besprechen sich wegen des Pelota-Spiels am Nachmittag und winken den gedankenverlorenen Ramuntcho heran, der sich gleich zu ihnen gesellt. Ein paar Ältere lassen es sich nicht nehmen und umringen sie, die Baskenmützen fest über das weiße Haar und die rasierten Mönchsgesichter gezogen: Champions von früher, die noch voller Stolz auf ihre vergangenen Erfolge blicken und überzeugt sind, dass ihre Tipps gehört werden, wenn es um den Nationalsport geht, bei dem die Männer hier mit ebenso viel Stolz kämpfen wie auf dem Feld der Ehre. – Nach höflicher Beratschlagung ist die Partie festgelegt; sie wird gleich nach dem Vespergottesdienst ausgetragen. Gespielt wird mit dem Korbweidenhandschuh und *au blaid* (indirekt), der Ball muss also erst von der Prellwand, dem Frontón, zurückprallen, bevor die Gegner ihn spielen dürfen. Dann werden die sechs Spieler ausgesucht, die für die beiden Lager antreten, der Vikar, Ramuntcho und Arrochkoa, der Bruder von Gracieuse, gegen drei Berühmtheiten aus den Nachbargemeinden: Joachim aus Mendiazpi, Florentino aus Espelette und Irrubeta aus Hasparren …

Jetzt kommt der »Trauerzug« aus der Kirche und zieht an diesem lichten Tag tiefschwarz an ihnen vorüber, so archaisch mit ihren Capes, Hauben und Schleiern, als wollten die Leute ein lebendiges Zeugnis des Mittelalters geben, von dem noch immer ein Schatten über dem Baskenland liegt. Und vor allem zeugen sie vom Tod wie die großen Grabplatten, mit denen das Kirchenschiff gepflastert ist, wie auch die Zypressen und Gräber und alles an diesem Ort, an den die Menschen zum Beten kommen; der Tod, immer der Tod … – Aber ein Tod, der sich unter der Ägide der alten, tröstlichen Symbole in sanfter Nachbarschaft an das Leben schmiegt … Denn auch das Leben ist da, zeigt sich mit fast derselben Souveränität in den warmen Sonnenstrahlen, die den Friedhof erhellen, in den Augen der kleinen Kinder, die zwischen den Herbstrosen spielen, im Lächeln der schönen dunkelhaarigen Mädchen, die sich abwenden und leichtfüßig ins Dorf zurückkehren, und in den Muskeln all dieser aufgeweckten, starken jungen Männer, die auf dem Pelota-Spielfeld bald ihre Beine und ihre gestählten Arme einsetzen werden ... Und diese Gruppe alter und junger Männer auf der Schwelle zur Kirche, diese ganze friedliche, versöhnliche Vermischung von Tod und Leben war eine wohltuende Lehre, die Kraft und die Liebe zur rechten Zeit zu genießen und sich dann, ohne auf die Fortdauer zu beharren, dem universellen Gesetz des Vergehens und Sterbens zu beugen wie diese einfachen und braven Gemüter, indem man vertrauensvoll wieder und wieder dieselben Gebete spricht, von denen die Vorfahren in ihrer Agonie gewiegt wurden ...

Die Mittagssonne strahlt unglaublich über diesem Totenacker. Die Luft ist köstlich, man berauscht sich beim Atmen. Der Himmel über dem Pyrenäen-Horizont ist leer gefegt, keine Wolke, kein noch so kleiner Dunst ist zu sehen, und es scheint, als hätte der Südwind die klare Luft aus Andalusien oder Afrika mitgebracht.

Die Gitarre und das baskische Tamburin begleiten den Gesang der spanischen Bettlerinnen, die ihre Seguidilla wie eine kleine ironische Geste im warmen Wind über die Toten werfen. Und die jungen Männer und Frauen denken an den Fandango am Abend, spüren, wie die Lust zu tanzen, sich im Tanz zu berauschen, in ihnen aufsteigt ...

Von Ramuntcho heiß erwartet, kommen endlich die Nonnen aus der Kirche und mit ihnen Gracieuse und ihre Mutter Dolorès, die als trauernde Witwe noch immer ganz in Schwarz geht, das Gesicht unsichtbar unter einer schwarzen Haube und einem Schleier aus Baumwollkrepp.

Was mag diese Dolorès auf dem Herzen haben, dass sie den

Kopf mit der Mutter Oberin zusammensteckt? – Ramuntcho, der weiß, dass die beiden Frauen miteinander verfeindet sind, wundert sich und beobachtet sorgenvoll, wie sie heute nebeneinander hergehen. Jetzt bleiben sie noch dazu stehen, um sich abseits der Kirchgänger zu unterhalten, so wichtig und geheim ist offenbar das, worüber sie sprechen. Unter ihren schwarzen Hauben, die ausladend sind wie Kutschendächer und sich beinahe berühren, tauschen sie sich aus, fast hielte man sie für flüsternde Gespenster unter einem kleinen schwarzen Gewölbe … Und Ramuntcho spürt eine gewisse Feindseligkeit, als nähme dort, zwischen diesen zwei boshaften Haubenträgerinnen, etwas seinen Ausgang, was sich gegen ihn richtet …

Als die Unterredung beendet ist, nähert er sich, hebt plötzlich ungelenk und schüchtern die Hand an seine Mütze, um Dolorès zu grüßen, deren harten Blick unter dem Schleier er ahnt. Diese Frau hat als einziger Mensch auf der Welt die Macht, ihn zu lähmen, und nirgendwo sonst spürt er so stark die Bürde, Kind eines unbekannten Vaters zu sein und keinen anderen Namen zu tragen als den seiner Mutter.

Heute jedoch ist sie zu seiner großen Überraschung freundlicher als sonst und antwortet fast liebenswürdig: »Guten Tag, mein Junge!« Daraufhin geht er weiter zu Gracieuse, um sie mit jäher Angst zu fragen:

»Sag, treffen wir uns heute Abend um acht auf dem Platz zum Tanz?«

Seit einiger Zeit sitzt ihm jeden Sonntag derselbe Schrecken im Nacken, es könnte ihm verwehrt sein, am Abend mit ihr zu tanzen. Dabei sieht er sie unter der Woche fast nie. Jetzt, da er zum Mann geworden ist, ist dieser Ball auf dem Rasen des Dorfplatzes unter Sternen oder im Mondschein die einzige Gelegenheit, sie etwas länger für sich zu haben.

Ramuntcho und Gracieuse haben sich vor bald fünf Jahren ineinander verliebt, damals waren sie noch Kinder. Und sollte das Erwachen der Sinnlichkeit solche Kinderlieben zufällig bestätigen, anstatt sie zu zerstören, werden sie in den Köpfen der jungen Menschen zu einer unanfechtbaren und ausschließlichen Angelegenheit.

Sie waren übrigens nie auf den Gedanken gekommen, einander ihre Liebe zu gestehen, so sicher waren sie sich; nie hatten sie über eine gemeinsame Zukunft gesprochen, obwohl sie jedem ohne den anderen unmöglich erschien. Und die Abgeschiedenheit des Bergdorfs, in dem sie lebten, vielleicht auch die Feindseligkeit von Dolorès gegenüber ihren naiven, unausgesprochenen Plänen brachte sie einander noch näher …

»Sag, treffen wir uns heute Abend um acht auf dem Platz zum Tanz?«

»Ja …«, gibt das flachsblonde junge Mädchen zurück und blickt ihren Freund mit traurigen Augen ein wenig erschrocken und zugleich mit leidenschaftlicher Zärtlichkeit an.

»Ganz sicher?«, fragt Ramuntcho noch einmal beunruhigt über diesen Blick.

»Ja, sicher!«

So ist er für diesmal beruhigt, denn er weiß, wenn Gracieuse etwas sagt und will, kann man darauf zählen. Und sogleich kommt ihm das Wetter besser, der Sonntag vergnüglicher, das Leben bezaubernder vor …

Das Mittagessen ruft die Basken jetzt zurück in die Häuser oder in die Gaststätten, und bald ist das Dorf unter der etwas bedrückenden Mittagssonne wie ausgestorben.

Ramuntcho geht in die Apfelkelterei, die von den Schmugglern und Pelota-Spielern besucht wird; dort setzt er sich, die Mütze immer noch über die Augen gezogen, zu seinen Freunden Arrochkoa, Florentino, zwei oder drei anderen Jungen aus den Bergen und dem finsteren Itchoua, dem Chef von allen.

Für sie wird ein Festessen gekocht mit Fisch aus der Nivelle, Schinken und Kaninchen. In dem großen, baufälligen Schankraum stehen vorn, an den Fenstern, die zur Straße hinausgehen, Eichentische und -bänke, auf denen sie sich niedergelassen haben; im hinteren Teil des Saals lagern im Halbdunkel riesige Fässer mit neuem Cidre.

In Ramuntchos Bande, die dort unter dem durchdringenden Blick ihres Anführers vollzählig versammelt ist, überbieten sich alle an Verwegenheit, und zugleich fühlt sich jeder dem anderen ergeben wie einem Bruder – vor allem bei den nächtlichen Touren, bei denen es für alle um Leben oder Tod geht.

In ihrem Wohlgefühl nach den Strapazen der Nacht träge geworden, sitzen sie hier und warten andächtig darauf, ihren Bärenhunger zu stillen, schweigen zunächst, schwer auf ihre Ellbogen gestützt, und heben kaum den Kopf, wenn vor den Fenstern die Mädchen vorbeigehen. Zwei sind sehr jung, fast noch Kinder wie Raymond: Arrochkoa und Florentino. Die anderen haben wie Itchoua jene verhärteten Gesichtszüge, jene unter dem Stirnbogen lauernden Augen, die kein Alter mehr erkennen lassen; ihr Aussehen verrät jedoch, wie lange sie sich schon dabei verausgaben und ohne jede Vernunft an ihrer Schmuggeltätigkeit festhalten, die den weniger Geschickten kaum ein paar Brotkrumen einbringt.

Nach den dampfenden Gerichten, dem süßen Cidre erwachen ihre Lebensgeister wieder, und ihr Gespräch kommt in Gang; bald flechten sich ihre unbeschwerten und klangvollen Wörter rasch ineinander, und das maßlos gerollte »r« ist nicht zu überhören. Sie unterhalten sich und amüsieren sich in ihrer geheimnisvollen Sprache, deren Herkunft unbekannt und den

Menschen aus anderen Ländern Europas noch fremder ist als das Mongolische oder Sanskrit. Sie erzählen sich Geschichten über die Nacht und die Grenze, berichten von neu erfundenen Listen und erstaunlichen Täuschungsmanövern gegenüber der spanischen Grenzpolizei, den Carabineros. Itchoua, der Chef, hört mehr zu, als er spricht; nur ab und zu meldet er sich mit der tiefen Stimme eines Dorfkantors zu Wort. Arrochkoa, der Eleganteste von allen, fällt neben den Kameraden aus den Bergen ein wenig aus dem Rahmen (im bürgerlichen Leben hieß er Jean Detcharry, doch man kannte ihn nur unter dem Beinamen, der in seiner Familie seit uralter Zeit vom Vater auf den ältesten Sohn überging). Er macht aus einer Laune heraus beim Schmuggeln mit, hätte es überhaupt nicht nötig, denn ihm gehören gute Äcker, die in der Sonne liegen; sein Gesicht ist frisch und hübsch, der blonde Schnurrbart modisch hochgezwirbelt wie bei einer Katze, und auch sein Blick ist der einer Katze, zärtlich und ausweichend; alles, was Erfolg verspricht, was Spaß macht, was glänzt, zieht ihn an. Er mag Ramuntcho wegen seiner Siege beim Pelota-Spiel und würde ihm jederzeit seine Schwester Gracieuse zur Frau geben, und sei es nur, um sich seiner Mutter Dolorès zu widersetzen. Im Gegensatz zu ihm ist Florentino, der andere enge Freund Raymonds, der Bescheidenste in der Bande, ein athletischer junger Rotschopf mit flacher, breiter Stirn und einem sanftmütigen, leicht ergebenen Blick wie dem von Nutztieren, ein Habenichts ohne Vater und Mutter, der nichts besitzt außer einem zerschlissenen Anzug und drei Hemden aus rosafarbener Baumwolle; im Übrigen ist sein einziger Schatz eine kleine fünfzehnjährige Waise, in die er verliebt ist und die ebenso arm und ebenso einfach ist wie er.

Endlich geruht Itchoua, das Wort zu ergreifen. In geheimnisvollem Tonfall und unter dem Siegel der Verschwiegenheit erzählt er eine Geschichte, die sich in seiner Jugendzeit in einer dunklen Nacht in den Schluchten der Andarlaza auf spanischem Gebiet abgespielt hat. An der Biegung eines Schmugglerpfads von zwei Carabineros aufgegriffen und festgehalten, konnte er sich befreien, indem er sein Messer zückte und es in die nächstbeste Brust bohrte: Eine halbe Sekunde spürte er den Widerstand des Körpers, dann, krack!, drang die Klinge plötzlich ein, ein heißer Blutstrahl spritzte an seine Hand, der Mann kippte um, und er floh in die dunklen Felsen ...

Und diese Stimme, die mit unerschütterlicher Ruhe davon erzählt, ist dieselbe, die seit Jahren jeden Sonntag in der alten, hallenden Kirche fromm die Liturgie singt – so fromm, als habe sie davon einen religiösen, fast heiligen Charakter erhalten! ...

»Was sonst kann man tun, wenn man erwischt wird, stimmt's? ...«, fügt der Erzähler hinzu, während er alle mit seinem wieder durchdringenden Blick mustert, »was sonst? ... Was ist dann ein Menschenleben wert? Auch ihr würdet, denke ich, nicht zögern, wenn man euch schnappt ...«

»Natürlich nicht«, bestätigt Arrochkoa mit kindlicher Großmäuligkeit, »natürlich nicht! Wer würde in einem solchen Fall schon zögern, nur um das Leben eines *Carabinero* zu verschonen! ... Ach! Zum Beispiel ...«

Der gutmütige Florentino allerdings wendet den Blick ab, er kann nicht zustimmen: Er würde zögern, er würde nicht töten, man sieht es seinem Gesichtsausdruck an.

»Ihr würdet nicht zögern, nicht wahr?«, fragt Itchoua noch einmal und sieht dabei Ramuntcho auf eigentümliche Weise ins Gesicht. »Du würdest in solchen Fällen doch auch nicht zögern, oder?«

»Natürlich nicht ...«, antwortet Ramuntcho unterwürfig, »herrje!, natürlich nicht ...«

Doch Ramuntcho hat wie Florentino seinen Blick abgewandt. Von diesem Itchoua geht ein Schrecken aus, gebieterisch und kaltherzig übt er seinen Einfluss auf Ramuntcho aus; das rüttelt dessen sanfte, empfindsame Seite wach, die sich sorgt und empört.

Nach der Geschichte herrscht erst einmal Schweigen, und Itchoua, unzufrieden mit der Wirkung seiner Worte, schlägt vor zu singen, damit alle auf andere Gedanken kommen.

Das sehr körperliche Wohlbefinden am Ende des Essens, der Cidre, den man getrunken hat, die Zigaretten, die man anzündet, und die Lieder, die angestimmt werden, flößen diesen Kindsköpfen schnell wieder freudige Zuversicht ein. Und dann sind da noch die beiden Brüder Iragola in ihrer Bande, Marcos und Joachim, junge Männer aus den Bergen oberhalb von Mendiazpi, die in der ganzen Umgebung bekannt sind für ihre Stegreif-Darbietungen, und es ist ein Vergnügen, ihnen zuzuhören, wie sie zu jedem beliebigen Thema Verse dichten und singen.

»Hört mal«, sagt Itchoua, »du, Marcos, wärst ein Seemann, der sein Leben auf dem Ozean verbringen und sein Glück in Nord- und Südamerika suchen will, und du, Joachim, wärst ein Bauer, der lieber in seinem Dorf und auf seiner Scholle bleiben will. Und ihr besingt abwechselnd, mal der eine, mal der andere, in gleich langen Versen die Freuden eures Berufs auf eine Melodie ... die Melodie von *Iru damacho*. Zeigt, was ihr könnt!«

Die beiden Brüder sehen sich an, wenden sich auf der Eichenbank, auf der sie sitzen, halb einander zu; ein kurzer Moment des Nachdenkens, währenddessen nur die unmerkliche Bewegung der Augenlider verrät, wie ihr Kopf arbeitet; dann beginnt plötzlich Marcos, der Ältere, und sie hören nicht mehr auf. Mit ihren rasierten Wangen, ihrem schönen Profil, ihrem vorspringenden, ein wenig gebieterischen Kinn über den kraftvollen Halsmuskeln erinnern sie in ihrer ernsten, steifen Haltung an die Figuren, die man auf römischen Münzen sieht. Sie singen, fast ohne die Kehle zu schonen, in hohen Tonlagen, wie die Muezzins in den Moscheen. Wenn einer mit seiner Strophe fertig ist, setzt der andere ein, ohne eine Sekunde zu zaudern oder zu pausieren; ihre Einfälle werden immer lebhafter, sie feuern sich gegenseitig an, wirken wie zwei Erleuchtete. Viele andere Baskenmützen gesellen sich zum Tisch der Schmuggler, und man lauscht voller Bewunderung den geistlichen oder geistvollen Dingen, die die beiden Brüder immer im richtigen Metrum und mit dem notwendigen Reim vortragen.

Bei der zwanzigsten Strophe unterbricht Itchoua sie schließlich, damit sie sich erholen, und bestellt noch einmal Cidre.

»Wo habt ihr das nur gelernt?«, erkundigt sich Ramuntcho bei den Iragola-Brüdern, »wie kommt ihr zu euren Einfällen?«

»Oh!«, antwortet Marcos, »zunächst liegt es in der Familie, wie du sicher weißt. Unser Vater, unser Großvater waren Stegreifdichter. Sie wurden auf allen Festen im Baskenland gerne gehört. Und unsere Mutter ist die Tochter eines großen Stegreifdichters aus dem Dorf Lesaca. Außerdem üben wir jeden Abend, wenn wir unsere Rinder von der Weide holen oder die Kühe melken, oder im Winter in den Abendstunden vor dem Kamin. In der Tat dichten wir jeden Abend so über Themen, die einer von uns vorgibt, und das macht uns großes Vergnügen …«

Doch als Florentino an der Reihe ist, stimmt er, der nur die alten Kehrreime aus den Bergen kennt, mit Kopfstimme wie die Araber die Klage einer Flachsspinnerin an und ruft damit in Ramuntcho, der das Lied tags zuvor in der herbstlichen Abenddämmerung gesungen hat, die Erinnerung an den verfinsterten Himmel des Vortags wach, an die regenschweren Wolken, den Ochsenkarren, der tief unter ihm in einem trübseligen Talkessel zu einem allein stehenden Pachthof unterwegs war … Plötzlich

packt ihn wieder dieselbe unerklärliche Angst, die er da empfunden hatte; die Sorge, immer so zu leben und hier zu sterben, in den immer gleichen Dörfern, unter der Bedrückung der
immer gleichen Berge; die Ahnung, der unbestimmte Wunsch
nach einem *Anderswo*; der Drang zu unbekannten Weiten ...
Seine Augen, die ausdruckslos und starr geworden sind, richten
sich nach innen; für einige merkwürdige Minuten fühlt er sich
verbannt, ohne zu wissen, aus welchem Land, enterbt, ohne zu
wissen, von welchem Erbe, und er ist bis in die letzte Faser seiner
Seele traurig; zwischen ihm und den Männern um ihn herum
steht plötzlich etwas Unüberwindbares, eine Verschiedenartig-
keit, die über Generationen in ihnen angelegt ist ...

Drei Uhr. Um diese Zeit endet die gesungene Vespermes-
se, der letzte Gottesdienst des Tages; andächtig und ernst wie
nach der Morgenmesse kommen all die Mantillas aus schwarzem Tuch, die das hübsche Haar der Mädchen und die Wölbun-
gen ihrer Korsagen verbergen, all die wollenen Baskenmützen,
die die Männer über ihre glatt rasierten Gesichter, ihre lebhaften oder dunklen Augen gezogen haben, aus der Kirche, noch
immer in den Traum von den alten Zeiten versunken.

Um diese Zeit beginnen die Vergnügungen, der Tanz, die
Pelota und der Fandango. Alles das war schon immer so und
bleibt unabänderlich.

Das Tageslicht wird bereits golden, man spürt den Abend
nahen. Die Kirche, in der sich noch der Weihrauchduft hält, ist
schlagartig verlassen, vergessen und füllt sich mit Stille, der alte
Goldglanz ihres Zierrats schimmert geheimnisvoll in der um sich
greifenden Dunkelheit; Stille legt sich auch über die Umgebung,
über den friedlichen Totenacker, den die Leute dieses Mal durchquert haben, ohne stehen zu bleiben; eilig streben sie einem
anderen Ziel entgegen.

Auf dem Platz um das Pelota-Spielfeld trudeln von überallher Leute ein, aus dem Dorf wie aus den benachbarten Weilern, den Schäfereien oder den kleinen Häusern der Schmuggler, die an den schroffen Bergen kleben. Hunderte Baskenmützen, die einander alle gleichen, haben sich schon eingefunden und sind bereit, fachmännisch die Schläge zu beurteilen, zu applaudieren oder zu murren; sie wägen die Chancen ab, kommentieren die Kraft der Spieler und schließen untereinander hohe Geldwetten ab. Auch die Mädchen und jungen Frauen versammeln sich. Sie gleichen in nichts den Bäuerinnen anderer französischer Provinzen, sind elegant, gepflegt, von zierlicher Gestalt und gut gekleidet in Trachten nach dem neuesten Schnitt; einige tragen über dem Haarknoten noch ein Seidentuch, das gedreht und drapiert ist wie eine kleine Haube; andere gehen unbedeckt, das Haar nach der neuesten Mode frisiert. Zudem sind die meisten hübsch, haben wunderschöne Augen und sehr lange Wimpern … Der Platz, stets ein feierlicher Ort und zu gewöhnlichen Zeiten ein wenig traurig, füllt sich an Sonntagen wie diesem mit einer lebhaften und vergnügten Menschenmenge.

Das kleinste Nest im Baskenland hat einen großen Platz, auf dem Pelota gespielt wird, in der Regel liegt er neben der Kirche unter Eichen und wird sorgfältig gepflegt.

Hier ist jedoch gewissermaßen das Zentrum und so etwas wie die Hochschule der französischen Spieler, von hier kommen die Pelota-Champions, die ebenso in den beiden Amerikas wie in den Pyrenäen berühmt werden und die bei den großen internationalen Turnieren gegen die Champions aus Spanien antreten. Zudem ist der Platz ausgesprochen schön und prunkvoll, eine echte Überraschung in so einem verlorenen Nest. Er ist mit großen Steinplatten gepflastert, zwischen denen Gras wächst, sodass man ihm sein hohes Alter ansieht und er ein wenig verwahrlost wirkt.

Entlang der Längsseiten ziehen sich lange Ränge für die Zuschauer, die aus dem rötlichen Granit der Berge in der Nachbarschaft bestehen und in diesem Augenblick mit blühenden Skabiosen übersät sind. Und im Hintergrund erhebt sich die monumentale alte Prellwand, gegen die die Spieler gleich den Pelota-Ball schlagen werden. Der Frontón beschreibt einen Bogen und sieht aus wie der Umriss einer Kuppel, er trägt die folgende, wegen ihres Alters halb verblasste Inschrift: »Blaidka haritzea debakatua« (Es ist verboten, *au blaid*, also indirekt, zu spielen).

Trotzdem wird es heute eine Partie *au blaid* geben. Die altehrwürdige Inschrift geht zurück auf die Zeit, in der das Nationalspiel seine höchste Blüte erlebte, heute ist es degeneriert, wie alles verkommt. Angebracht wurde sie, um die Tradition des *Rebot*, des schwierigeren direkten Spiels zu bewahren, das mehr Geschick und Kraft erfordert und fast nur noch in der spanischen Provinz Guipuzcoa gepflegt wird.

Während sich die Zuschauerränge stetig füllen, bleibt der gepflasterte Platz noch leer, auf dem allerlei Grün wild wuchert und über den die leichtfüßigen, starken Spieler aus der Gegend seit einer Ewigkeit springen und laufen. Die schöne Herbstsonne wärmt und erhellt ihn, während sie tiefer sinkt. Hier und da fallen die Blätter einiger großer Eichen auf die sitzenden Zuschauer herunter. Drüben sieht man den hohen Kirchturm und die Zypressen, den ganzen Kirchhof, von dem aus die Heiligen und die Toten herüberschauen, die Spieler beschützen und sich für dieses Spiel interessieren, das noch immer das ganze Baskenvolk begeistert und prägt ...

Endlich betreten die *Pelotaris* das Spielfeld, sechs Pelota-Spieler, von denen einer eine Soutane trägt: der Pfarrvikar. Mit ihnen gekommen sind: der *Crieur* (Ausrufer), der in Kürze die Punkte ausrufen wird, die fünf Wettkampfrichter, die unter den Kennern aus den verschiedenen Dörfern ausgewählt wurden, um Streitfälle zu entscheiden, dazu noch einige Helfer, die Ersatzbälle und Ersatzespadrilles bereithalten. An ihr rechtes Handgelenk binden die Spieler mit Riemen ein merkwürdiges Korbgeflecht, das aussieht wie ein riesiger gekrümmter Fingernagel und ihren Vorderarm um die Hälfte verlängert: Mit diesem Handschuh (der in Frankreich von einem einzigen Korbflechter im Dorf Ascain angefertigt wird) müssen die Spieler die Pelota fangen, werfen und zurückschleudern – einen kleinen, straff gewickelten und mit Schafshaut überzogenen Ball aus Schnur, der hart ist wie eine Holzkugel.

Jetzt prüfen sie ihre Bälle, wählen die besten aus, lockern ihre athletischen Arme durch erste Schläge, die nicht zählen. Dann ziehen sie ihre Jacken aus und vertrauen sie ihren Lieblingen unter den Zuschauern an; Ramuntcho trägt seine zu Gracieuse, die im ersten Rang in der untersten Reihe sitzt. Und außer dem Priester, der von seinem schwarzen Talar beeinträchtigt wird, tragen jetzt alle ihre Spielkleidung, der Oberkörper steckt in einem lockeren, rosafarbenen Baumwollhemd oder in einem leichten, eng anliegenden Baumwolltrikot.

Die Zuschauer kennen diese Spieler gut; in Kürze werden sie mit einer der beiden Mannschaften mitfiebern und sie mit stürmischen Rufen anfeuern, wie man es bei Stierkämpfern tut.

In diesem Moment ist das ganze Dorf vom Geist vergangener Tage beseelt; in der Erwartung des Vergnügens, in seiner Lebendigkeit, der Begeisterung ist dieser Moment sehr baskisch und sehr alt – unter dem großen Schatten des Gizune, des Berges, der über dem Dorf aufragt und schon den Zauber des Sonnenuntergangs darüber wirft.

In der melancholischen Abendstimmung beginnt das Spiel. Mit voller Kraft geworfen, fliegt der Ball los, prallt hart und laut gegen die Wand, springt zurück und schießt schnell wie eine Kanonenkugel durch die Luft.

Über der Wand am Ende des Spielfelds tauchen nach und nach Kinderköpfe auf, die die Bogenkante wie eine Girlande am Himmel schmücken, kleine Basken, kleine Baskenmützen, die Pelota-Spieler der Zukunft, die jedes Mal, wenn der Ball zu hoch geschlagen wird, über den Platz hinausfliegt und in den Feldern dahinter landet, ausschwärmen wie ein Vogelschwarm, um ihn zurückzuholen.

Die Partie nimmt in dem Maße Fahrt auf, wie Arme und Beine in einen Rausch von Bewegung und Geschwindigkeit geraten. Schon applaudiert man Ramuntcho. Und auch der Vikar wird an diesem Tag ein gutes Spiel machen, wenn auch seltsam anzusehen, gefangen in der Soutane, mit seinen katzenhaften Sprüngen und athletischen Gebärden.

Das Spiel geht folgendermaßen: Wenn ein Spieler einer Mannschaft den Ball fallen lässt, erhält die gegnerische Mannschaft einen Punkt – gespielt wird in der Regel bis sechzig Punkte. Nach jedem Ballwechsel verkündet der *Crieur* aus vollem Hals in seiner uralten Sprache: »Messieurs, die aufschlagende Mannschaft hat so und so viele Punkte, die gegnerische Mannschaft so und so viele.« Seine lange Ansage schwebt lange über dem Lärm der Menge, die applaudiert oder murrt.

Auf dem Spielfeld wird der in der Sonne liegende, goldgelbe und rötliche Bereich immer kleiner, verschwindet allmählich, wird vom Schatten des Berges geschluckt. Immer mehr beherrscht der große Schirm des Gizune alles, schließt das ganz besondere Leben und die Begeisterung dieser Bergbewohner – die Überbleibsel eines auf sehr geheimnisvolle Weise einzigartigen Volks, das unter den Völkern nicht seinesgleichen hat – in einen immer kleineren Winkel zu seinen Füßen ein. Die abendliche Dunkelheit schreitet unmerklich voran, ergreift alles, und beherrscht bald alles. Nur einige Gipfel in der Ferne, die über den vielen sich verdüsternden Tälern noch im Licht stehen, leuchten in rötlichem Violett.

Ramuntcho spielt, wie er noch nie im Leben gespielt hat. Es ist einer der Augenblicke, in denen er spürt, dass er vor Kraft strotzt, in denen sich leicht und schwerelos fühlt, in denen es eine reine Freude ist, sich zu bewegen, die Arme locker zu lassen, in die Höhe zu springen. Doch Arrochkoa schwächelt, der Vikar verheddert sich zwei, drei Mal in seiner schwarzen Soutane, und die gegnerische Mannschaft, die anfangs zurücklag, holt auf. Deshalb feuern die Zuschauer bei dieser heftig umkämpften Partie die Spieler noch mehr an; von begeisterten Händen geworfen, fliegen die Baskenmützen nur so in die Höhe.

Jetzt herrscht Gleichstand zwischen den Gegnern, der *Crieur* verkündet dreißig Punkte für jede Mannschaft und intoniert den alten Refrain, der seit jeher in einem solchen Fall gesungen wird: »Wettet auf Teufel komm raus! Gebt Wettkampfrichtern und Spielern einen aus!« – Es ist das Signal für eine Pause, während der auf Kosten der Gemeinde in der Arena Wein ausgeschenkt wird. Die Spieler setzen sich, und Ramuntcho nimmt neben Gracieuse Platz, die ihm die Jacke, die sie bewacht hat, über die schweißnassen Schultern legt. Dann bittet er seine Freundin, die Riemen aufzuschnüren, mit denen der Handschuh aus Holz, Korbweide und Leder an seinen geröteten Arm gebunden ist. Und er erholt sich, badet im Stolz über seinen Erfolg, und alle Mädchen, die er betrachtet, erwidern seinen Blick mit wohlwollendem Lächeln. Auf der dem Frontón gegenüberliegenden Seite, wo die Dunkelheit herankriecht, sieht er jedoch auch das archaische Ensemble der baskischen Häuser, den kleinen Dorfplatz mit seinen weiß gekalkten Portalen und den gestutzten alten Platanen, dann den klobigen Glockenturm der Kirche und darüber, alles beherrschend, alles erschlagend, den schroffen Fels des Gizune, der so viel Dunkelheit verbreitet, der das einsame Dorf früh in Abendstimmung taucht ... Dieser Berg sperrt wirklich alles ein, er hält die Menschen gefangen, bedrückt sie ... Und mitten in seinem jugendlichen Triumph wird Ramuntcho von diesem Gefühl verwirrt, dieser flüchtigen und undeutlichen Verlockung eines *Anderswo*, das sich so oft in sein Leid und seine Freuden mischt ...

Da wird das Spiel fortgesetzt, und die Gedanken verfliegen im körperlichen Rausch des wieder beginnenden Kampfs. Von einem Augenblick auf den anderen, klack!, immer wieder die Peitschenhiebe der Pelota-Bälle, ihr trockener Aufprall im Handschuh, der sie zurückwirft, oder an der Wand, an der sie abprallen, schon allein ihr Laut vermittelt eine Ahnung von der ganzen Kraft, die eingesetzt wird ... Klack! Von kraftvollen, jungen Armen geschleudert, wird der Ball bis in die Dämmerung hinein zischen. Manchmal stoppen ihn die Spieler im Flug mit einem schrecklichen Aufprall, bei dem die Muskeln jedes anderen reißen würden, aber ihre nicht. Meist sind sie sich ihrer selbst so sicher, dass sie den Ball ruhig auf dem Boden aufspringen lassen und er fast verloren geht: Man glaubt schon, sie würden ihn nie mehr erwischen, und klack!, genau im richtigen Moment aufgefangen, dank einem wunderbar präzisen Blick, und schon fliegt er wieder und prallt mit der Geschwindigkeit einer Kanonenkugel gegen die Wand ... Verirrt er sich einmal über die Ränge, über die vielen wollenen Baskenmützen und die hübschen, mit einem Seidentuch zusammengebundenen Haarknoten, ducken sich alle Köpfe, alle Leiber weg wie vom Wind umgemäht, denn man darf den Pelota-Ball nicht anrühren, nicht ablenken, solange er »lebt« und noch gefangen werden kann. Wenn er dann wirklich weg ist, »tot«, macht es sich einer der Zuschauer zur

Ehre, ihn aufzuheben und mit einem geschickten Wurf zurück ins Spielfeld zu werfen, in Fangweite der Spieler.

Der Abend wird dunkler und dunkler, die letzten goldenen Sonnenstrahlen verteilen sich mit heiterer Melancholie auf den höchsten Gipfeln des Baskenlands. In der verlassenen Kirche dürfte nun tiefe Stille herrschen, und die jahrhundertealten Bilder werden sich in der hereinflutenden Nacht gegenseitig betrachten ... Oh! Das traurige Ende der Dorffeste in den weit abgelegenen Ortschaften, sobald die Sonne untergeht! ...

Unterdessen feiert Ramuntcho immer größere Triumphe. Und mit dem Applaus, den Zurufen wächst er an Kühnheit und Glück über sich hinaus; jedes Mal, wenn er eine *Quinze* wirft, klatschen ihm jetzt die Leute auf den alten Graniträngen am Spielfeldrand mit südländischem Feuer stehend Beifall ...

Der letzte Schlag, der sechzigste Punkt ... Ramuntcho hat ihn gemacht, die Partie ist gewonnen!

Jetzt geht es in der Arena plötzlich drunter und drüber, sämtliche Baskenmützen, die das steinerne Amphitheater schmücken, hüpfen durcheinander. Sie drängen sich um die Spieler, die vor Erschöpfung schlagartig erstarrt sind. Umringt von mitteilsamen Bewunderern, löst Ramuntcho die Riemen seines Handschuhs; von allen Seiten strecken sich ihm wackere raue Hände entgegen, um die seinen zu drücken oder ihm freundschaftlich auf die Schulter zu klopfen.

»Hast du mit Gracieuse wegen des Tanzes heute Abend gesprochen?«, fragt ihn Arrachkoa, der in diesem Moment alles für ihn tun würde.

»Ja, habe ich, nach der Messe ... Sie hat es mir versprochen.«

»Ah, du hast sie noch erwischt! Ich hatte schon befürchtet, die Mutter hätte ... Aber ich hätte das schon hinbekommen, auf jeden Fall, das kannst du mir glauben.«

Ein stattlicher Greis mit breiten Schultern, breitem Kiefer, bartlos wie ein Mönch, dem alle aus Respekt den Vortritt lassen, tritt ebenfalls zu ihm: Es ist Haramburu, ein alter Pelota-Spieler, der vor einem halben Jahrhundert in Amerika berühmt war für sein *Rebot*-Spiel und damit ein kleines Vermögen verdient hat. Ramuntcho freut sich so sehr über die Komplimente dieses alten, schwierigen Mannes, dass ihm das Blut in die Wangen schießt. Und dort, auf den rötlichen Rängen, die sich fast ganz geleert haben, zwischen den langen Grashalmen und den November-Skabiosen, geht seine Freundin davon, gefolgt von einer Gruppe Mädchen, dreht sich noch einmal nach ihm um, lächelt, schickt ihm mit der Hand einen Abschiedsgruß, ein liebenswürdiges *Adios* nach Art der Spanier. In diesem Augenblick ist Ramuntcho ein junger Gott; man ist stolz, ihn zu kennen, sich zu seinen Freunden zu zählen, ihm die Jacke zu holen, mit ihm zu sprechen, ihn zu berühren.

Jetzt geht er mit den anderen *Pelotaris* ins benachbarte Gasthaus, wo in einem Zimmer ihre Kleidung zum Wechseln liegt, begleitet von aufopferungsvollen Freunden, die ihnen die schweißnassen Leiber abtrocknen.

Kurz darauf tritt er frisch gewaschen und in einem schneeweißen Hemd, die Baskenmütze verwegen über ein Ohr gezogen, elegant über die Türschwelle unter die zu einem Gewölbe geschnittenen Platanen, um seinen Erfolg noch einmal zu genießen und weiter die Komplimente und das Lächeln der vorüberziehenden Leute einzusammeln.

Inzwischen ist die Herbstsonne vollends untergegangen, es ist ganz dunkel geworden. Fledermäuse sausen durch die warme Luft. Einer nach dem anderen machen sich die Bergbewohner auf den Heimweg; ein Dutzend Karren werden angeschirrt und

50

ihre Laternen angezündet, dann fahren sie unter dem Läuten der Glöckchen los, verschwinden auf kleinen dunklen Straßen in den Tälern, die zu fernen Weilern in der Umgebung führen. Im klaren Halbdunkel sieht man auf den Bänken vor den Häusern Frauen und hübsche Mädchen unter den Platanengewölben sitzen, erkennbar nur noch an den hellen Formen ihrer Sonntagskleider, sie sind weiße oder rosarote Flecken in der Abenddämmerung – und der hellblaue Fleck ganz hinten, nach dem Ramuntcho schaut, ist das neue Kleid von Gracieuse ... Über allem füllt, verschwommen und dunkel, der riesige Gipfel des Gizune den Himmel und bildet die Mitte und die Quelle der Finsternis, die sich nach und nach über die Dinge legt. Von der Kirche ertönen plötzlich die frommen Glocken und erinnern das zerstreute Völkchen an den Friedhof, die Zypressen um den Glockenturm und das große Mysterium des Himmels, des Gebets, des unausweichlichen Todes.

Oh! Das traurige Ende der Dorffeste in den weit abgelegenen Ortschaften, wenn die Sonne nicht mehr scheint und der Herbst da ist!

Die Leute, die soeben noch so schwungvoll die einfachen Freuden des Tages genossen haben, wissen von den Festen in den Städten, die strahlender, schöner sind und nicht so schnell zu Ende gehen. Aber hier, das ist das Besondere, ist es das Fest des Landes, ihrer Heimat, nichts kann ihnen diese flüchtigen Augenblicke ersetzen, auf die sie sich schon so lange im Voraus gefreut haben ... Verlobte, Liebende, sie alle kehren jeder für sich in eines der über die Bergflanken verstreuten Häuser zurück, Paare, für die morgen der eintönige, harte Alltag weitergeht, blicken sich in die Augen, bevor sie auseinandergehen, sagen sich stumm und voller Bedauern, wenn die Nacht anbricht: »Ist es schon vorbei? War das alles? ...«

5

Acht Uhr abends. Alle Spieler außer dem Vikar haben in der Apfelkelterei gegessen, alle unter den Fittichen Itchouas; danach lungerten sie noch lange herum, qualmten geschmuggelte Zigaretten und lauschten den wunderbaren Improvisationen der Iragola-Brüder aus den Bergen von Mendiazpi, während sich draußen auf der Straße die Mädchen, in kleinen Gruppen untergehakt, vor den Fenstern versammelten und ihren Spaß daran hatten, durch die verrauchten Fensterscheiben die runden Schatten der stets mit den immer gleichen Baskenmützen bedeckten Köpfe zu beobachten …

Auf dem Platz stimmt jetzt das Blasorchester die ersten Takte des Fandango an, und die jungen Männer und Frauen, alle aus dem Dorf und auch einige aus dem Gebirge, die dageblieben sind, um zu tanzen, laufen in Grüppchen ungeduldig herbei. Manche tanzen schon auf dem Weg, um nichts auszulassen, und treffen tanzend auf dem Platz ein.

Und bald wirbelt der Fandango, wirbelt unter der sehr schmalen Neulichtsichel, deren dünne Spitze auf dem riesigen und schweren Gebirge zu ruhen scheint. Die tanzenden Paare, die sich weder umarmen noch an den Händen halten, trennen sich nie; Mann und Frau bewegen sich in stets gleichem Abstand voneinander anmutig im Rhythmus, als wären sie durch einen unsichtbaren Magneten miteinander verbunden.

Die Mondsichel ist nicht mehr zu sehen, ist sozusagen im finsteren Gebirge versunken; deshalb bringt man Laternen und hängt sie an die Stämme der Platanen, damit die jungen Männer ihre Tanzpartnerinnen besser sehen können, die sich vor ihnen wiegen und ständig davonzulaufen scheinen, ohne sich je zu entfernen: Fast alle sind hübsch, haben das Haar elegant frisiert, einen Hauch von Seide um den Nacken, und tragen ihre Kleider ganz ungezwungen nach der neuesten Mode. Die Tänzer, die immer etwas ernster sind, schnalzen im Takt der Musik mit den Fingern. Die Arbeit auf den Feldern, beim Schmuggel oder auf dem Meer hat ihren rasierten und gebräunten Gesichtern eine besondere, nahezu asketische Hagerkeit gegeben; an ihren muskulösen, sonnengebräunten Hälsen und ihren breiten Schultern erkennt man jedoch die große Kraft dieses genügsamen und frommen alten Volksstammes.

Die Fandango Tanzenden drehen sich und schwingen zu einer alten Walzermelodie. Alle strecken die Arme nach oben, die Arme schlenkern über den Köpfen, heben und senken sich in rhythmischen Bewegungen, folgen den Schwüngen der Körper. Die geflochtenen Sohlen der Espadrilles machen den Tanz geräuschlos, verleihen ihm unendliche Leichtigkeit; man hört nur das Rascheln der Kleider und immer das kurze Schnalzen der Finger, die den Klang von Kastagnetten nachahmen. Die Mädchen, deren weite Ärmel sich wie Flügel ausbreiten, wiegen sich über ihren schmalen Taillen, über ihren kräftigen und geschmeidigen Hüften …

Einander gegenüberstehend, überließen sich Ramuntcho und Gracieuse ganz der kindlichen Freude, sich schnell und rhythmisch zu den Klängen der Musik zu bewegen, und sprachen zuerst nicht miteinander. Diese Art zu tanzen, ohne dass sich die Körper je berühren, ist übrigens sehr keusch.

Im Laufe des Abends wurden aber auch Walzer und Quadrillen gespielt, bei den Promenaden ging man sogar mit untergehakten Armen, und dabei konnten sich die Verliebten berühren und miteinander plaudern.

»Sag, mein Ramuntcho«, fragte Gracieuse, »ist es das, das Pelota-Spiel, womit du deine Zukunft bestreiten willst?«

Während einer Pause, in der sich die Musiker ausruhten, gingen sie nun Arm in Arm in der maienhaft warmen Novembernacht etwas abseits unter den entlaubten Platanen spazieren.

»Allerdings!«, erwiderte Ramuntcho, »das ist hier bei uns ein Beruf wie jeder andere, mit dem man seinen Lebensunterhalt verdient, solange man die Kraft dazu hat ... Ab und zu kann man nach Amerika auf Tournee gehen, weißt du, wie Irun und Gorostéguy, und zwanzig- oder dreißigtausend Francs in einer Saison zurückbringen, die man auf den Plätzen von Buenos Aires ehrlich verdient hat.«

»Amerika!«, freute sich Gracieuse unbesonnen, »die beiden Amerikas, so ein Glück! Das hab ich mir immer gewünscht! Den Großen Teich überqueren, um die Länder dort zu sehen! ... Und wir könnten uns auf die Suche nach deinem Onkel Ignacio machen und dann meine Bidegaïna-Cousins besuchen, die eine Farm in den Prärien am Ufer des Rio Uruguay haben ...«

Das Mädchen, das nie aus diesem von Bergen umgebenen, überragten Dorf herausgekommen war, unterbrach sich; sie brach ab, um von den fernen Ländern zu träumen, die in ihrem Köpfchen herumspuken, denn wie bei den meisten Basken gab es unter ihren Vorfahren Auswanderer – Leute, die man hier Amerikaner oder Indianer nennt –, die ihr abenteuerliches Leben auf der anderen Seite des Ozeans verbringen und erst sehr spät in ihr geliebtes Dorf zurückkehren, um dort zu sterben. Und während sie träumte, die Nase im Wind und den Blick nach oben zu den Gipfel und die dunklen Wolkentürme gerichtet, in denen sie gefangen waren, spürte Ramuntcho vor Freude über das, was sie soeben gesagt hatte, sein Blut schneller zirkulieren, sein Herz stärker pochen. Er neigte den Kopf zu ihr und fragte sie mit unendlich sanfter und kindlicher Stimme, fast wie im Scherz:

»Hast du wirklich gesagt: *Wir könnten uns aufmachen? Du mit mir? Wir beide? Das heißt also, du wärst einverstanden, wenn wir später, sobald wir alt genug sind, heiraten würden?*«

In der Dunkelheit sah er das liebevolle schwarze Blitzen in Gracieuse' Augen, die mit einem Ausdruck des Erstaunens vorwurfsvoll zu ihm aufschaute:

»Also ... war dir das nicht klar?«

»Ich wollte es aus deinem Mund hören, denn, sieh mal ... Du hast es mir ja noch nie gesagt, weißt du ...«

Er drückte den Arm seiner kleinen Verlobten an sich, sodass sie langsamer wurden. Es stimmte, dass sie es sich nie gesagt hatten, nicht nur, weil es ihnen selbstverständlich vorkam, sondern vor allem, weil sie in dem Augenblick, in dem sie darüber hatten sprechen wollen, dennoch zurückgeschreckt waren und geschwiegen hatten – aus Furcht, sie könnten sich getäuscht haben und das alles sei nicht wahr ... Doch jetzt wussten sie es, waren sich sicher. So wurde ihnen bewusst, dass sie gerade gemeinsam die feierliche, ernste Schwelle des Lebens überschritten hatten. Aufeinander gestützt, schwankten sie beinahe, so langsam spazierten sie weiter, wie zwei von ihrer Jugend, ihrer Freude und ihren Hoffnungen berauschte Kinder.

»Aber glaubst du, deine Mutter wird zustimmen?«, nahm Ramuntcho nach einem langen, köstlichen Schweigen schüchtern das Gespräch wieder auf ...

»Nun ...«, erwiderte die kleine Verlobte mit einem sorgenvollen Seufzer ..., »mein Bruder Arrochkoa wird sehr wahrscheinlich für uns sein. Aber Mama? … Ob Mama zustimmen wird? … Wie dem auch sei, es wird ja nicht so bald sein … Du musst deinen Militärdienst ableisten.«

»Nicht, wenn du es nicht willst! Ich kann meinen Militärdienst auch nicht machen! Ich bin ein Guipuzcoan wie meine Mutter; man wird mich nur auf meinen ausdrücklichen Wunsch bei der Anwerbung berücksichtigen … Es wird also auf dich ankommen; ich werde tun, was du willst …«

»Dann, mein Ramuntcho, würde ich lieber länger auf dich warten, damit du dich einbürgern lässt und Soldat wirst wie die anderen. So denke ich darüber, wenn du mich fragst! …«

»Das denkst du wirklich? … Umso besser, denn ich denke dasselbe. Oh, mein Gott, ob Franzose oder Spanier, das ist mir völlig egal. Nur dein Wille zählt, hörst du! Ich mag die einen wie die anderen: Ich bin Baske wie du, wie wir alle, auf alles andere pfeif ich! Wenn es aber darum geht, Soldat zu sein, ob auf dieser Seite der Grenze oder auf der anderen, dann ziehe ich diese vor: Erstens sieht man aus wie ein Feigling, wenn man sich davonstiehlt, und dann ist es, ehrlich gesagt, eine Sache, die mir gefallen wird. Das und etwas vom Land zu sehen, ist ganz mein Fall!«

»Nun, mein Ramuntcho, wenn es dir egal ist, dann mach deinen Militärdienst doch in Frankreich, das würde mir besser gefallen.«

»Einverstanden, Gatchutcha!… Du wirst mich in roten Hosen sehen, gut so? Ich werde ins Baskenland zurückkehren wie Bidegarray, wie Joachim, und dich als Soldat besuchen. Und sobald die drei Jahre um sind, heiraten wir, wenn deine Mutter es erlaubt!«

Nachdem sie eine Weile geschwiegen hatten, fuhr Gracieuse mit leiser Stimme fort, und sagte jetzt feierlich:

57

»Hör gut zu, mein Ramuntcho ... Denk nur, mir geht es wie dir: Ich habe Angst vor ihr ... vor meiner Mutter ... Aber hör, falls sie sich weigert, machen wir zusammen, was immer du willst, denn das wär das Einzige auf der Welt, bei dem ich ihr nicht gehorchen würde ...«

Dann herrschte wieder Schweigen zwischen ihnen, jetzt, da sie sich einander versprochen hatten, das unvergleichliche Schweigen des jungen, des neuen und noch unerprobten Glücks, das still sein und sich sammeln muss, um alles in seiner ganzen Tragweite zu verstehen. Mit kleinen Schritten gingen sie zufällig in Richtung Kirche durch die süße Dunkelheit, die kein Laternenlicht mehr störte, nur berauscht von ihrer unschuldigen Berührung beim Nebeneinanderhergehen auf diesem Weg, auf dem ihnen niemand gefolgt war ...

Doch in größerer Entfernung, da sie, um allein zu sein, ein Stück weiter gegangen waren als gewöhnlich, setzte plötzlich die Blaskapelle wieder ein, mit einem etwas seltsam rhythmisierten langsamen Walzer. Und ohne sich zu besprechen, als handelte es sich um etwas Gebotenes, über das nicht gesprochen wird, folgten die jungen, noch sehr kindlichen Verlobten dem Ruf des Fandango, und liefen, um nichts zu verpassen, zurück zu dem Platz, wo die Paare tanzten. Schnell standen sie wieder einander gegenüber und wiegten sich im Takt, noch immer wortlos, mit denselben hübschen Armbewegungen, denselben geschmeidigen Hüftschwüngen. Ohne aus dem Takt zu kommen oder den Abstand zu verlieren, flitzten beide ab und zu in gerader Linie pfeilgeschwind in irgendeine Richtung. Doch das war nur eine übliche Variante dieses Tanzes – und immer im Takt kehrten sie rasch, wie Leute, die über Eis gleiten, zu ihrem Ausgangspunkt zurück.

Gracieuse tanzte mit derselben inbrünstigen Leidenschaft,

mit der sie vor den weißen Kapellen betete, und mit derselben Leidenschaft würde sie wohl später Raymond in die Arme schließen, wenn Zärtlichkeiten zwischen ihnen nicht mehr verboten sein würden. Zwischendurch, alle fünf bis sechs Takte, drehte sie sich im selben Augenblick wie ihr leichtfüßiger, starker Tänzer um sich selbst, neigte dabei den Oberkörper mit spanischer Grazie, legte den Kopf in den Nacken, öffnete ein wenig die Lippen über den strahlend weißen Zähnen, und dabei strahlte ihre ganze kleine und noch so geheimnisvolle Persönlichkeit in vornehmer Anmut einzig und allein und fast hingebungsvoll für Raymond.

Stumm und bezaubernd tanzten sie den ganzen schönen Novemberabend voreinander, unterbrochen nur von Spaziergängen zu zweit, doch selbst dann redeten sie kaum mehr miteinander und höchstens über irgendwelche kindischen Themen – jeder im Stillen berauscht von der großen, unausgesprochenen und beglückenden Sache, die ihre Seelen erfüllte.

Und bis die Kirchenglocken zur Sperrstunde läuteten, warf dieser kleine Ball mit seinen kleinen Laternen unter den Herbstzweigen, warf dieses kleine Fest in diesem abgeschiedenen Erdenwinkel ein wenig Licht und heiteren Trubel in die lange Nacht, die von den Bergen, diesen schwarzen Riesen ringsum, noch stiller und noch dunkler gemacht wurde.

6

Zum Fest des Heiligen Damasus sollte am nächsten Sonntag im Marktflecken Hasparitz eine große Pelota-Partie stattfinden.

Arrochkoa und Ramuntcho, die beiden Gefährten bei den ständigen Gängen durch die Region, fahren den ganzen Tag mit dem kleinen Fuhrwerk der Detcharrys über Land, um diese Partie zu organisieren, die in ihren Augen ein bedeutsames Ereignis darstellt.

Zuerst haben sie Marcos zurate gezogen, einen der Iragolas. Sie trafen ihn vor der Tür zu seinem Haus, das im Schatten des angrenzenden Waldes grün wirkte. Er saß auf dem Stumpf einer Kastanie, wie immer ernst und von klassischer Schönheit, und fütterte mit leuchtenden Augen und nobler Geste einen kleinen, noch im Strampelanzug steckenden Bruder mit Suppe.

»Ist der Kleine da der Elfte?«, fragten sie lachend.

»Ach was! …«, erwiderte der große Bruder. »Der Elfte von uns läuft schon wie ein Hase durch die Heide! Das hier ist Nummer zwölf! … und wisst ihr was, ich denke, der kleine Jean-Baptiste, der Neue hier, wird nicht der Letzte sein.«

Dann durchquerten sie mit eingezogenen Köpfen, um nicht an die Äste zu stoßen, die Wälder, den Hochwald mit den Eichen, unter denen sich die Farne mit ihren rostroten Spitzen endlos hinzogen.

Und sie kamen auch durch mehrere Dörfer, baskische Dörfer, die sich alle um die zwei Dinge scharen, die ihr Herz sind und ihr Leben symbolisieren: die Kirche und der Pelota-Platz. Hie und da klopften sie an die Türen abgelegener Häuser, großer und hoher Häuser, sorgsam gekalkt, mit grünen Vordächern und Holzbalkonen, auf denen Stränge mit roten Paprikaschoten zum Trocknen in der Herbstsonne hingen. Lange verhandelten sie in ihrer für Fremde aus Frankreich so unzugänglichen Sprache mit den Meistern und Titelträgern, den berühmten Spielern, deren seltsame Namen in allen Zeitungen, auf allen Plakaten in Biarritz oder Saint-Jean-de-Luz prangen, und die im normalen Leben brave Gastwirte, Schmiede, Schmuggler sind, die ihre Jacken über die Schulter werfen und die Ärmel ihrer Hemden über ihren bronzebraunen Armen hochkrempeln.

Jetzt, da alles geregelt ist, die Vereinbarungen getroffen sind, ist es zu spät, um noch am Abend nach Etchézar zurückzukehren. Deshalb suchen sie sich, wie sie es für gewöhnlich bei ihren Streifzügen machen, ein Dorf nach ihrem Geschmack zum Schlafen, zum Beispiel Zitzarry, in dem sie schon häufig bei Schmuggelgeschäften genächtigt haben. Bei Einbruch der Dunkelheit steuern sie also schnurstracks diesen Ort an, der nahe liegt und an Spanien grenzt. Dabei nehmen sie immer dieselben einsamen, schmalen und dunklen Wege durch die Pyrenäen, unter alten Eichen, die ihre Blätter verlieren, zwischen mit Moosen und rostroten Farnen üppig gepolsterten Böschungen. Mal durch kleine Schluchten, in denen Wildbäche rauschen, mal über Höhenzüge, wo zu allen Seiten die großen finsteren Berggipfel aufragen.

Zuerst war es kalt, eine echte Kälte, die ins Gesicht und in die Brust schneidet. Dann ziehen erstaunlich warme und mit Pflanzenduft erfüllte Schwaden vorüber: Noch einmal weht, fast afrikanisch warm, der Südwind und bringt plötzlich die Illusion des Sommers zurück. Sich den Weg durch die so jäh veränderte

Atmosphäre zu bahnen, durch die lauen Winde zu jagen, während die Glöckchen ihres Pferdes bimmeln, das sein Nachtlager wittert und wie verrückt die Hänge hinaufgaloppiert, verschafft ihnen eine köstliche Empfindung.

Zitzarry ist ein Schmugglerdorf, ein verlorenes Nest direkt an der Grenze mit einem heruntergekommenen und unwirtlichen Gasthaus, in dem das Nachtquartier für die Männer nach altem Brauch direkt über den Stallungen, den dunklen Pferdeboxen liegt. Arrochkoa und Ramuntcho sind dort altbekannte Reisende, und während man das Feuer für sie anschürt, setzen sie sich vor ein uraltes Fenster mit steinernem Fensterkreuz, durch das sie auf den Pelota-Platz und die Kirche sehen; von dort beobachten sie, wie der ruhige kleine Alltag in dieser von der Welt abgeschiedenen Ortschaft zu Ende geht.

Auf dem Festplatz widmen sich die Kinder dem Nationalsport; mit leidenschaftlichem Ernst werfen sie den Pelota-Ball schon mit viel Kraft gegen die Prellwand, während einer von ihnen mit singender Stimme und der geforderten Satzmelodie in der geheimnisvollen Sprache ihrer Väter die Punkte zählt und verkündet. Mit ihren schiefen Mauern und den überstehenden Dachsparren ringsum schauen die alten weißen Häuser aus ihren roten oder grünen Fenstern diesen äußerst gewandten kleinen Spielern zu, die wie junge Katzen durch die Abenddämmerung huschen. Und zum Lärm der Kuhglocken kehren die Ochsenkarren von den Feldern zurück, beladen mit Holz, geschnittenem Stechginster oder welken Farnen … Die Nacht bricht an, legt ihren Frieden und ihre bittere Kälte über alles. Dann ertönt das Angelus-Läuten, und das ganze Dorf sammelt sich im stillen Gebet …

Schweigend macht sich Ramuntcho Sorgen um sein Schicksal, fühlt sich hier wie ein Gefangener, denn es ist immer dieselbe Sehnsucht nach irgendetwas Unbekanntem, die ihn bei Anbruch der Nacht quält. Und der Gedanke, dass er allein und ohne Unterstützung auf der Welt ist, dass Gracieuse aus anderen Verhältnissen stammt und ihm vielleicht niemals zur Frau gegeben wird, schnürt ihm das Herz zu.

Doch jetzt klopft ihm Arrochkoa, der einen guten Moment hat, brüderlich auf die Schulter, als hätte er Ramuntchos Gedanken gelesen, und meint fröhlich:

»Nun gut! Anscheinend habt ihr beiden gestern Abend miteinander gesprochen, die Schwester und du – wie sie mir gesagt hat –, und dass ihr beide euch wohl einig seid! ...«

Ramuntcho sieht ihn lange fragend an, mit bangem Ernst, sehr im Gegensatz zum Beginn ihrer Plauderei:

»Und was hältst du von dem, was wir beide vereinbart haben?«, fragt er.

»Ach! Mein Freund«, erwidert Arrochkoa nun gleichfalls ernster, »mir kommt das sehr gelegen, Ehrenwort! ... Sogar wenn es, wie ich ahne, mit der Mutter schwierig wird, gebe ich euch, falls nötig, allen Beistand, den ihr braucht, jawohl! ...«

Schon ist Raymonds Traurigkeit verflogen wie eine Staubflocke, auf die man bläst. Er findet das Abendessen köstlich und das Gasthaus heiter. Da jetzt jemand Bescheid weiß, dazu noch jemand aus Gracieuse' Familie, der ihn nicht zurückweist, fühlt er sich viel mehr als ihr Verlobter. Er hatte damit gerechnet, dass Arrochkoa kein Hindernis wäre, aber die angebotene Unterstützung ist weit mehr, als er gehofft hatte. – Armer verlassener Junge, der sich seiner erniedrigenden Lage so bewusst ist, dass die Hilfe eines anderen, etwas besser im Leben dastehenden Jungen genügt, um ihm Mut und Vertrauen einzuflößen! ...

7

Im ungewissen und etwas eisigen Morgengrauen erwachte er in seiner Herbergskammer; die Freude des Abends hielt noch an und hatte die verworrenen Ängste vertrieben, die bei ihm so häufig die allmähliche Rückkehr der Gedanken begleiteten. Von draußen hörte man die Kuhglocken der Herden, die auf die Weiden gebracht wurden, Kühe, die in den anbrechenden Tag muhten, die Kirchenglocken – und auch schon den Aufprall der Pelota-Bälle an der Wand auf dem Hauptplatz: das ganze Getöse eines Pyrenäendorfs, das mit seinen üblichen Verrichtungen den neuen Tag beginnt. Raymond kam es vor wie ein festliches Morgenständchen.

Zu früher Stunde bestiegen Arrochkoa und er ihren kleinen Wagen und galoppierten, ihre Mützen wegen des Fahrtwinds tief ins Gesicht gezogen, mit ihrem Zugpferd die mit etwas weißem Raureif gepuderten Wege entlang.

Als sie zum Mittag in Etchézar eintrafen, hätte man glauben können, es sei Sommer, so schön schien die Sonne.

Gracieuse saß auf der Steinbank im Vorgarten ihres Hauses.

»Ich habe mit Arrochkoa gesprochen!«, erzählte Ramuntcho mit einem glücklichen Lächeln, sobald er allein mit ihr war … »Und weißt du, er ist ganz auf unserer Seite!«

»Oh, das …«, antwortete die kleine Verlobte, ohne dass ihr traurig nachdenklicher Gesichtsausdruck verschwand, den sie an diesem Morgen zeigte, »oh, das … Ich ahnte es, mein Bruder

Arrochkoa, das war sicher! Ein Pelota-Spieler wie du, was glaubst du, das kann ihm ja nur gefallen, in seinen Augen gibt es nichts Großartigeres …«

»Aber deine Mama, Gatchutcha, seit einigen Tagen ist sie viel freundlicher zu mir, finde ich … Letzten Sonntag etwa, du erinnerst dich, als ich dich zum Tanz aufgefordert habe …«

»Oh! Verlass dich nicht darauf, mein Ramuntchito! … Du meinst vorgestern nach der Messe? … Hast du nicht gesehen? Sie hat dort mit der Ehrwürdigen Mutter geplaudert. Und die Mutter Oberin hat zuvor gewettert, ich solle nicht mehr mit dir auf dem Platz tanzen. Der einzige Zweck war, sie zu ärgern, verstehst du? Aber verlass dich bloß nicht darauf …«

»Ach so! …«, erwiderte Ramuntcho mit schon geknickter Freude, »stimmt, die beiden verstehen sich nicht allzu gut …«

»Mama und die Mutter Oberin? … Sie sind wie Hund und Katze! … Seit es um meinen Eintritt in die Klosterschule ging. Erinnerst du dich denn nicht an die Geschichte?«

Er erinnerte sich sehr gut, ganz im Gegenteil, und das beunruhigte ihn noch mehr. Einmal schon hatten die freundlichen, geheimnisvollen schwarzen Nonnen versucht, diesen schwärmerischen und eigensinnigen kleinen Blondschopf, der von dem Bedürfnis, zu lieben und geliebt zu werden, besessen war, in ihre friedvollen Häuser zu locken versucht …

»Gatchutcha, du bist immer noch bei den Schwestern oder leistest ihnen Gesellschaft, warum so oft? Sag, hast du sie so gern?«

»Die Schwestern? Nein, mein Ramuntcho. Vor allem die derzeitigen nicht, die neu im Land sind, denn sie werden oft ausgewechselt, weißt du … Nein, die Schwestern nicht … Ich würde sogar behaupten, dass ich wie Mama bin, was die Mutter Oberin angeht, ich kann sie nicht riechen …«

»Na gut, warum dann? ...«

»Nein, aber ich mag ihre Lieder, ihre Kapellen, ihre Häuser, alles ... Ich kann es dir nicht richtig erklären, ich ... Und außerdem, Jungen verstehen nichts davon ...«

Ihr kurzes Lächeln, das diese Worte begleitete, erlosch gleich wieder, verwandelte sich in einen Ausdruck der Versunkenheit oder *Abwesenheit*, den Raymond schon oft bei ihr gesehen hatte. Sie blickte aufmerksam vor sich hin, wo es doch nur die Straße ohne Spaziergänger, nur die kahlen Bäume, nur die erdrückende braune Masse des Gebirges zu sehen gab; aber Gracieuse schien in melancholischer Ekstase von jenseits wahrgenommenen Dingen entzückt zu sein, die Ramuntchos Augen nicht sahen ... Und während die beiden in Schweigen versanken, begann das mittägliche Angelus-Läuten und sorgte für noch mehr Frieden in dem stillen Dorf, das sich an der Wintersonne wärmte. Da neigten sie ihre Köpfe und bekreuzigten sich gemeinsam ...

Als die heilige Glocke zu klingen aufgehört hatte, die in den baskischen Dörfern das Leben unterbricht wie der Gesang des Muezzins im Orient, rang Raymond sich dazu durch zu sagen:

»Es macht mir Angst, Gatchutcha, wenn ich dich immer mit ihnen zusammen sehe ... Dann drängt sich mir die Frage auf, was du insgeheim denkst ...«

Ihre tiefschwarzen Augen fest auf ihn gerichtet, antwortete sie mit leisem Vorwurf:

»Sieh mal, so sprichst du jetzt zu mir nach dem, was wir Sonntagabend gemeinsam besprochen haben! ... Wenn ich dich verlieren würde, dann, vielleicht, ja ..., sogar sicher! ... Aber bis dahin, oh, nein! ... Sei ganz beruhigt, mein Ramuntcho ...«

Er hielt ihrem Blick lange stand, der ihm allmählich wieder ein wunderbares Vertrauen einflößte, und schließlich bat er sie mit kindlichem Lächeln:

»Verzeih mir … Ich sage oft Dummheiten, das weißt du!«

»Stimmt, gerade eben zum Beispiel!«

Dann hörte man die beiden in unterschiedlicher Tonhöhe, aber mit derselben jugendlichen Frische lachen. Ramuntcho warf mit einer jähen Geste seine Jacke über die andere Schulter, zog seine Baskenmütze zur Seite, und ohne eine andere Abschiedsgeste als ein leichtes Kopfnicken gingen sie auseinander, weil unten, am Ende des Weges Dolorès erschien.

8

Mitternacht, eine Winternacht so schwarz wie die Hölle, mit stürmischem Wind und peitschendem Regen. Am Ufer der Bidassoa, inmitten einer unübersichtlichen Fläche mit heimtückischem Boden, der den Gedanken an Chaos weckt, schaffen Männer im Schlick, in dem ihre Füße versinken, auf ihren Schultern Kisten heran und waten bis zu den Knien im Wasser, um sie in ein langes Etwas zu werfen, das schwärzer ist als die Nacht – wahrscheinlich eine Barke, ein verdächtiges Boot ohne Positionslaterne, das dicht an der Böschung vertäut ist.

Wieder ist es Itchouas Bande, die dieses Mal über den Fluss setzen will. Man hat im Haus eines Hehlers, der nahe am Wasser wohnt, in voller Kleidung ein wenig geschlafen, und zum gewünschten Zeitpunkt hat Itchoua, der stets nur ein Auge zutut, seine Leute wach gerüttelt; dann sind sie im kalten Regenschauer, der den Schmuggel begünstigt, leise hinausgeschlichen.

Jetzt sitzen sie an den Riemen, unterwegs nach Spanien, dessen Lichter in der Ferne verschwommen im Regen zu sehen sind. Der Sturm ist entfesselt, die Hemden der Männer sind schon durchnässt, und unter den bis zu den Augen heruntergezogenen Baskenmützen peitscht ihnen der Wind gegen die Ohren. Dank der Kraft ihrer Arme kommen sie dennoch schnell und gut voran, als plötzlich etwas wie ein Ungeheuer in der Dunkelheit auftaucht, das über das Wasser herangleitet. Üble Sache! Es ist das Wachschiff, mit dem die spanischen Zöllner jede Nacht unterwegs sind. In höchster Eile muss man den Kurs ändern, die Zöllner austricksen, wertvolle Zeit geht verloren, wo man ohnedies schon verspätet ist.

Dennoch schaffen sie es schließlich ohne Zwischenfall ans spanische Ufer, zwischen die großen Fischerboote, die dort in den Sturmnächten vor der »Handelsflotte« von Fontarabie an ihren Ankerketten schlafen. Ein heikler Moment. Zum Glück bleibt ihnen der Regen treu, es gießt noch immer in Strömen. Wortlos, tief in ihr Boot gebückt, um nicht aufzufallen, und die Riemen auf den Grund stoßend, um weniger Lärm zu machen, nähern sie sich langsam und leise, halten inne, sobald sich inmitten so viel diffuser Dunkelheit und umrissloser Schatten etwas zu bewegen scheint.

Dann ducken sie sich neben einem der großen, leeren Fischerboote, stoßen beinahe an Land. Und das ist die vereinbarte Stelle, wo die Kameraden aus dem Nachbarland auf sie warten müssten, um sie zu empfangen und ihre Kisten zum Hehlerhaus zu tragen ... Doch niemand ist da! ... Wo sind sie nur? ... Die ersten Augenblicke vergehen in einer Art höchst angespanntem Warten und Lauern, das ihr Hör- und Sehvermögen steigert. Mit geweiteten Augen und gespitzten Ohren wachen sie unter dem eintönigen Plätschern des Regens ... Wo bleiben sie nur, die spanischen Kameraden? Sicher, die vereinbarte Zeit ist verstrichen wegen des verdammten Zollschiffs, das ihre ganze Fahrt durcheinandergebracht hat, und sie werden im Glauben, der Schmuggel sei diesmal gescheitert, umgekehrt sein ...

Minuten verrinnen noch in derselben Reglosigkeit, im selben Schweigen. Um sie herum erkennen sie die großen Fischerboote, die reglos wie Tierkadaver im Wasser liegen, und über dem Wasser eine enorme Dunkelheit, undurchdringlicher als die des Himmels: Das sind die Häuser am Ufer und die Berge dahinter ... Sie warten, ohne sich zu rühren, ohne ein Wort zu sprechen. Als wären sie Gespenster von Flussschiffern vor den Toren einer ausgestorbenen Stadt.

Nach und nach lasst die Spannung nach, sie ermatten, und das Bedürfnis nach Schlaf stellt sich ein – wäre ihre Lage nicht so gefährlich, schliefen sie im eisigen Regen auf der Stelle ein.

Deshalb berät sich Itchoua ganz leise auf Baskisch mit den beiden Ältesten, und sie beschließen, ein Wagnis einzugehen. Da die anderen nicht kommen, nun denn!, so werden sie eben versuchen, die Schmuggelkisten bis zu dem Haus dahinten zu tragen. Es ist furchtbar riskant, aber sie haben es sich in den Kopf gesetzt, und nichts mehr wird sie davon abbringen.

»Du, Kleiner«, sagt Itchoua zu Raymond auf seine Art, die keinen Widerspruch duldet, »du wirst hier die Barke bewachen, denn du kennst den Weg nicht, den wir gehen werden; du vertäust das Boot am Boden, aber nicht allzu fest, hast du mich verstanden, damit wir gleich geräuschlos abhauen können, sollten die Carabineros auftauchen.«

Die Schultern unter den schweren Lasten gebeugt, gehen die anderen also davon; das kaum vernehmliche Schlurfen ihrer Schritte auf dem verlassenen, stockdunklen Kai wird sogleich vom eintönigen Rauschen des Regens geschluckt. Allein zurückgeblieben, kauert sich Ramuntcho in seinen Kahn und hält erneut still, um nicht gesehen zu werden, während der Regen, jetzt ruhig und gleichmäßig, unablässig auf ihn herabrieselt.

Die Kameraden lassen auf sich warten, und in dieser Reglosigkeit und Stille übermannt ihn nach und nach eine unwiderstehliche Starre, beinahe der Schlaf.

Auf einmal gleitet eine lange Form, dunkler als alles, was dunkel ist, sehr schnell an ihm vorüber – wieder in derselben absoluten Stille, die das Charakteristikum dieses nächtlichen Unternehmens bleibt: eines der großen spanischen Boote! … Kann das sein?, denkt er auf einmal. Alle Boote liegen vor Anker, und dieses hat weder Segel gehisst noch Ruderer … – oder bin ich es, der an ihnen vorübergleitet? Er begreift: Seine Barke war zu leicht vertäut, und die an dieser Stelle sehr starke Strömung hat ihn fortgetragen – er ist schon weit abgetrieben zur Mündung der Bidassoa, hin zu den Klippen, zum Meer …

Ihm wird angst und bange … Was tun? … Zumal er ohne jeden Hilferuf handeln muss, geräuschlos, was alles noch viel schwieriger macht, denn entlang dieser Küste, die wie die Heimat von Leere und Finsternis aussieht, gibt es einen endlos langen Sperrgürtel von Carabineros, die über Spanien wachen wie über ein verbotenes Gebiet … Um zurückzugelangen versucht er, mit einem der langen Riemen auf den Grund zu stoßen, doch er spürt keinen Grund mehr; er stößt nur auf das grundlose schwarze Wasser, denn er ist schon in der tiefen Fahrrinne … Also rudern, um jeden Preis, mag es noch so anstrengend sein! …

Es ist ein Kraftakt, der Schweiß steht ihm auf der Stirn, er rudert das schwere Boot allein gegen die Strömung, bei jedem Ruderschlag ängstlich besorgt wegen des leisen, doch verräterischen Knarrens, das ein feines Gehör dort drüben womöglich hören könnte. Außerdem verschwimmt ihm im noch dichteren Regen alles vor Augen; es ist tiefdunkel, dunkel wie im Innern der Erde, wo der Teufel wohnt. Er kann nicht mehr erkennen, von wo er herkam und wo die anderen sicher auf ihn warten, für deren Verlust er möglicherweise verantwortlich ist; er zögert, hält inne, spitzt die Ohren, in den Adern rauscht das Blut, und um nachzudenken, klammert er sich an eines der großen spanischen Fischerboote … Da nähert sich etwas, gleitet wie mit allergrößter Vorsicht über die kaum bewegte Wasseroberfläche, eine menschliche Gestalt, könnte man meinen, ein aufrechter Schatten – bestimmt ein Schmuggler, so leise, wie er sich bewegt! Sie ahnen einander, und Gott sei Dank!, es ist tatsächlich Arrochkoa; Arrochkoa, der einen schmalen spanischen Kahn losgemacht hat, um ihm entgegenzukommen … Sie haben also zusammengefunden und sind wahrscheinlich wieder einmal alle gerettet!

Doch als Arrochkoa herangekommen ist, stößt er mit tonloser, aber wüster Stimme, wie zwischen den Zähnen einer jungen Raubkatze hervorgepresst, eine Reihe von Beschimpfungen aus, die eine sofortige Erwiderung verlangen und wie eine Einladung zu einer Schlägerei klingen … Es kam so unvorhergesehen, dass Raymond zuerst wie gelähmt ist vor Bestürzung, dass ihm das Blut stockt auf dem Weg in seinen erregten Kopf. Hat sein Freund das wirklich gesagt, ihn so unleugbar beleidigt ? …

»Was hast du gesagt??«

»Verdammt noch mal! …«, wiederholt Arrochkoa trotz allem ein wenig besänftigt, während er, immer auf der Hut, Ramuntchos Bewegungen in der Finsternis beobachtet. – »Verdammt noch mal! Beinahe wären wir alle geschnappt worden, so ungeschickt, wie du dich anstellst! …«

Unterdessen tauchen auf einem daneben liegenden Boot die anderen auf.

»Sie sind da«, fährt er fort, »leg dich ins Zeug, rudere, damit wir zu ihnen gelangen!«

Ramuntcho setzt sich wieder auf seine Ruderbank, seine Schläfen brennen vor Wut, seine Hände zittern … Nein, und außerdem … er ist Gracieuse' Bruder, alles wäre verloren, wenn er sich mit ihm schlüge; ihretwegen wird er sich beugen und nichts erwidern.

Jetzt entfernt sich ihr Boot dank der Ruderschläge und bringt sie alle zurück; die Sache ist erledigt. Es war höchste Zeit: Am dunklen Ufer hört man zwei Stimmen. Zwei Carabineros, die

73

in ihren Mänteln vor sich hindösten, hat der Lärm geweckt! …
Und sie beginnen, das fliehende, unbeleuchtete Boot zu rufen,
das sie mehr ahnen denn sehen, und das sogleich im weiten
Wirrwarr der Nacht verschwindet.

»Zu spät, Freunde!«, höhnt Itchoua und rudert wie wild.
»Ruft doch, soviel ihr wollt, der Teufel soll euch antworten!«

Auch die Strömung hilft; sie entfernen sich schnell wie ein
Fisch in der undurchdringlichen Dunkelheit.

Uff! Jetzt sind sie in französischen Gewässern, in Sicherheit,
und zweifellos nicht mehr weit entfernt vom Uferschlick.

»Lasst uns eine Pause machen, um ein wenig durchzuatmen«,
schlägt Itchoua vor.

Schweißgebadet, vom Regen durchnässt und schwer keuchend stellen sie ihre Ruder auf. Erneut verharren sie reglos im
kalten Regen, den sie nicht zu spüren scheinen. In der weiten
Stille hört man nur noch ihre ruhiger werdenden Atemzüge, die
leise Musik der Regentropfen, das leichte Rieseln.

Doch plötzlich steigt von ihrem Boot, das so ruhig war und
allenfalls noch die Bedeutung eines fast unwirklichen Schattens
in tiefster Nacht hatte, ein schriller, furchterregender Schrei auf;
er füllt die Leere und zerreißt die Stille bis in weite Ferne. Er
setzt in einer sehr hohen Stimmlage ein, die normalerweise
Frauen vorbehalten ist, das zugleich aber mit etwas Rauem und
Schmetterndem verbunden ist, das eher auf eine wilde Männ-
lichkeit verweist; er hat etwas vom schneidenden Bellen eines
Schakals und klingt doch irgendwie menschlich, was einen noch
mehr frösteln lässt; mit einer gewissen Angst wartet man auf sein
Ende, doch er ist lang, sehr lang, seine unerklärliche Länge ist
beklemmend … Begonnen hatte er mit dem schrillen Aufschrei
eines Sterbenden, und jetzt endet und erlischt er in einer Art
Lachen, unheimlich und burlesk wie das Lachen von Irren …

Doch niemand ist erstaunt über den Mann, der vorne im Boot diesen Schrei angestimmt hat, oder rührt sich. Und nach einigen Sekunden, in denen der Schrei verklingt, ertönt ein ähnlicher Schrei aus dem Heck, der auf den ersten antwortet und dieselben Phasen durchläuft – Schreie, die eine uralte Tradition sind.

Es ist ganz einfach der *Irrintzina*, der große Schrei der baskischen Hirten, der aus der Tiefe der Zeiten bis zu den heutigen Menschen getreulich weitergegeben wurde und der eine der Besonderheiten dieser Volksgruppe bildet, deren Ursprünge geheimnisumwittert sind. Er ähnelt dem Ruf einheimischer Stämme in den Urwäldern Amerikas; nachts gibt er uns einen Begriff vom unergründlichen Schrecken der Vorzeit, als Menschen mitten in der Einsamkeit der alten Welt mit kehliger Kraft wie Affen brüllten.

Man stößt diesen Schrei auf Festen aus, oder auch, um sich abends in den Bergen zu rufen, vor allem aber, um irgendein freudiges Ereignis, ein unverhofftes Glück zu feiern, eine außergewöhnliche Jagd oder einen großen Fang in den heimischen Flüssen.

Die Schmuggler haben ihren Spaß bei diesem Spiel ihrer Vorfahren: Sie erheben ihre Stimme, um ihre erfolgreichen Unternehmungen zu verherrlichen, der Schrei folgt dem körperlichen Bedürfnis, das vorausgegangenes Schweigen wettzumachen.

Doch Ramuntcho bleibt stumm und lächelt nicht. Diese plötzliche Wildheit lässt ihn erstarren, obwohl sie ihm seit Langem bekannt ist; sie taucht ihn in Träume, die ihn ängstigen und für die er keine Erklärung findet.

Außerdem hat er an diesem Abend einmal mehr gespürt, wie ungewiss und wechselhaft seine einzige Unterstützung auf der Welt ist, nämlich die Arrochkoas, doch gerade auf ihn müsste er zählen können wie auf einen Bruder. Mit Kühnheit und Erfolgen beim Pelota-Spiel würde er ihn wieder gewinnen, aber eine kleine Schwäche, ein Nichts kann dazu führen, dass er ihn verliert. Deshalb hat er den Eindruck, dass die Hoffnung seines Lebens keine Grundlage mehr hat, dass sich alles verflüchtigen kann wie eine substanzlose Chimäre.

9

Es war der Silvesterabend.

Den ganzen Tag über war der Himmel dunkel geblieben, wie er es im Baskenland so oft ist – was im Übrigen gut zur herben Bergwelt, zum aufgewühlten, rauschenden Meer unten im Golf von Biskaya passt.

In der Abenddämmerung dieses letzten Tages im Jahr, zu der Stunde, in der die brennenden Scheite die Menschen an den weit verstreuten Herdfeuern festhalten und in der eine Unterkunft wünschenswert und wohltuend ist, setzten sich Ramuntcho und seine Mutter zum Abendessen, als es leise an der Tür klopfte.

Der Mann, der aus der Dunkelheit draußen zu ihnen kam, war ihnen auf den ersten Blick unbekannt; erst als er seinen Namen nannte (José Bidegarray aus Hasparitz), erinnerten sie sich an den Seemann, der Jahre zuvor aufgebrochen war, um nach Amerika zu fahren.

»Dies«, sagte er, nachdem er Platz genommen hatte, »dies ist der Auftrag, mit dem man mich zu euch geschickt hat. Als ich einmal in den Docks von Rosario in Uruguay mit anderen baskischen Auswanderern plauderte, sprach mich ein Mann von ungefähr fünfzig Jahren an, weil er hörte, wie ich von Etchézar erzählte.

›Ihr seid aus Etchézar?‹, hat er mich gefragt.

›Nein, aber aus dem Marktflecken Hasparitz, der nicht weit weg davon liegt.‹

Dann stellte er mir Fragen zu eurer ganzen Familie. Ich sagte: ›Die Alten sind tot, der ältere Bruder wurde beim Schmuggeln getötet, der zweitälteste ist irgendwo in Amerika verschwunden; es bleiben nur noch Franchita und ihr Sohn Ramuntcho, ein hübscher Junge, der heute achtzehn Jahre alt sein dürfte.‹

Während er mir zuhörte, war er sehr nachdenklich.

›Nun denn‹, sagte er schließlich, ›da Ihr dorthin zurückkehrt, richtet ihnen Grüße von Ignacio aus.‹

Und nachdem er mir noch ein Glas spendiert hat, ist er weggegangen …«

Franchita war aufgestanden, zitternd und noch blasser als sonst. Ignacio, der Abenteuerlustigste der ganzen Familie, ihr vor zehn Jahren verschwundener Bruder, der nie hatte von sich hören lassen! …

»Wie ging es ihm? Wie sah er aus? Welche Art Kleidung trug er? … Machte er wenigstens einen glücklichen Eindruck oder den eines armen Schluckers?«

»Oh!«, erwiderte der Matrose, »er machte noch einen guten Eindruck, trotz seines grauen Haars; seinem Anzug nach ging es ihm gut, und er trug eine schöne Goldkette an seinem Gürtel.«

Mehr konnte er eigentlich nicht sagen, nur diesen schlichten, rauen Gruß, den er überbringen sollte, mehr wusste er über den Ausgewanderten nicht zu berichten, und vielleicht würde Franchita bis zu ihrem Tod nie wieder etwas über diesen Bruder erfahren, der wie ein Gespenst fast inexistent war.

Nachdem er ein Glas Cidre geleert hatte, machte sich der seltsame Bote auf den Weg hoch in sein Dorf. Mutter und Sohn setzten sich wieder wortlos zu Tisch; sie, die schweigsame Franchita, zerstreut, mit vor Tränen glänzenden Augen; er, Ramuntcho, ebenfalls, aber auf andere Art betrübt, beim Gedanken an diesen Onkel, der in der Ferne das große Abenteuer suchte.

Als Ramuntcho der Kindheit entwuchs und immer häufiger die Schule schwänzte, um sich den Schmugglern in den Bergen anzuschließen, hatte Franchita gewöhnlich mit ihm geschimpft und gesagt:

»Du kommst übrigens ganz nach deinem Onkel Ignacio, aus dir wird nie etwas! …«

An jenem Abend also redete sie mit ihrem Sohn nicht über die Nachricht, die ihnen soeben überbracht worden war, weil sie ahnte, was seine Amerika-Träumerei bedeutete, und Angst vor seinen Antworten hatte. Überhaupt spielen sich die tiefgreifenden, intimen kleinen Dramen bei den Leuten vom Land oder aus dem Volk wortlos ab, sind bestimmt von nie geklärten Missverständnissen, Unterstellungen und hartnäckigem Schweigen.

Doch als sie ihre Mahlzeit beendet hatten, hörten sie einen Chor fröhlicher junger Stimmen, der in Begleitung eines Trommlers näher kam: Die Jungen von Etchézar holten Ramuntcho ab, um mit ihm eine musikalische Runde durchs Dorf zu drehen, wie es in den Silvesternächten Brauch ist, und jedes Haus zu besuchen, um dort ein Glas Cidre zu trinken und mit einem Lied aus alter Zeit ein Ständchen darzubringen.

Und Ramuntcho vergaß Uruguay und den geheimnisvollen Onkel, wurde wieder zum Kind, dem es Spaß machte, ihnen auf den dunklen Wegen zu folgen und dabei zu singen, und besonders entzückte ihn der Gedanke, dass man bei den Detcharrys vorbeischauen und er für einen Augenblick Gracieuse wiedersehen würde.

10

Der wechselhafte Monat März war gekommen und mit ihm der Rausch des Frühlings, der die jungen Leute mit Fröhlichkeit erfüllt und alle, die sich dem Grab zuneigen, mit Melancholie.

Und Gracieuse hatte wieder begonnen, sich in den Abendstunden der schon längeren Tage auf die Steinbank vor ihrer Haustür zu setzen.

Ach!, die alten Steinbänke bei den Häusern, die einst für die Träumereien an milden Abenden und die ewig gleichen Plaudereien der Verliebten aufgestellt wurden! …

Das Haus von Gracieuse war sehr alt wie die meisten Häuser im Baskenland, wo sich die Dinge mit den Jahren weniger verändern als anderswo … Es hatte zwei Stockwerke, ein großes, steiles Dach mit Überstand, Mauern wie eine Festung, die jeden Sommer mit Kalk geweißelt wurden, sehr kleine, mit Granit eingefasste Fenster und grüne Fensterläden. Der Türsturz über der Haustür an der Vorderfront trug eine Relief-Aufschrift, vertrackte, lange Worte, die nichts ähnelten, was ein Franzose kannte. Sie bedeuteten: »Möge Unsere Heilige Jungfrau dieses Haus segnen, errichtet im Jahr 1630 von Pierre Detcharry, Küster, und seiner Frau Damasa Irribarne aus dem Dorf Istaritz.« Haus und Weg trennte ein zwei Meter breiter Vorgarten, umgeben von einer niedrigen Mauer, über die hinweg man alle sehen konnte, die vorüberkamen. Dort wuchsen ein schöner Oleander, der sein südländisches Blattwerk über die abendliche Sitzbank ausstreckte, dazu Yuccas, eine Palme, mächtige Strauchhortensien, die in diesem Land des Schattens, in dem milden, so häufig wolkenverhangenen Klima zu riesigen Büschen werden. Dahinter schloss sich ein sehr lose eingefasster Gemüsegarten an, der zu einem überwucherten Weg hin abfiel, den Verehrer einfach hinaufsteigen konnten.

Die Vormittage in diesem Frühling waren strahlend hell und die ruhigen Abende rosig! …

Nach einer Woche Vollmond, in dessen fast taghellem Licht die Felder und Wiesen in allen Blautönen erstrahlten und Itchouas Leute nicht mehr arbeiten konnten – so hell war ihr übliches Gebiet, so sehr badeten die tiefen, dunstverhangenen Abgründe der Pyrenäen und Spaniens im Licht –, blühte der Grenzschmuggel wieder auf, sobald der abnehmende Mond am frühen Morgen wieder für Unauffälligkeit sorgte. Mit Beginn der schönen Jahreszeit war das nächtliche Schmuggelgeschäft eine feine Sache; eine einsame und traumartige Tätigkeit, bei der die Seelen der unverdorbenen und sehr entschuldbaren Schmuggler beim Anblick des Himmels und der von den Sternen belebten Finsternis sich unwillkürlich weiteten – wie zuweilen die Seelen der Seeleute, die nachts über die Fahrt der Schiffe wachen, oder einst die der Hirten im antiken Chaldäa.

Diese mildere Zeit, die auf den Märzvollmond folgte, war auch für Liebende eine günstige und verlockende Jahreszeit, denn um die Häuser herum war es überall dunkel – dunkel auch die von Bäumen überwölbten Wege –, und besonders dunkel war es auf dem einsamen Pfad hinter dem Gemüsegarten der Detcharrys, den nie jemand nahm.

Gracieuse verbrachte immer mehr Zeit auf ihrer Bank vor der Haustür.

Dort saß sie auch wie jedes Jahr, um die Karnevalstänzer zu empfangen und ihnen zuzusehen: Jedes Frühjahr tun sich Jungen und Mädchen aus Spanien oder Frankreich für einige Tage zu Tanzgruppen zusammen, schlüpfen in einheitliche rosarote oder weiße Kleidung, ziehen als fliegende Truppe durch die Dörfer an der Grenze und tanzen vor den Häusern mit Kastagnetten den Fandango …

Sie verweilte immer länger draußen auf diesem Platz, den sie liebte, unter dem Oleander, der kurz vor der Blüte stand, und manchmal, wenn ihre Mutter ins Bett gegangen war, stieg sie sogar lautlos aus dem Fenster wie eine kleine Gaunerin, um lange an ihm zu schnuppern. Ramuntcho wusste das, und jeden Abend hielt ihn der Gedanke an diese Bank vom Schlafen ab.

11

An einem klaren Aprilmorgen waren Gracieuse und Raymond zusammen unterwegs zur Kirche. Sie führte ihn, halb ernst, halb schelmisch, mit einem besonderen und sehr komischen Ausdruck dorthin, damit er Buße tat, wie sie es von ihm verlangt hatte.

Auf dem Kirchhof begannen die Blumen in den Beeten auf den Gräbern wieder zu blühen, und auch die Heckenrosen knospten. Einmal mehr erwachte die Natur mit neuen Kräften über dem langen Schlaf der Toten. Gemeinsam traten sie durch die untere Tür in die leere Kirche, nur die *frömmelnde* Alte in ihrer schwarzen Mantilla war da, um die Altäre abzustauben.

Nachdem Gracieuse Ramuntcho das Weihwasser gereicht und sie sich bekreuzigt hatten, führte sie ihn über den mit Grabplatten gepflasterten Boden durch das hallende Kirchenschiff zu einem seltsamen Bild, das in einer dunklen Ecke unter der Empore der Männer an der Wand hing.

Es war ein von alter Mystik geprägtes Gemälde und zeigte Jesus mit geschlossenen Augen, blutiger Stirn und einem beklagenswerten, erloschenen Gesichtsausdruck; der Kopf schien abgeschnitten, vom Körper abgetrennt und auf ein graues Tuch gebettet. Darüber waren die *Litaneien vom Heiligen Antlitz Jesu* zu lesen, die – wie man weiß – als Bußgebete für reumütige Gotteslästerer verfasst wurden. Am Vorabend war Ramuntcho wütend gewesen und hatte sehr garstig geflucht: ein Schwall von ganz und gar unvorstellbaren Worten, in dem die Sakramente und die heiligsten Dinge mit Teufelshörnern und anderen, noch schlimmeren Schändlichkeiten in einen Topf geworfen wurden. Deshalb war es notwendig, Buße zu tun, davon war Gracieuse fest überzeugt.

»Nun, liebster Ramuntcho, lass nichts von dem aus, was man sagen muss«, riet sie und entfernte sich.

Sie ließ ihn also vor dem Heiligen Antlitz stehen und ging zu der Frömmlerin, um ihr zu helfen, das Wasser der weißen Osterglocken vor dem Altar der Jungfrau zu wechseln, während er begann, mit leiser Stimme seine Litaneien zu murmeln.

Doch als es Abend war und Gracieuse in der Dunkelheit auf ihrer Steinbank saß, sich der sehnsuchtsvollen Abendstimmung überließ und träumte, stand plötzlich eine junge Gestalt vor ihr. Sie war bestimmt im hinteren Teil des Gartens heraufgeklettert und hatte sich in Espadrilles, lautlos wie eine Silbereule im Flug, von hinten angeschlichen: Aufrecht und mit gewölbter Brust stand der Mann vor ihr, für den sie alle Zärtlichkeit dieser Welt empfand, von dem sie mit ganzem Herzen und allen Sinnen leidenschaftlich träumte …

»Ramuntcho!«, sagte sie … »Oh! Wie du mich erschreckt hast! … Wo kommst du so spät her? Was willst du? Warum bist du gekommen?«

»Warum ich gekommen bin? Um dir meinerseits eine Buße aufzuerlegen«, antwortete er lachend.

»Nein, im Ernst, was ist, was willst du hier?«

»Ich will dich doch nur sehen!? Deshalb bin ich da … Was willst du! Wir sehen uns doch sonst nie mehr! … Deine Mutter hält mich mehr und mehr fern von dir. So kann ich nicht leben … Schließlich tun wir nichts Böses, nicht wahr, wir wollen doch heiraten! ... Und weißt du, ich könnte jeden Abend kommen, wenn du magst, ohne dass es jemand merkt ...«

»Oh! Nein! ... Oh! Tu das nicht, niemals, ich flehe dich an ...«

Sie unterhielten sich noch einen Moment ganz, ganz leise, mit vielen Pausen zwischen den Worten, als fürchteten sie, die Vögel in ihren Nestern zu wecken. Sie erkannten den Klang ihrer Stimmen nicht mehr, so verändert und zittrig waren sie, als hätten sie ein süßes und verdammenswertes Verbrechen begangen, wo sie doch nur zusammenbleiben wollten im lieblichen Geheimnis dieser Aprilnacht, in der um sie herum so viele Säfte aufwallten, so viele Samen aufgingen und so viele Lieben erblühten ...

Er hatte es nicht einmal gewagt, sich neben sie zu setzen; er blieb stehen, bereit, sich beim geringsten Warnzeichen in die Büsche zu schlagen wie ein nächtlicher Herumtreiber.

Und doch war sie es, die ihn, als er gehen wollte, verwirrt, zögernd und kaum hörbar fragte:

»Und ... kommst du morgen wieder?«

Angesichts dieser unverhofften Wendung lächelte er unter seinem Oberlippenflaum und erwiderte:

»Aber ja doch, ganz bestimmt! ... Morgen und jeden Abend! ... Jeden Abend, wenn uns die Arbeit nicht nach Spanien führt, ... komme ich zu dir ...«

12

Raymonds Schlafstatt befand sich im Haus seiner Mutter genau über dem Stall, ein reichlich mit Kalk getünchtes Zimmer. Dort stand sein Bett, immer sauber und weiß, nur ließ ihm der Schmuggel jetzt wenig Zeit zu schlafen. Auf seinem Tisch lagen – überraschend in diesem Haus – Reisebücher und kosmografische Werke, die ihm der Pfarrer seiner Kirchengemeinde lieh. Gerahmte Heiligenporträts schmückten die Wände, und von den Deckenbalken hingen mehrere Pelota-Handschuhe, jene langen Spitzkörbe aus geflochtener Weide und Leder, die eher wie Jagd- oder Angelgeräte aussehen.

Franchita hatte bei ihrer Rückkehr ins Dorf mit einem Teil des Geldes, das ihr der Fremde bei der Geburt ihres Sohnes gegeben hatte, das Haus zurückgekauft, das einst ihren verstorbenen Eltern gehört hatte. Den Rest hatte sie auf ein Konto gelegt. Dann arbeitete sie, nähte Kleider für Leute aus Etchézar oder bügelte ihre Wäsche, und sie vermietete an die Bauern der angrenzenden Felder zwei Zimmer und den Stall im Untergeschoss, wo diese ihre Kühe und Schafe unterbrachten.

Vertraute kleine Melodien wiegten Ramuntcho im Schlaf. Zunächst das beständige Brausen des nahen Wildbachs; dann manchmal der Gesang der Nachtigallen, die Morgenständchen verschiedener Vögel. Und in diesem Frühjahr besonders die Kühe, seine Nachbarinnen unter ihm, die, vom Duft des frischen Heus in Aufregung versetzt, die ganze Nacht rumorten und deren Glöckchen ständig bimmelten, während sie unruhig träumten.

Nach den langen nächtlichen Ausflügen holte er seinen Schlaf oft nachmittags nach, lag im Schatten ausgestreckt auf einem moos- oder grasbewachsenen Fleckchen. Wie die anderen Schmuggler war er übrigens, anders als die Bauernjungen, kein großer Frühaufsteher und erwachte häufig erst lang nach Tagesanbruch, wenn aus dem Stall unter ihm, dessen Tür, sobald die Tiere auf der Weide waren, zur aufgehenden Sonne hin stets sperrangelweit offen stand, bereits strahlend hell und fröhlich Licht durch die schlecht gefügten Bodendielen in sein Zimmer fiel. Dann ging er an sein Fenster, stieß den alten, olivgrün gestrichenen kleinen Fensterladen aus massivem Kastanienholz auf und stützte sich mit dem Ellbogen auf die dicke Mauer, um die Wolken oder die Sonne des neuen Tags zu betrachten.

Was er in der Umgebung des Hauses erblickte, war grün, grün, so herrlich grün, wie im Frühjahr alle Ecken und Winkel dieses schattigen, regnerischen Landstrichs sind. Die Farne, die im Sommer feurig rostrot werden, glänzten jetzt, im April, in saftigstem Grün und bedeckten die Bergflanken wie ein riesiger Teppich aus gekräuselter Wolle, in den die Blüten des Fingerhuts überall rosarote Tupfen malten. Unten in der Schlucht rauschte der Wildbach unter den Zweigen. Oben klammerten sich im Wechsel mit Wiesen kleine Gruppen von Eichen und Buchen an die Hänge, und über diesem ruhigen Eden erhob sich der große, kahle Gipfel des Gizune zum Himmel, der Herrscher über die Region der Wolken. Auch sah man, etwas zurückversetzt, die Kirche und die Häuser – das Dorf Etchézar, das abgeschieden hoch oben auf einem Vorberg der Pyrenäen lag, fern von allem, fernab der Fernmeldeleitungen, die das Tiefland mit seinen Stränden umgekrempelt und zugrunde gerichtet haben.

Wenn Ramuntcho morgens aufstand, durchdrang ihn beim Blick aus dem Fenster Frieden und demütige Gelassenheit. Übrigens war er beim Aufstehen jetzt immer voller Freude, denn er erwachte als Verlobter, seit er sicher war, Gracieuse am Abend wie versprochen wiederzusehen. Die unbestimmten Sorgen, die unbegreifliche Traurigkeit, die einst die tägliche Wiederkehr seiner Gedanken begleiteten, waren eine Zeit lang verschwunden, weggefegt von der Erinnerung an diese Treffen und der Vorfreude auf die nächsten. Sie hatten sein Leben völlig verändert; sobald er die Augen aufschlug, war ihm, als wäre er inmitten dieses Grüns und dieser Aprilblumen von einem Geheimnis und einem gewaltigen Zauber umgeben. Und der Frühlingsfrieden, den er so jeden Morgen wiedersah, erschien ihm jedes Mal wie etwas Neues, ganz anders als in all den Jahren zuvor, seinem Herzen unendlich süß und voller Wollust für seinen Körper, deutete sich darin doch etwas Unergründliches und Hinreißendes an …

13

Es ist der Osterabend. Die Glocken in den Dörfern Spaniens und Frankreichs, deren heilige Schwingungen sich vereint hatten, sind verstummt …

Am Ufer der Bidassoa sitzend, halten Raymond und Florentino Ausschau nach einem Kahn. Es herrscht tiefe Stille, und die Glocken schlafen. Die laue Abenddämmerung hat sich sehr lang hingezogen, schon beim bloßen Einatmen spürt man, dass der Sommer naht.

Sobald es dunkel ist, soll das Boot der Schmuggler erscheinen, das den Phosphor von der spanischen Küste bringt, dessen Einfuhr streng verboten ist. Sie müssen die Ware vom Boot holen, ohne dass es am Ufer anlegt, indem sie durch das Flussbett waten und dabei lange, spitze Stöcke in den Händen halten, damit es, falls sie erwischt werden, so aussieht, als ob sie ganz unschuldig »Plattfische« jagten.

An diesem Abend ist die Wasseroberfläche der Bidassoa unbewegt und klar, ein wenig heller als der Himmel; alle Sternbilder und das ganze spanische Gebirge am anderen Ufer, das sich in der ruhigen Atmosphäre als dunkler Schattenriss abhebt, spiegeln sich auf dem Kopf stehend darin wider. Der Sommer naht, man merkt es immer deutlicher, so durchsichtig und mild kündigt sich die Nacht an, so lau und sehnsüchtig ist an diesem Abend die Stimmung über diesem Fleckchen Erde, an dem die Schmuggler still ihren Geschäften nachgehen.

Doch Ramuntcho erscheint der Ästuar, der die beiden Länder trennt, im Moment noch trübsinniger als sonst, noch verschlossener, noch versperrter durch die schwarzen Berge, an deren Fuß hier und da ein oder zwei Lichter flackern. Und wieder packt ihn der sehnsüchtige Drang zu entdecken, was dahinter und noch weiter dahinter liegt … Ach! Könnte man doch einfach anderswo hingehen! … Zumindest eine Zeit lang der Knechtung in diesem Land entkommen, das er doch so liebt! Der Knechtung durch dieses immer gleiche, ausweglose Dasein vor dem Tod entkommen. Etwas anderes versuchen, hier herauskommen, reisen, kennenlernen! …

Während er den kleinen Landstreifen in der Ferne beobachtet, wo das Boot auftauchen soll, richtet er den Blick ab und zu nach oben, um zu sehen, was sich dort, im Unendlichen, abspielt, betrachtet die Mondsichel, dünn wie ein Strich, die langsam sinkt und bald verschwinden wird; er betrachtet die Sterne, deren langsamen, geordneten Gang er wie viele Leute seines Gewerbes so viele nächtliche Stunden lang beobachtet hat; er fühlt, wie ihn die unfassbaren Proportionen und Entfernungen dieser Dinge beängstigen.

In Etchézar hatte ihm der alte Priester, der ihn einst den Katechismus gelehrt hatte und neugierig auf seinen erwachenden Verstand geworden war, Bücher geliehen und zudem Gespräche über tausenderlei Dinge mit ihm geführt, ihm in Bezug auf die Sterne einen Begriff von den Bewegungen und den unermesslichen Dimensionen gegeben und ihm die Augen geöffnet für die großen Abgründe von Raum und Zeit. Daher hatten die angeborenen Zweifel, der Schrecken und die Hoffnungslosigkeit, die in seiner Seele schlummerten, hatte all das, was ihm sein Vater als dunkles Erbe mitgegeben hatte, eine schwarze Gestalt angenommen und sich aufgelehnt. Unter dem großen Nachthimmel

beginnt der fromme kleine Baske, an seinem Glauben zu zweifeln. Seine Seele ist nicht schlicht genug, um blind den Dogmen
und religiösen Vorschriften zu folgen, und da in seinem seltsam
gerüsteten, jungen Verstand, dem niemand die Richtung vorgibt,
alles aus den Fugen gerät, weiß er nicht mehr, ob es klug ist,
sich noch vertrauensvoll den ehrwürdigen geweihten Formeln
zu unterwerfen, hinter denen vielleicht alles verborgen bleibt,
was wir an unergründlichen Wahrheiten erahnen können.

Die Osterglocken also, die ihn im Vorjahr noch mit tröstlicher, frommer Zuversicht erfüllt hatten, sind ihm dieses Jahr nur
wie eine beiläufige Musik vorgekommen, eher melancholisch
und fast belanglos. Und jetzt, da sie schweigen, lauscht er mit
rätselhafter Traurigkeit dem gewaltigen, dumpfen, seit Anbeginn
der Welt nahezu ununterbrochenen Rauschen des Meeres an
den Klippen der Biskaya, das an ruhigen Abenden bis weit hinter den Bergen zu hören ist.

Doch sein unsteter Traum nimmt wieder eine andere Richtung … Denn jetzt scheint sich der Ästuar immer mehr zu verändern, obwohl er nicht mehr dunkler wird und die Ansamm-
lungen menschlicher Siedlungen nicht mehr zu sehen sind;
plötzlich kommt er ihm fremd vor, als wäre etwas Geheimnis-
volles im Gange; übrig bleiben nur noch die großen, scharfen
Linien, die fast ewig sind, und zu seiner Verwunderung denkt
er an eine Zeit lange vor seiner Zeit, ein unscharfes und dunkles Altertum … Bestimmt schwebt um ihn schon der Geist der
Vorzeit, der in ruhigen Nächten bisweilen aus der Erde steigt,
wenn die Unruhestifter von heute schlafen; er erfasst es nicht
klar, denn sein künstlerischer Sinn und seine seherische Kraft
sind rudimentär geblieben, von keinerlei Bildung verfeinert;
aber er spürt es, spürt die Unruhe … In seinem Kopf geht noch
und ständig alles durcheinander, immer wieder versucht er, die

Fäden zu entwirren, aber es gelingt ihm einfach nie … Doch als die beiden länger und röter gewordenen Spitzen der Mondsichel langsam hinter den vollkommen schwarzen Bergen versinken, tauchen die Dinge für einen kostbaren Augenblick in ein Licht, in dem sie wild und urzeitlich erscheinen; dann stehen ihm plötzlich ursprüngliche Epochen vor Augen, ein vergehendes Bild, das, man weiß nicht, wo, im Raum verblieben ist, und dieser Eindruck ist so verwirrend, dass er erschauert. Und jetzt denkt er sogar, ohne es zu wollen, an die Waldmenschen, die hier *vor Zeiten*, in unvordenklicher, dunkler Zeit gelebt haben, denn plötzlich erhebt sich irgendwo weit weg am Ufer ein langer baskischer Schrei in schaurigem Falsett aus der Dunkelheit, der *Irrintzina*, das Einzige in seinem Land, woran er sich nie ganz gewöhnen konnte … Aber dann hört man in der Ferne wie zum Spott ein schrilles Geratter, das Scheppern von Eisen, ein Pfeifen und Zischen, und hinter ihnen fährt am französischen Ufer der Zug von Paris nach Madrid vorbei. Der Geist der Vorzeit faltet seine dunklen Flügel zusammen und verschwindet. Selbst wenn es wieder still wird nach der Durchfahrt dieses dummen, schnellen Ungetüms, wird der Geist, der die Flucht ergriffen hat, nicht mehr zurückkommen …

Endlich zeigt sich das Boot, auf das Raymond und Florentino gewartet haben, eine für andere Augen als ihre kaum erkennbare, graue kleine Silhouette, die auf dem nachthimmelblauen Wasserspiegel, der das Bild der Sterne zurückwirft, leichte Wellen hinter sich zurücklässt. Die Zeit ist im Übrigen gut gewählt, da die Wachsamkeit der Zöllner um diese Stunde nachgelassen hat. Es ist auch die Zeit, in der man am wenigsten sieht, sobald der letzte Widerschein der Sonne und der Mondsichel erloschen ist und das menschliche Auge sich noch nicht an die Dunkelheit gewöhnt hat.

Nun ergreifen sie die langen Angelstöcke und steigen leise ins Wasser, um den einem Handelsverbot unterliegenden Phosphor abzuholen …

14

Am kommenden Sonntag sollte in Erribiague, einem weit entfernten Dorf im Hochgebirge, eine große Pelota-Partie stattfinden. Ramuntcho, Arrochkoa und Florentino würden dort gegen
drei Berühmtheiten aus Spanien spielen; heute Abend mussten
sie dazu auf dem Platz von Etchézar trainieren und die Arme
lockern; Gracieuse war mit einigen gleichaltrigen Mädchen
gekommen, zusammen saßen sie auf den Granitbänken und
schauten zu. Die Mädchen waren alle hübsch; sie wirkten elegant
in ihren pastellfarbenen Blusen, die nach den neuesten Mode-
launen geschneidert waren. Sie lachten, und wie! Sie lachten,
weil sie zu lachen angefangen hatten, ohne zu wissen, warum.
Ein winziges Wort, eine Andeutung in ihrer alten baskischen
Sprache genügte, schon konnten sie sich vor Lachen nicht mehr
halten … Dieses Land ist wahrhaftig einer der Erdenwinkel, wo
die Mädchen am lautesten lachen, ein Lachen, das nach reinem
Kristall, nach Jugend und frischen Kehlen klingt.

Arrochkoa war schon längst da, hatte den Weidenhandschuh
angezogen und warf den Pelota-Ball allein, ab und zu sausten
Kinder los und brachten ihn wieder zurück. Was war mit Raymond und Florentino? Sie waren wirklich sehr unpünktlich! …

Endlich trafen sie ein, Schweiß auf der Stirn, mit schwerem,
unsicherem Schritt. Als die lachenden Mädchen sie in dem spöt-
tischen Ton ausfragten, den sie üblicherweise anschlagen, wenn
sie in Gruppen unterwegs sind und Jungen necken, grinsten sie

und schlugen sich auf die Brust, sodass es metallisch schepperte. Sie waren zu Fuß auf den Pfaden des Gizune aus Spanien zurückgekommen, behängt mit schweren Kupfermünzen mit dem Bildnis des netten kleinen Alfons XIII. Das neue Geschäft der Schmuggler: Sie hatten dort für Itchoua eine große Summe in französischen Silbermünzen gewinnbringend gegen Billonmünzen aus einer minderwertigen Legierung getauscht, die dafür bestimmt waren, sie während der künftigen Jahrmärkte in den verschiedenen Dörfern des Departements Landes, wo spanische Sous gängige Zahlungsmittel sind, zum Nennwert in Umlauf zu bringen. Jeder der beiden trug in seinen Taschen, im Hemd, auf der Haut gut vierzig Kilo Kupfer mit sich herum. Zum großen Amüsement der Mädchen ließen sie das alles zu deren Füßen auf die alten Granitbänke hinabregnen und erteilten ihnen den Auftrag, die Münzen zu bewachen und zu zählen. Dann wischten sie sich die Stirn, schöpften etwas Atem und begannen zu spielen und herumzuspringen, denn ohne die überschwere Last fühlten sie sich gleich viel leichter und viel flinker als sonst.

Außer drei oder vier Schulkindern, die wie junge Katzen den versprengten Pelota-Bällen nachjagten, waren nur die Mädchen da, ein verlorenes Grüppchen, das auf den untersten Stufen der verlassenen Ränge saß, über deren altem, rotem Stein zu dieser Zeit die schönsten Kräuter und Aprilblumen blühten. In ihren Kleidern aus indischem Kattun mit den hellen weißen oder rosafarbenen Oberteilen sorgten nur sie für Fröhlichkeit auf dem tristen Festplatz. Neben Gracieuse saß Pantchika Dargaignaratz, noch eine fünfzehnjährige Blondine, die mit Gracieuse' Bruder Arrochkoa verlobt war und mit der Heirat nicht warten musste, da dieser als Sohn einer Witwe keinen Militärdienst leisten musste. Während sie die Münzen auf den steinernen Rängen stapelten, kritisierten sie die Spieler, lachten und tuschelten im

Singsang ihrer Sprache, in der alles auf *rra* oder *rrik* endet, und dabei rollten sie das *r* so stark, dass es klang, als hörte man jedes Mal das Flügelschlagen von Spatzen aus ihrem Mund.

Auch die jungen Männer bemühten sich zu lachen und setzten sich unter dem Vorwand, kurz auszuruhen, häufig zu den Mädchen, die für das Spiel dreimal so störend und einschüchternd waren wie das Publikum an Wettkampftagen – so spöttisch waren sie alle!

Ramuntcho erfuhr hier etwas von seiner kleinen Verlobten, was er sich nie erhofft hätte: Sie hatte die Erlaubnis ihrer Mutter erhalten, zu jenem Fest nach Erribiague zu gehen, dem Pelota-Spiel beizuwohnen und die Gegend zu besuchen, die sie nicht kannte; geplant war, dass sie zusammen mit Pantchika und Madame Dargaignaratz in der Kutsche reisten. Sie würden sich dann dort treffen, und vielleicht wäre es sogar möglich, eine gemeinsame Rückfahrt zu arrangieren.

Seit sie fast zwei Wochen zuvor begonnen hatten, sich abends heimlich zu treffen, war es das erste Mal, dass er Gelegenheit hatte, tagsüber und vor anderen so mit ihr zu sprechen – und die Art, wie sie miteinander sprachen, fühlte sich anders an, es war scheinbar formeller, doch darunter verbarg sich ein sehr süßes Geheimnis. Auch hatte er sie schon lange nicht mehr bei hellem Tag so nahe und so genau ansehen können: Dabei blühte sie in diesem Frühling noch mehr auf; sie war wirklich unglaublich schön! … Ihr Busen wurde runder und ihre Taille schmaler; ihr Auftreten gewann täglich an eleganter Geschmeidigkeit. Sie sah weiterhin ihrem Bruder ähnlich, hatte dieselben regelmäßigen Gesichtszüge, dasselbe vollkommene Oval; doch die Verschiedenheit ihrer Augen trat immer stärker hervor: Während Arrochkoas Augen – von einem Blaugrün, das von selbst zu fliehen schien – auswichen, sobald man ihn anblickte, weiteten sich die ihren – schwarze Pupillen, schwarze Wimpern – und richteten sich fest auf den Betrachter. Niemand, den Ramuntcho kannte, hatte Augen wie sie; er bewunderte sie für ihren freimütigen und zärtlichen Blick ebenso wie für ihren anderen, eindringlichen und ängstlich fragenden Blick. Lange bevor er zum Mann und für Sinnestäuschungen empfänglich wurde, hatten diese Augen mit allem, was an Gracieuse am besten und lautersten war, seine unberührte kleine Kinderseele erobert. Und jetzt hatte die große, unergründliche Herrscherin und Verwandlerin diese besonderen Augen mit so viel körperlicher Schönheit umgeben, dass sich sein Körper unwiderstehlich angezogen und zur höchsten Vereinigung aufgerufen fühlte …

Die Spieler waren von der Gruppe Mädchen, ihren weißen und rosaroten Blusen sehr abgelenkt und lachten über sich selbst, weil sie schlechter spielten als sonst. Über den Mädchen, die nur eine kleine Ecke des alten Amphitheaters aus Granit in Beschlag nahmen, erhoben sich leere, etwas verfallene Sitzreihen, dann die Häuser von Etchézar in ihrer friedlichen Abgeschiedenheit vom Rest der Welt, dahinter schließlich das dunkle, den Blick versperrende Massiv des Gizune, der den Himmel füllte und in die schweren Wolken eintauchte, die an seinen Hängen ruhten. Reglose Wolken, von denen nichts zu befürchten war, auch kein Regen; taubengraue Frühlingswolken, die aussahen, als wären sie so warm wie die Luft an diesem Abend. Und in einem Einschnitt weit unterhalb des Hauptgipfels begann, je mehr der Tag sich neigte, der Vollmond silbern zu glänzen.

Sie spielten bis weit in den Abend hinein, bis die ersten Fledermäuse herumflatterten, bis der Pelota-Ball in der Luft kaum noch zu sehen war. Vielleicht spürten sie alle unbewusst, dass es ein seltener Augenblick war, der nicht mehr wiederkehren würde: Deshalb blieben sie so lange wie möglich …

Und zum Schluss gingen sie alle zusammen zu Itchoua und brachten ihm seine Münzen aus Spanien. Sie waren auf zwei große rostbraune Tücher verteilt worden, die jeweils ein Junge und ein Mädchen an den Zipfeln hielten, und während sie zu ihm gingen, sangen sie das Lied von der Flachsspinnerin und wiegten sich dabei im Takt.

Wie lange im April diese Abenddämmerung dauerte, wie klar und mild sie war! ... Es blühten schon Rosen und alle Arten von Blumen vor den Mauern der ehrwürdigen, weißen Häuser mit den braunen oder grünen Fensterläden. Jasmin, Geißblatt, Linden dufteten. Für Gracieuse und Raymond war es eine jener köstlichen Stunden, an die man sich später in der angstvollen Tristesse des Erwachens mit schmerzlichem Bedauern und bezaubert zugleich erinnert ...

Oh! Wer kann sagen, warum es auf der Erde Frühlingsabende und so schöne Augen zu betrachten gibt, warum diese lächelnden Mädchen und den Duft, der einen im April bei Anbruch der Nacht aus den Gärten anweht, und all die betörenden Köstlichkeiten des Lebens, da es doch ironischerweise mit Trennungen, Niedergang und Tod endet ...

15

Am folgenden Freitag bereitet man sich auf die Abfahrt in das Dorf vor, in dem am Sonntag das Fest stattfinden soll. Es liegt weit entfernt in einer dunklen Gegend, an der Biegung einer tiefen Schlucht, zu Füßen sehr hoher Berge. Arrochkoa wurde in diesem Dorf geboren und verbrachte dort die ersten Monate seines Lebens, als sein Vater Brigadier beim französischen Zoll war, aber er war noch zu klein, als sie wegzogen, um die leiseste Erinnerung daran zu haben.

Zum mittäglichen Angelusgebet fahren Gracieuse, Pantchika und ihre Mutter, Madame Dargaignaratz, die mit einer langen Peitsche in der Hand kutschieren muss, im kleinen Wagen der Detcharrys los, um auf direktem Weg über die Gebirgsstraßen nach Erribiague zu gelangen.

Ramuntcho, Arrochkoa und Florentino machen einen großen Umweg über Saint-Jean-de-Luz, wo sie Schmuggler-Geschäfte zu erledigen haben, und nehmen dann die kleine Eisenbahn, die Bayonne mit Burguetta verbindet, um Erribiague noch in der Nacht zu erreichen. Heute sind sie alle drei unbeschwert und glücklich, nie saßen Baskenmützen über fröhlicheren Gesichtern.

Als sie in dem kleinen Zug von Burguetta ins stille Hochland vordringen, wird es dunkel. Die Waggons sind voll besetzt mit einer sehr vergnügten Menschenmenge, einer Abendgesellschaft in Frühlingslaune, die von irgendeinem Fest zurückkehrt, junge Mädchen, die das Haar im Nacken mit einem Seidentüchlein zusammengebunden haben, junge Männer mit wollenen Baskenmützen. Alle singen, lachen und küssen sich. Trotz der zunehmenden Dunkelheit erkennt man noch die blühenden Weißdornhecken, die weiß blühenden Akazienwälder. Der zugleich aufdringliche und liebliche Geruch, den das Land ausdünstet, zieht durch die offenen Abteile. Und wie ein Band der Fröhlichkeit wirft der vorbeifahrende Zug über all die weißen Aprilblüten, die von der Nacht immer mehr verwischt werden, den Refrain eines alten Navarreser Liedes, den die Mädchen und Jungen zum Rattern der Räder, zum Zischen des Dampfs ständig aufs Neue aus voller Kehle anstimmen …

Erribiague! An den Türen wird der Name ausgerufen, der alle drei aufschreckt. Die singende Horde war schon seit geraumer Zeit ausgestiegen, sie sind fast allein im Zug, in dem es still geworden ist. Immer höhere Berge auf der Strecke haben die Nacht undurchdringlich gemacht – und sie schliefen beinahe.

Ganz verwirrt springen sie aus dem Zug in eine Finsternis, in der selbst die Augen von Schmugglern nichts mehr sehen. Über ihnen funkeln nur wenige Sterne, so sehr wird der Himmel von den aufragenden Gipfeln versperrt.

»Wo ist das Dorf?«, fragen sie einen Mann, der sie als Einziger auf dem Bahnsteig empfängt.

»Eine Viertelmeile von hier, auf dieser Seite, rechts.«

Tatsächlich erkennen sie langsam den grauen Streifen einer Straße, der sich sofort in der Nacht verliert. Wortlos machen sie sich auf den Weg durch die große Stille, die feuchte Kühle in diesen finsteren Tälern, ihr Frohsinn wird ein wenig gedämpft von den majestätischen schwarzen Gipfeln, die hier die Grenze bewachen.

Endlich eine alte Bogenbrücke über einen Wildbach, dann

das schlafende Dorf, von dem kein Licht mehr kündet. Und das Gasthaus, wo immerhin noch eine Lampe brennt, ist ganz nah, schmiegt sich an den Berg, die Fundamente im rauschenden Wildbach.

Zuerst führt man sie in ihre kleinen Kammern, die trotz ihrer völligen Überalterung anständig und sauber aussehen – sehr niedrig zwar und von ihren gewaltigen Deckenbalken erdrückt, doch an allen weiß gekalkten Wänden hängen Bilder von Christus, der Jungfrau und den Heiligen.

Dann gehen sie hinunter, um sich für ihr Nachtmahl in den Gastraum zu setzen, wo schon zwei oder drei Greise in alter Tracht sitzen: breiter Gürtel, schwarzes, sehr kurzes, in zahllose Falten gelegtes Hemd. Arrochkoa hält nicht mehr an sich und erkundigt sich, stolz auf seine Herkunft, ob sie nicht einen gewissen Detcharry gekannt hätten, der hier vor bald achtzehn Jahren Brigadier beim Zoll war.

Einer der Alten schiebt den Kopf vor, hält die Hand über die Augen und mustert sein Gesicht:

»Ah! Ich wette, Sie sind sein Sohn! Sie sind ihm wie aus dem Gesicht geschnitten! … Detcharry! Wenn ich an diesen Detcharry denke! … Er hat mir seinerzeit mehr als zweihundert Packen Ware abgenommen, so wahr ich hier stehe! … Aber macht nichts, geben Sie mir trotzdem die Hand, wenn Sie sein Sohn sind!«

Und der alte Schleichhändler, der ein großer Bandenchef war, drückt Arrochkoa ohne Groll beide Hände auf das Herzlichste.

Denn dieser Detcharry hat sich in Erribiague einen Namen gemacht wegen seiner Listigkeit, seiner Hinterhalte, seiner Beschlagnahmungen von Schmuggelware, mit denen er sich die kleine Rente erarbeitet hat, die jetzt Dolorès und ihren Kindern zugutekommt.

Und Arrochkoa brüstet sich, während Ramuntcho den Kopf senkt, weil er ohne Vater ist und nicht mit seiner Herkunft prahlen kann.

»Sie sind nicht zufällig auch beim Zoll wie Ihr verstorbener Vater?«, fährt der Alte in spöttischem Ton fort.

»Oh nein! Eigentlich nicht! ... Ganz im Gegenteil ...«

»Ach! Gut! ... Verstanden! ... Schlagen Sie noch mal ein ... Sieh an! Sein Sohn ist unter die Schmuggler gegangen wie wir! Das rächt mich an Detcharry ...«

Der Cidre wird gebracht, und sie trinken zusammen, während die Greise von ihren einstigen Großtaten und Listen erzählen, die alten Geschichten, die man sich nachts in den Bergen erzählt; das Baskisch, das sie sprechen, unterscheidet sich ein wenig von dem in Etchézar, wo die Sprache klarer artikuliert, schärfer, möglicherweise reiner gesprochen wird. Raymond und Arrochkoa wundern sich über den Akzent im Hochland, in dem die Wörter weicher klingen, fast wie gesungen; diese weißhaarigen Erzähler kommen ihnen beinahe wie Fremde vor, deren Unterhaltung eine Folge monotoner Strophen sein könnte, die endlos wiederholt werden wie bei den alten Klageliedern. Und sobald sie schweigen, dringt von draußen, aus der friedlichen, kühlen Dunkelheit, das leise Rumoren der schlafenden Welt herein. Die Grillen zirpen, am Fuß des Gasthauses sprudelt der Wildbach und rauscht davon, man hört es von den furchterregend aufragenden Gipfeln tropfen, die mit dichtem Grün bedeckt und voller sprudelnder Quellen sind ... In seiner Schlucht eingezwängt und sich selbst überlassen, schläft das winzige Dorf, und die Nacht kommt einem hier schwärzer, geheimnisvoller vor als anderswo.

»Herrgott! Zoll und Schmuggel unterscheiden sich im Grunde gar nicht so sehr«, schließt der alte Bandenchef, »bei beiden kommt es darauf an, alle Kniffe zu kennen und etwas zu riskieren, stimmt's? Meine persönliche Meinung ist ja, dass ein Zöllner, der ein wenig entschlossener und schlauer ist, so ein Zöllner, wie zum Beispiel Euer Vater einer war, dass der, na ja, so viel taugt wie jeder von uns!«

Bei diesen Worten kommt die Wirtin und kündigt an, dass es Zeit sei, die Lampe zu löschen – die letzte im Dorf, die noch brennt. Die alten Schmuggler brechen auf, Raymond und Arrochkoa gehen in ihre Kammern, legen sich ins Bett und schlafen ein, während die Grillen unentwegt weiterzirpen, das Wildwasser weiter sprudelt und den Berg hinabstürzt. Und wie in seinem Haus in Etchézar wird Ramuntcho im Schlaf vom leisen Läuten der Glocken am Hals der Kühe begleitet, die im Stall unter ihm unruhig träumen.

16

In aller Frühe öffnen sie die Läden ihrer schmalen Fenster, die wie Türöffnungen in das uralte, dicke Mauerwerk eingelassen sind.

Und auf einmal flutet überall Licht herein und blendet ihre Augen. Draußen erstrahlt der Frühling. Nie zuvor waren Berggipfel so hoch und nah über ihren Köpfen gehangen. Doch entlang der dicht belaubten Abhänge, der bewaldeten Berge scheint die Sonne herab bis in diese Talsohle, sodass die weiß gekalkten Wände der alten Dorfhäuser mit den grünen Fensterläden im Sonnenlicht strahlen.

Überhaupt spüren beide beim Aufwachen die Jugend in ihren Adern und die Freude in ihren Herzen. Denn sie haben vor, an diesem Morgen zu den Cousins von Madame Dargaignaratz zu gehen, die außerhalb des Dorfs wohnen, und die beiden Mädchen zu besuchen, Gracieuse und Pantchika, die gestern Abend mit der Kutsche dort angekommen sein müssen …

Nachdem sie einen Blick auf den Pelota-Platz geworfen haben, wo sie am Nachmittag trainieren wollen, wandern sie los auf kleinen, herrlich grünen Pfaden, die tief unten in der Talsohle versteckt an kühlen Wildbächen entlangführen. Über den lockeren und endlosen Farnhorsten recken sich überall blühende Fingerhüte in die Höhe wie lange purpurrote Raketen.

Offenbar liegt das Haus der Olhagarray-Cousins weit abseits, immer wieder halten sie an, fragen Schäfer nach dem Weg oder klopfen an eine einsame Hütte, auf die sie hier und da unter

111

den Baumkronen stoßen. Nie zuvor haben sie so alte baskische Häuser gesehen, auch nie so einfache wie diese hier im Schatten von gewaltigen Kastanienbäumen.

Die Schluchten, durch die sie kommen, sind merkwürdig zwischen den Bergen eingeschlossen. Oberhalb all der Eichen- und Buchenwälder am Berg, die aussehen, als hingen sie dort, erscheinen wilde, kahle Gipfel, eine Zone steiler baumloser Flanken in dunklem Braun, die in das kräftige Blau des Himmels ragt. Doch hier unten liegt die geschützte und moosige, grüne und versunkene Region, auf die nie die Sonne brennt und wo der April seine ganze verschwenderische frische Pracht versteckt.

Und auch die beiden, die auf diesen Pfaden zwischen Fingerhut und Farnen wandern, werden von dieser Herrlichkeit des Frühlings erfasst.

Nach und nach erwachen in ihnen das Vergnügen an dieser Wanderung und, unter dem Eindruck dieses alterslosen Ortes, auch die alten Jagd- und Zerstörungstriebe. Besonders Arrochkoa ist Feuer und Flamme, springt mal nach rechts, mal nach links, reißt Gräser und Blumen aus. Alles, was sich zwischen den verlockend grünen Blättern bewegt, weckt seine Neugier, Eidechsen, die man fangen könnte, Vögel, die man aufschrecken könnte, schöne Forellen, die im kalten Wasser schwimmen; er hüpft herum, wünscht sich Angeln, Stöcke, Gewehre, und in der Blüte seiner vollen achtzehn Jahre entpuppt sich der Blondschopf tatsächlich als ein wenig wild … Ramuntcho fasst sich schnell wieder. Nach den ersten abgebrochenen Ästen, der ersten Handvoll Blumen, die er ausgerupft hat, kommt er wieder zu sich; er bewundert die Dinge und sinnt nach …

Jetzt gelangen sie an eine Wegkreuzung, wo Täler aufeinandertreffen, ein abgeschiedener Ort, an dem weit und breit keine menschliche Behausung zu sehen ist. Sie sind umgeben von schattigen Schluchten, in denen sich große Eichen eng aneinanderdrängen, und über ihnen türmen sich überall rotbraune, von der Sonne verbrannte Berge auf. Nirgendwo ein Hinweis auf modernes Leben, absolute Stille und Unberührtheit wie in grauer Vorzeit. Als sie den Blick auf die Gipfel richten, entdecken sie dort oben, sehr weit entfernt, Bauern, die auf unsichtbaren Pfaden kleine Schmuggleresel vor sich hertreiben: Diese stillen Passanten an der Flanke des riesigen Bergs sind aus der Entfernung winzig wie Insekten, Basken von einst, und von hier betrachtet, fast verschmolzen mit der roten Erde, aus der sie kommen – und in die sie zurückkehren müssen, nachdem sie gelebt haben wie ihre Vorfahren, ohne eine Ahnung von den Dingen unserer Zeit, Dingen von *anderswoher* …

Arrochkoa und Ramuntcho lüften ihre Baskenmützen, um sich die Stirn abzuwischen; es ist so heiß in diesen Schluchten, und sie sind so viel gelaufen, so viel gesprungen, dass ihnen überall am Körper der Schweiß perlt. So groß ihr Vergnügen auch ist, es wird Zeit, bei den beiden Blonden anzukommen, die auf sie warten. Doch wen nach dem Weg fragen, wenn kein Mensch da ist? …

Da ruft neben ihnen eine raue Stimme »*Ave Maria!*« aus dem dichten Buschwerk.

Und daran schließt sich ein Wortschwall in raschem decrescendo an, schnell, schnell, ein in atemlosem Tempo abgespultes baskisches Gebet, laut zu Anfang, immer leiser zum Ende hin. Zwischen den Farnen taucht ein alter Bettler auf, völlig verdreckt, haarig, grau, über seinen Stock gebeugt wie ein Waldmensch.

»Ja!«, sagt Arrochkoa und legt die Hand auf seine Tasche. »Aber für unser Almosen führst du uns zum Haus der Olhagarrays.«

»Ihr wollt zu den Olhagarrays!«, erwidert der Alte, »da komme ich gerade her, meine Hübschen. Ihr seid da!«

Tatsächlich – wie konnten sie die Spitze des schwarzen Tauben-schlags hundert Schritte weiter im Geäst der Kastanien übersehen?

An einer Stelle, wo die Wehre rauschen, steht das uralte gro-ße Haus der Olhagarrays zwischen jahrhundertealten Kastanien am Wildbach. Rundherum ist die Erde rot und gerodet, dazu von Rinnsalen aus den Bergen durchfurcht; gewaltige Wurzeln schlingen sich darüber wie riesige graue Schlangen; der ganze Ort, an allen Seiten von den Gebirgsmassen der Pyrenäen über-ragt, ist rau und dramatisch.

Aber die beiden Mädchen sind da. Mit blonder Haartracht und in eleganten, rosaroten kleinen Blusen sitzen sie im Schat-ten wie wunderbare, sehr moderne Feen in einer wilden und urwüchsigen Kulisse … Mit Freudenschreien springen sie auf und rennen den Besuchern entgegen.

Es wäre natürlich besser gewesen, zuerst ins Haus zu gehen, um die Alten zu begrüßen. Aber bestimmt hat keiner sie kom-men sehen, sagen sie sich, und setzen sich lieber zuerst jeder neben seine blonde Herzensdame auf die riesigen Wurzeln am Bachufer. Und wie zufällig verteilen sich die beiden Paare so, dass sie einander nicht stören, dass sie einander hinter Felsen und Ästen verborgen bleiben.

Und dann beginnen sie ganz leise ein langes Gespräch, Arrochkoa mit Pantchika, Ramuntcho mit Gracieuse.

Was haben sie sich wohl zu sagen, dass sie so viel und schnell sprechen?

Obwohl sie keinen so singenden Akzent haben wie die Bas-ken im Hochland, über den sie am Abend zuvor gestaunt hatten, hört es sich trotzdem an, als ob sie Strophen skandierten und rhythmisch sprächen, in einer unendlich süßen Sprachmelodie, in der die Stimmen der beiden Jungen so weit zurückgenommen sind, dass sie zuletzt wie Kinderstimmen klingen.

Was haben sie sich wohl zu sagen, dass sie so viel und schnell sprechen am Ufer dieses Wildbachs, in dieser schroffen Schlucht, unter der prallen Mittagssonne? ... Ach herrje, es ist kaum verständlich, eher eine Art spezielles Murmeln von Verliebten, so etwas wie das leise Gezwitscher von Schwalben in der Nistzeit. Es ist kindisch, voller Ungereimtheiten und Wiederholungen. Nein, es ergibt keinen Sinn – sofern es nicht das Höchste auf Erden ist, das Tiefste und Wahrste, was man mit irdischen Worten ausdrücken kann ... Es will nichts anderes bedeuten als die ewige und wunderbare Hymne, für die allein die Sprache der Menschen oder der Tiere geschaffen wurde und neben der alles andere leer, erbärmlich und wertlos ist.

Es ist erstickend heiß in diesem Talkessel, der von allen Seiten eingeschlossen ist; trotz des Schattens, den die Kastanien spenden, sind die durch das Blattwerk dringenden Sonnenstrahlen sengend. Und diese nackte, blutrote Erde, das extrem altertümliche Gebäude nebenan und die uralten Bäume umgeben die plaudernden Verliebten mit einem seltsam bitteren und feindseligen Licht.

Nie zuvor hatte Ramuntcho seine Freundin so von der Sonne gerötet gesehen: In ihre Wangen ist Blut geschossen, das ihre blasse und durchsichtige zarte Haut färbt. Sie ist rosig wie die Blüten der Fingerhüte.

Fliegen und Stechmücken brummen an ihren Ohren. Und schon hat eine Gracieuse oberhalb des Kinns, fast am Mund gestochen. Mit der Zungenspitze versucht sie, den Stich zu erreichen, dort zu kratzen, indem sie mit den oberen Schneidezähnen darauf herumkaut. Und Ramuntcho, der ihr ganz nahe ist und ihr zusieht, aus zu großer Nähe, spürt plötzlich ein Schmachten. Um davon abzulenken, räkelt er sich unvermittelt wie jemand, der am Aufwachen ist.

Die Kleine beginnt wieder, auf der Lippe herumzuknabbern, es juckt noch immer – und wieder streckt er beide Arme und biegt den Oberkörper zurück.

»Was hast du, Raymond, warum streckst du dich wie eine Katze?«

Doch als Gracieuse ein drittes Mal an ihrer Lippe knabbert und wieder ihre kleine Zungenspitze zeigt, erfasst ihn ein unwiderstehlicher Schwindel, und er beugt sich zu ihr und knabbert an ihrem Mund wie an einer hübschen, roten Frucht, die man trotzdem nicht zerdrücken will, an ihrer frischen Lippe, wo die Mücke zugestochen hat …

Eine erschreckende und wonnige Stille, in der sie beide erschauern, sie ebenso wie er; auch sie zittert am ganzen Körper, weil sie den Flaum seines dunklen Schnurrbarts gespürt hat.

»Du bist mir nicht böse, zumindest nicht jetzt, oder?«

»Nein, mein Ramuntcho … Oh, nein! Ich bin dir nicht böse …«

Da beginnt er von Neuem, voller Leidenschaft, und in der dünnen, heißen Luft küssen sie sich zum ersten Mal in ihrem Leben lange, wie Liebende es tun …

17

Am nächsten Tag war Sonntag. Sie waren zusammen in aller Herrgottsfrühe zur Messe gegangen, um gleich nach der großen Pelota-Partie noch am selben Tag nach Etchézar zurückfahren zu können. Und genau diese Rückfahrt interessierte Gracieuse und Ramuntcho mehr noch als das Spiel, hofften sie doch, Pantchika und ihre Mutter würden in Erribiague bleiben, während sie im kleinen Wagen der Detcharrys unter dem milden und nachlässigen Auge Arrochkoas aneinandergeschmiegt wegfahren würden: fünf oder sechs Stunden Fahrt nur zu dritt, über frühlingshafte Straßen, unter frischem Grün, mit kurzweiligen Zwischenstopps in unbekannten Dörfern.

Ab elf Uhr morgens füllten sich an diesem schönen Sonntag die Ränder des Platzes mit Bergbauern, die von all den Gipfeln, all den wilden Weilern in der Umgebung heruntergekommen waren. Es war eine internationale Partie, drei Spieler aus Frankreich gegen drei Spieler aus Spanien, und unter den Zuschauern waren die spanischen Basken in der Überzahl: Einige trugen sogar breite Sombreros, Jacken und Gamaschen wie früher.

Die Wettkampfrichter aus beiden Nationen, die das Los bestimmt hatte, begrüßten sich mit altmodischer Höflichkeit, und das Spiel begann in erwartungsvoller Stille unter einer drückenden Sonne, die die Spieler blendete, obwohl sie ihre Baskenmützen wie Mützenschirme über ihre Augen gezogen hatten.

Bald wurden Ramuntcho und nach ihm Arrochkoa als triumphale Sieger beklatscht. Und man betrachtete die beiden fremden jungen Mädchen, die so aufmerksam in der ersten Reihe saßen und in ihren eleganten rosaroten Blusen so hübsch aussahen, dass jeder dachte: »Das sind die Mädchen, die diesen beiden guten Spielern versprochen sind.« Und Gracieuse, die alles hörte, war sehr stolz auf ihren jungen Verlobten.

Mittagszeit. Sie spielten seit bald einer Stunde. Durch die Trockenheit und Hitze zeigten sich an der alten Prellwand mit dem kuppelartig geschwungenen Giebel Risse im ockergelben Putz. Die großen Bergmassive der Pyrenäen, die hier noch näher waren als in Etchézar, noch erdrückender und höher, schlossen die kleinen Gruppen von Menschen, die sich in einer tiefen Falte an den Bergflanken eifrig bewegten, von allen Seiten ein. Und die Sonne fiel senkrecht auf die schweren Mützen der Männer, auf die unbedeckten Köpfe der Frauen, erhitzte die Gemüter, schürte die Begeisterung. Die leidenschaftliche Menge begleitete lautstark das Spiel, und die Pelota-Bälle sprangen noch, als leise das Angelusläuten begann. Das war das Zeichen für einen alten, sehr vernarbten und sonnenverbrannten Mann, sein Signalhorn an den Mund zu setzen – es stammte noch aus der Zeit, als er für Frankreich in Afrika in einem Zuaven-Regiment gedient hatte, was an seinem Instrument leicht zu erkennen war. Wie beim Auftritt höchster Würdenträger vor der Truppe blies er das Signal »aux champs« (»Ins Feld!«), und alle Frauen, die sich gesetzt hatten, erhoben sich, alle Männer nahmen ihre Mützen ab und zeigten ihr unbedecktes schwarzes, blondes oder weißes Haar. Und zusammen bekreuzigten sie sich, während die Spieler mit triefender Brust und Stirn im hitzigsten Moment des Spiels stehen blieben, den Blick zu Boden richteten und sich andächtig sammelten …

Punkt zwei Uhr, nachdem das Spiel für die Franzosen sieg-reich geendet hatte, bestiegen Arrochkoa und Ramuntcho, begleitet vom Beifall aller Jungen von Erribiague, ihre kleine Kutsche. Gracieuse setzte sich zwischen sie, und los ging ihre lange Landpartie, die Taschen gefüllt mit dem Gold, das sie gera-de gewonnen hatten, trunken vor Freude, Lärm und Sonne.

Und bei der Abfahrt hatte Ramuntcho, der auf seinem Schnurrbartflaum den Geschmack des Kusses vom Vortag bewahrt hatte, große Lust, ihnen allen zuzurufen: »Seht euch diese hübsche Kleine an, sie gehört mir! Ihre Lippen gehören mir! Ich habe sie gestern geküsst, und heute Abend werde ich sie wieder küssen!«

Sie fuhren los und befanden sich sofort wieder in der Stille der schattigen Täler, deren Felswände mit Fingerhut und Farn geschmückt waren …

Stundenlang auf kleinen Pyrenäenstraßen unterwegs sein, beinahe täglich den Aufenthaltsort wechseln, das Baskenland in alle Richtungen bereisen, von einem Dorf ins andere, weil hier ein Fest, dort ein gefährliches Abenteuer an der Grenze ruft, so sah jetzt das Leben Ramuntchos aus, ein unstetes Leben, das tagsüber vom Pelota-Spiel und nachts vom Schmuggel bestimmt war.

Es ging bergauf, bergab durch ein eintöniges Aufgebot an Grün. Fast unberührte Eichen- und Buchenwälder, unverändert seit vergangenen ruhigeren Zeiten …

Wenn sie an irgendeinem uralten Haus vorbeikamen, das verloren in dieser Waldeinsamkeit stand, fuhren sie langsamer und machten sich einen Spaß daraus, die traditionelle, über der Haustür in den Granit gemeißelte Inschrift zu lesen: »*Ave Maria! Im Jahr 1600 oder 1500 erbaut von dem und dem aus diesem* oder jenem Dorf, um hier mit der und der, seiner Gemahlin, zu leben.«

In weiter Ferne von jeglicher menschlichen Ansiedlung, in einem Winkel der Schlucht, in dem es, weil kein Windhauch hierhergelangte, noch heißer war als anderswo, begegneten sie einem Händler von Heiligenbildern, der sich die Stirn abwischte. Er hatte seinen Korb neben sich auf den Boden gestellt, der randvoll war mit jenen Bildchen in schreienden Farben, die Heilige, Männer und Frauen, in goldenen Rahmen und mit euskarischen Bildunterschriften zeigen und die von den Basken noch immer gerne zum Schmuck der weißen Wände in ihren alten Kammern aufgehängt werden. Da saß er nun, erschöpft von den Strapazen und der Hitze, wie gestrandet im Farn, an der Biegung einer dieser kleinen Bergstraßen, die sich einsam unter den Eichen dahinschlängeln.

Gracieuse wollte aussteigen und ihm eine Heilige Jungfrau abkaufen.

»Für später«, sagte sie zu Raymond, »um es *bei uns* aufzuhängen, zur Erinnerung …«

Und das in seinem Goldrahmen glänzende Bild fuhr unter den langen grünen Gewölben mit ihnen nach Hause …

Sie machten einen Umweg, denn sie wollten durch einige Täler fahren, die für ihre Kirschen bekannt waren, nicht weil sie hofften, dass es dort im April schon Kirschen gab, sondern um Gracieuse die im ganzen Baskenland bekannte Gegend zu zeigen.

Gegen fünf Uhr, die Sonne stand schon tief, erreichten sie diese Täler. Hier war es schattig und ruhig, die April-Dämmerung würde sich zärtlich auf die frühlingshafte Blätterpracht legen. Die Luft war frisch und lieblich, duftete nach Heu und Akazien. Zu allen Seiten von Bergen umgeben, die besonders im Norden sehr hoch sind und das Klima milder machen, lag ein melancholisches Geheimnis über diesen eingeschlossenen Paradiesen.

Und welche freudige Überraschung, als die Kirschbäume auftauchten: Sie waren bereits rot! Am 20. April!

Kein Mensch weit und breit auf diesen Wegen, über denen die großen Kirschbäume ihre mit Korallenperlen besetzten Äste zu einem Dach ausbreiteten.

Hier und da standen vereinzelt Sommerhäuser, die noch unbewohnt waren, einige unbestellte Gärten wurden von hohem Unkraut und Rosenbüschen überwuchert.

Nun fuhren sie im Schritt, reichten die Zügel von einem zum anderen weiter, standen im Wagen auf und hatten ihren Spaß dabei, die Kirschen im Vorüberfahren, ohne anzuhalten, direkt von den Bäumen zu essen. Danach steckten sie sich kleine Sträuße aus Kirschen ans Knopfloch und pflückten Kirschzweige, befestigten sie am Kopf des Pferds, am Zaumzeug, an der Laterne: Sie sahen aus wie eine geschmückte kleine Equipage auf dem Weg zu einem Fest der Jugend und der Freude …

»Jetzt beeilen wir uns aber«, bat Gracieuse, »es soll wenigstens noch hell genug sein, wenn wir in Etchézar ankommen, damit alle uns in diesem Schmuck vorbeifahren sehen!«

Ramuntcho hingegen dachte, als es auf die milde Abenddämmerung zuging, vor allem an das Rendezvous am Abend, an den Kuss, den er wieder wagen würde wie am Abend zuvor, und wie er mit seinen Lippen Gracieuse' Lippe umschließen würde wie eine Kirsche …

18

Mai! Das Gras schießt, sprießt überall wie ein prachtvoller Samtteppich mit langem Seidenflor, der von allein aus der Erde gewachsen ist.

Um das Baskenland zu bewässern, eine Region, die den ganzen Sommer über feucht und grün bleibt wie eine Art wärmere Bretagne, ballen sich alle über dem Meer der Biskaya schwebenden Dunstwolken im Golf, werden von den Gipfeln der Pyrenäen aufgehalten und regnen ab. Der Regen fällt in langen, ein wenig enttäuschenden Schauern, doch hinterher duftet die Erde nach Blumen und frischem Heu.

Auf den Feldern entlang der Wege wird das Weideland schnell fett; die Wegränder sind wie gepolstert mit dem dicken Filz der Gräser, in verschwenderischer Fülle sprießen überall riesige Gänseblümchen, Hahnenfuß an hohen Halmen, rotviolettes Zittergras und rosarote Malven wie im algerischen Frühling.

Und unter den Wolkenschiffen, die an den Bergflanken festhängen, klingen die Glocken des Marienmonats jeden Abend in der lauen, aschblauen oder irisfarbenen Dämmerung lange nach.

Den ganzen Monat über begab sich Gracieuse zu jeder Tageszeit mit der kleinen schwarzen Gruppe leise schnatternder, kindlich und nicht sehr lebhaft kichernder Nonnen in die Kirche. Unter den häufigen Regenschauern hasteten sie gemeinsam über den von Rosen überbordenden Friedhof, immer gemeinsam, die heimliche kleine Verlobte in hellen Kleidern und die mit langen

Trauerschleiern verhüllten Mädchen; tagsüber brachten sie weiße Blumensträuße, Gänseblümchen, Garben von großen Lilien; abends kamen sie, um die behutsam fröhlichen Marienlieder im Kirchenschiff zu singen, das dann noch mehr von Klängen erfüllt war als tagsüber.

»Gegrüßet seist du, Königin der Himmlischen! Des Meeres Stern, gegrüßet seist du! ...«

Oh! Das reine Weiß der Lilien im Kerzenlicht, ihre weißen Blüten und der Goldstaub ihrer gelben Pollen! Oh! Die Düfte in den Gärten oder in der Kirche, wenn die Frühlingssonne untergeht! ...

Sobald Gracieuse abends beim Verklingen der Glocke die Kirche betrat – den matten Halbdämmer des von Rosen überbordenden Friedhofs für die von Kerzen bestirnte Dunkelheit in der Kirche verließ, den Duft des Heus und der Rosen gegen den des Weihrauchs und der großen geschnittenen Lilien eintauschte und aus der Wärme und Lebendigkeit draußen in die schwere Grabeskälte trat, die sich in alten Heiligtümern über Jahrhunderte ansammelt –, breitete sich sofort ein besonderer Frieden in ihrer Seele aus, alle ihre Wünsche beruhigten sich, und sie entsagte allen irdischen Freuden. Wenn sie sich dann niedergekniet hatte und die ersten Kirchenlieder zu den Gewölben aufgestiegen waren, die für eine unendliche Klangfülle sorgten, wurde daraus zunehmend Ekstase, und sie fiel in einen traumartigen Zustand mit wirren Visionen von weißen Erscheinungen: Überall schimmerte, glänzte es weiß, Lilien, Myriaden von Liliengarben, weißen, bebenden Engelsflügeln ...

Oh! Lange so zu verweilen, alles zu vergessen und sich rein zu fühlen, geheiligt und unbefleckt, den unbeschreiblichen und sanften Zauber dieses Blicks zu spüren, den unwiderstehlichen Appell des Blicks, den die Heilige Jungfrau in den langen weißen Gewändern vom Tabernakel auf sie herabwarf! ...

Doch als Gracieuse wieder draußen war, als die Frühlingsnacht sie wieder mit ihrer Wärme und Lebendigkeit umgab, zerstreute die Erinnerung an die Verabredung, die sie tags zuvor wie
an allen Tagen getroffen hatte, diese Kirchen-Visionen wie ein
Sturmwind. Sie sehnte das Treffen mit Raymond herbei, den
Duft seines Haars, die Berührung durch seinen Schnurrbart, den
Geschmack seiner Lippen, und spürte, dass sie bereit war, schwach
zu werden und inmitten der seltsamen Gefährtinnen, dieser
friedlichen und gespenstischen, schwarzen jungen Nonnen, die
sie zurückbegleiteten, niederzusinken wie eine Verwundete.

Und wenn die Stunde gekommen war, erwartete sie ihn
trotz all ihrer Entschlüsse ängstlich und sehnsüchtig, lauerte mit
pochendem Herzen auf das leiseste Schrittgeräusch, sobald sich
in der Nacht ein Zweig im Garten bewegte – und die geringste
Verspätung ihres Liebsten war ihr eine Qual.

Er traf immer mit demselben lautlosen Schritt eines nächtlichen Herumtreibers ein, die Jacke über der Schulter, und ebenso
vorsichtig und listig wie bei den gefährlichsten Schmuggelgeschäften.

In regnerischen Nächten, die im baskischen Frühling häufig
vorkommen, blieb sie bei geöffnetem Fenster in ihrem Zimmer
im Erdgeschoss. Er setzte sich aufs Fensterbrett, und versuchte nicht hineinzugelangen, was ihm auch nicht erlaubt gewesen
wäre. Und dann standen sie dort, er außen, sie innen, aber mit
untergehakten Armen, die Köpfe aneinandergelehnt und lange
Zeit Wange an Wange.

Wenn das Wetter schön war, kletterte sie aus dem niedrigen Fenster, um draußen auf ihn zu warten, und ihr ausgiebi-
ges, fast wortloses Stelldichein fand auf der Gartenbank statt.
Sie unterhielten sich nicht einmal mehr leise flüsternd, wie es
bei Liebespaaren üblich ist; nein, es herrschte eher Schweigen.

Zum einen wagten sie nicht zu plaudern aus Angst, entdeckt zu werden, denn nachts hört man das leiseste Stimmengemurmel. Zum anderen, welches Bedürfnis, miteinander zu sprechen, hätten sie haben sollen, solange nichts Neues ihr geordnetes Leben bedrohte? Was hätten sie einander sagen können, das besser gewesen wäre als ihr langes Händehalten und ihre aneinander gelehnten Köpfe?

Die Möglichkeit, ertappt zu werden, ließ sie häufig die Ohren spitzen in einer Sorge, die anschließend die Momente kostbarer machte, wenn sie wieder Vertrauen fassten und sich umso ungezwungener hingaben ... Im Übrigen ängstigte sie niemand so sehr wie Arrochkoa, der selbst ein ausgekochter nächtlicher Herumtreiber war und über das Kommen und Gehen von Ramuntcho immer bestens Bescheid wusste. Aber was würde Arrochkoa tun, so gewogen er ihren Plänen auch war, sollte er irgendwann alles entdecken? ...

Oh! Die alten Steinbänke unter Zweigen vor den Türen abgeschiedener Häuser an milden Frühlingsabenden! ... Die ihre war ein echtes Liebesversteck, dort erklang sogar jeden Abend eine Musik für sie, denn zwischen all den Steinen des nahen Gemäuers lebten Laubfrösche, kleine Tierchen des Südens, die, sobald es dunkel wird, von Minute zu Minute kurz quakten, taktvoll und witzig, was fast wie ein Kristallglöckchen und wie aus der Kehle eines Kindes klang. Einen ähnlichen Ton würde man hervorbringen, wenn man hier und da die Klaviatur einer Orgel im Register *Vox coelestis* antippte, ohne die Taste ganz zu drücken oder gedrückt zu halten. Diese Laubfrösche hockten übrigens überall und antworteten sich in unterschiedlichen Tönen, von Zeit zu Zeit quakten sogar die unter ihrer Bank, ganz nah bei ihnen und unbesorgt ob ihrer Reglosigkeit; aus nächster Nähe von diesem kurzen, weichen Ton überrascht, zuckten sie zusammen und mussten lächeln. Die beglückende Dunkelheit um sie herum war wie belebt von dieser Musik, die sich in der Ferne fortsetzte, im Geheimnis der Blätter und der Steine, in der Tiefe all der kleinen finstern Löcher in den Felsen oder Mäuerchen; es schien ein Miniatur-Glockenspiel oder vielmehr ein dünnes, etwas spöttisches – oh! aber nicht allzu sehr und alles andere als boshaftes – Konzert zu sein, zaghaft aufgeführt von harmlosen Gnomen. Und das machte die Nacht noch lebendiger, bestimmte sie noch mehr für die Liebe …

Nach den berauschenden Kühnheiten der ersten Treffen hatten sie noch größere Angst, und wenn einer von ihnen etwas Besonderes zu sagen hatte, zog er den anderen zuerst wortlos an der Hand, und dann schlichen sie sich, vorsichtig wie Katzen auf der Jagd, zu einem Weg hinter dem Haus, wo man plaudern konnte ohne Angst, gehört zu werden.

»Wo sollen wir wohnen, Gracieuse?«, fragte Raymond eines Abends.

»Aber … Ich dachte, bei dir.«

»Oh ja! Das dachte ich auch … Ich befürchtete nur, du würdest traurig sein, so weit weg von der Kirche und dem Platz …«

»Aber wie könnte ich mit dir etwas traurig finden?«

»Dann würden wir das große Zimmer nehmen, das zur Straße nach Hasparitz hinausgeht, und die Mieter unten fortschicken …«

Es war eine weitere große Freude für ihn zu wissen, dass Gracieuse bereit war, zu ihm zu ziehen, dass sie das geliebte alte Haus mit ihrer Anwesenheit zum Strahlen bringen würde, und dass sie dort ihr Nest fürs Leben bauen würden …

127

19

Schon kommen die langen, fahlen Abenddämmerungen des Junis, die ein wenig verhangener sind als die im Mai, aber nicht so unbeständig und noch wärmer. In den Gärten beginnt der Oleander, in Überfülle zu blühen, verwandelt sich in herrliche zartrosa Garben. Am Ende eines jeden Arbeitstages sitzen die braven Leute vor der Tür und schauen zu, wie die Nacht anbricht; bald hüllt ihr Dunst die Grüppchen ein, die sich zur Erholung unter den Gewölben der Platanen versammelt haben, und ihre Umrisse verschwimmen. Während dieser endlosen Abende legt sich eine beschauliche Melancholie über die Dörfer …

In dieser Zeit wird für Ramuntcho der Schmuggel ein nahezu müheloses Geschäft, sogar mit bezaubernden Momenten: Durch Frühlingswolken auf die Gipfel zu marschieren, Schluchten zu durchqueren, durch die Regionen der Quellen und der wilden Feigen zu wandern, auf Teppichen aus Minze und Nelken zu schlafen und auf die Stunde zu warten, die mit den Komplizen unter den Carabineros vereinbart wurde … Der Wohlgeruch der Pflanzen durchdrang seine Kleidung, die Jacke, in die er nie hineinschlüpfte und die ihm nur als Kissen oder Decke diente; und manchmal sagte Gracieuse abends zu ihm: »Ich weiß, dass ihr gestern Nacht wieder etwas geschmuggelt habt, du riechst nach der Minze vom Berg über Mendiazpi«, oder auch: »Du riechst nach dem Wermut im Sumpf von Subernoa.«

Gracieuse trauerte dem Marienmonat nach, den Gottesdiensten für die Jungfrau in der mit weißen Blumen geschmückten Kirche. An den regenfreien Abenden setzte sie sich in der Dämmerung mit den Schwestern und einigen »großen« Schulmädchen unter den Vorbau der Kirche an der niedrigen Friedhofsmauer, wo der Blick auf die darunterliegenden Täler fällt. Dann vertrieben sie sich die Zeit mit Plaudereien oder den sehr kindlichen Spielen, denen sich die Nonnen immer so gern widmen.

Wenn sie nicht spielten oder plauderten, hielten sie auch lange, seltsame Andachten, denen der zu Ende gehende Tag, die Nachbarschaft der Kirche, der Gräber und der Blumen bald eine von allem losgelöste und wie von jeder Bindung an die Sinne befreite Heiterkeit verlieh. In ihren ersten mystischen Kleinmädchenträumen – die vor allem von den pompösen Riten des Gottesdienstes inspiriert waren, von den Orgelklängen, den weißen Blumensträußen, den tausend Kerzenflammen – waren ihr nur Bilder erschienen, aber tatsächlich Bilder von großer Strahlkraft. Sie hatte Altäre gesehen, die auf großen Wolken schwebten, Tabernakel aus Gold, an denen Musik erklang und auf denen sich große Engelsscharen niederließen. Aber diese Visionen machten nun Ideen Platz: Sie ahnte etwas von dem Seelenfrieden in der äußersten Abkehr von der Welt, den die Gewissheit eines himmlischen Lebens gibt, das nie enden muss; sie begriff auf eine tiefere Art als früher die melancholische Freude, alles aufzugeben, um nur noch ein unpersönlicher Teil jener Gemeinschaft von weißen oder blauen oder schwarzen Nonnen zu sein, die aus den zahllosen Klöstern auf Erden eine gewaltige und fortwährende Fürbitte zum Himmel richten – um Vergebung für die Sünden der Welt …

Sobald es jedoch ganz und gar Nacht war, kehrten ihre Gedanken jeden Abend auf verhängnisvolle Weise wieder zu den berauschenden und sterblichen Dingen zurück. Das Warten, das fieberhafte, von Minute zu Minute ungeduldigere Warten begann. Sie konnte es kaum abwarten, bis ihre kalten Gefährtinnen im schwarzen Schleier ins Grab ihres Klosters zurückgekehrt waren und sie in ihrem Zimmer allein war, endlich frei im schlafenden Haus und bereit, das Fenster zu öffnen, um auf das leise Geräusch von Raymonds Schritten zu lauschen.

Der Kuss der Liebenden, der Kuss auf die Lippen, war jetzt eine Errungenschaft, auf die zu verzichten sie nicht mehr die Kraft hatten. Und sie zogen ihn sehr in die Länge, denn Skrupel und ein reizendes Schamgefühl hinderten sowohl ihn als auch sie daran, einander mehr zu gewähren.

Und wenn der Rausch, dem sie sich so hingaben, ein wenig zu körperlich wurde, gab es diese absolute, grenzenlose, einzigartige Zärtlichkeit zwischen ihnen, durch die alle Dinge erhaben und geläutert werden.

20

An diesem Abend kam Ramuntcho früher als sonst zur Verabredung – zudem hatte er sich mehr Zeit auf dem Weg und beim Erklimmen der Steigung gelassen, denn an Juniabenden riskiert man, unterwegs auf trödelnde Mädchen oder junge Männer zu stoßen, die hinter den Hecken auf Liebesabenteuer lauern.

Und zufällig war sie schon allein unten im Haus, sah nach draußen, ohne indes auf ihn zu warten.

Sie bemerkte sogleich, dass sein Gang aufgeregt oder vergnügt war, und ahnte eine Neuigkeit. Er wagte sich nicht zu nahe heran, gab ihr ein Zeichen, dass sie eiligst aus dem Fenster klettern und auf den verborgenen Weg kommen solle, wo man furchtlos plaudern konnte. Sobald sie im abendlichen Schatten der Bäume bei ihm war, umfasste er ihre Taille und platzte mit der großen Neuigkeit heraus, die seit dem Vormittag den jungen Mann und seine Mutter Franchita aufwühlte.

»Onkel Ignacio hat geschrieben!«

»Wirklich? Onkel Ignacio! …«

Denn auch sie wusste, dass dieser Abenteurer und Onkel in Amerika, der seit vielen Jahren verschwunden war, ihnen bisher nur einen seltsamen Gruß durch einen Matrosen auf der Durchreise hatte zukommen lassen.

»Ja! … Und er schreibt, dass er dort ein Gut besitzt, um das man sich kümmern muss, große Weiden und ganze Herden von Pferden; dass er kinderlos ist und sich freuen würde, wenn ich mich mit einer netten Baskin und Ehefrau bei ihm niederlassen würde, er würde uns beide adoptieren … Oh! Ich glaube, meine Mutter würde auch mitkommen … Also wenn du möchtest, dann könnten wir gleich heiraten … Du weißt, Eheschließungen zwischen so jungen Paaren sind erlaubt … Sobald ich von meinem Onkel adoptiert wäre und einen richtigen Familienstand hätte, würde deine Mutter zustimmen, glaube ich … Und mein Gott, dann eben kein Militärdienst – sag, was hältst du davon? …«

Sie setzten sich auf die moosbedeckten Steine, die dort herumlagen, in ihren Köpfen drehte sich alles ein wenig, so sehr brachte die Nähe und das unverhoffte Glück sie in Versuchung. Man würde also nicht mehr auf eine ferne Zukunft nach seinem Militärdienst warten müssen, das Glück würde sich fast augenblicklich einstellen: Schon in zwei Monaten, vielleicht sogar in einem Monat könnte diese leidenschaftlich herbeigesehnte, bisher verbotene und scheinbar noch so ferne Vermählung ihrer Seelen und Körper ohne Sünde vollzogen werden, ehrenhaft in aller Augen, erlaubt und mit Gottes Segen … Oh! Nie zuvor hatten sie dies so greifbar vor Augen, und sie drückten ihre gedankenschweren und plötzlich vom allzu süßen Delirium erschöpften Stirnen aneinander … Um sie verströmte die Erde den Duft der Juniblumen und erfüllte die Nacht mit unendlicher Lieblichkeit. Und als wären noch nicht genug Düfte in der Luft, stieg das starke Bukett des Jasmins und des Geißblatts an den Mauern immer wieder in ihre Nasen; als schwenkte jemand bei irgendeinem verborgenen Fest für irgendeine prächtige, heimliche Verzauberung lautlos Räucherpfannen in der Dunkelheit.

Diese sehr mysteriöse Bezauberung, die von der Natur selbst ausgeht, kommt häufig und überall vor, angeordnet von irgendeinem höchsten Willen mit unergründlichen Absichten, um uns auf einen anderen Weg zu bringen, auf den Weg des Todes …

»Gracieuse, du sagst gar nichts, willst du mir nicht antworten? …«

Er sah wohl, dass auch sie berauscht war wie er, und dennoch ahnte er, da sie so lange stumm blieb, dass sich immer größere Schatten über seinen berückend schönen Traum legten.

»Aber hast du nicht schon die Papiere deiner Einbürgerung bekommen?«, wandte sie schließlich ein.

»Ja, letzte Woche, das weißt du doch … Schließlich warst du es, die mich aufgefordert hatte, diesen Schritt zu tun …«

»Dann bist du heute also Franzose … Und wenn du nicht deinen Militärdienst antrittst, giltst du als Deserteur!«

»Oh! Verdammt! … Verdammt noch mal! … Nicht als Deserteur, aber als *dienstflüchtig*, so wird das, glaube ich, genannt … was die Sache nicht besser macht, denn man kann nicht mehr zurückkehren … Dass ich daran nicht gedacht habe!«

Wie sehr quälte es sie jetzt, dass ausgerechnet sie ihn zu dieser Einbürgerung gedrängt hatte, die nun als düstere Drohung über der kaum aufgekommenen Freude schwebte! Oh! Mein Gott, er, ihr Ramuntcho, ein Deserteur! Das hieße, für immer aus der baskischen Heimat verbannt zu sein! … Und plötzlich wurde dieser Aufbruch nach Amerika zu einer entsetzlich weitreichenden und feierlichen Entscheidung, einer Art Tod, weil keine Rückkehr möglich wäre! … Was tun? …

So saßen sie ängstlich und stumm da, jeder von ihnen zog es vor, sich dem Willen des anderen zu unterwerfen, und wartete ebenso furchtsam auf dessen Entscheidung, fortzugehen oder doch lieber zu bleiben. In der Tiefe ihrer jungen Herzen stieg allmählich ein und dieselbe Traurigkeit auf und vergiftete das Glück, das ihnen in jenem Amerika winkte, aus dem man nicht mehr zurückkehren würde … Immer mehr von den köstlichen Duftwolken aus den kleinen nächtlichen Räucherpfannen des Jasmins, des Geißblatts, der Linden umwehten und berauschten sie; die Dunkelheit, die sie einhüllte, schien immer zärtlicher und sanfter zu werden; in der Stille des Dorfs und der Landschaft hörte man die Mauerfrösche im Samt des Mooses von Minute zu Minute ihren kurzen Flötenton quaken, der ein sehr diskreter Liebesruf zu sein schien; und durch die schwarzen Spitzen in den Baumkronen sahen sie im heiteren Junihimmel, den man für unveränderlich bis in alle Ewigkeit halten konnte, die erschreckende Vielfalt der Welten schillern wie ein einfaches, harmloses Phosphorstaubkorn.

Indessen läutete es zur Sperrstunde. Für die Liebenden war der Klang dieser Kirchenglocke in der Nacht einzigartig, besonders jetzt war sie wie eine Stimme, die ihnen in ihrer Unentschiedenheit mit maßgeblichem und liebevollem Rat beistand. Noch immer stumm, den dunklen und den blonden Kopf aneinandergelehnt, lauschten sie ihr mit immer größerer Rührung und einer nie zuvor gekannten Intensität. Und diese Ratgeberin, diese geliebte, beschützende Stimme sagte: »Nein, geht nicht für immer weg; die fernen Länder sind gut, solange man jung ist; aber man muss nach Etchézar zurückkehren können, um hier alt zu werden und zu sterben; nirgendwo auf der Welt ruht ihr so wie auf dem Friedhof um die Kirche, wo man mich selbst unter der Erde noch läuten hören kann …« Die beiden Kinder, deren Seelen fromm und ursprünglich waren, hörten immer mehr auf die Stimme der Glocke. Und Raymond spürte bald, wie eine Träne von Gracieuse über seine Wange lief:

»Nein«, sagte er schließlich, »desertieren kommt nicht infrage, weißt du, ich glaube, ich hätte nicht den Mut dazu …«

»Ich denke wie du, mein Ramuntcho«, sagte sie. »Nein, das tun wir nicht … Aber ich habe gewartet, damit du es sagen konntest …«

Da bemerkte er, dass auch er weinte wie sie …

Die Würfel waren also gefallen, sie würden dieses Glück ziehen lassen, das sich vor ihnen auftat, gleichsam in ihrer Hand lag; sie würden alles in eine ungewisse und in weiter Ferne liegende Zukunft verschieben! ...

Und in ihrer Traurigkeit, in ihrer Nachdenklichkeit ob der großen Entscheidung, die sie getroffen hatten, tauschten sie sich darüber aus, was nun am besten zu tun sei:

»Man könnte deinem Onkel Ignacio mit einem netten Brief antworten«, sagte sie, »ihm schreiben, dass du seinen Vorschlag gerne annehmen wirst, sobald dein Militärdienst beendet ist. Wenn du willst, füge hinzu, dass die Frau, mit der du verlobt bist, ihm ebenfalls dankt und bereit sein wird, dir zu folgen, dass du aber nicht desertieren kannst.«

»Und du könntest jetzt auch mit deiner Mutter sprechen, Gatchutcha, um zu sehen, wie sie darüber denkt ... Schließlich ist es jetzt nicht mehr wie früher, das verstehst du doch, ich bin kein vaterloser Geselle mehr wie einst ...«

... Hinter ihnen leise Schritte auf dem Weg ... Und die Silhouette eines jungen Mannes über der Mauer, der sich auf Zehenspitzen in seinen Espadrilles genähert hatte, als wollte er sie belauschen! ...

»Lauf, Ramuntcho, bring dich in Sicherheit, bis morgen Abend! ...«

Im Handumdrehen waren sie verschwunden: er im Gebüsch versteckt, sie zurück in ihrem Zimmer.

War ihre ernste Unterhaltung damit beendet? Und bis wann? Bis zum nächsten Tag oder für immer? ... Auf ihren abrupten oder langen, angstvollen oder friedvollen Abschieden lastete immer dieselbe Unsicherheit, ob sie sich wiedersehen würden ...

21

Die Glocke von Etchézar, dieselbe gute alte Glocke, die zur nächtlichen Sperrstunde, zu den Festen und zum letzten Atemzug erklang, läutete fröhlich in der schönen Junisonne. Im Dorf waren überall weiße Tücher, weiße Stickereien aufgehängt, und die Fronleichnamsprozession schritt sehr langsam auf einer Wiese voran, auf der man Fenchel und Schilf ausgestreut hatte, das in den Sümpfen im Tal geschnitten worden war.

Die Berge erschienen nahe und dunkel und ein bisschen wild mit ihren Braun- und Violetttönen über dieser Reihe weiß gekleideter junger Mädchen, die auf einem Teppich aus Blättern und gemähtem Gras wandelten.

Alle alten Kirchenfahnen flatterten dort, von der Sonne bestrahlt, die sie seit Jahrhunderten kennen, aber nur ein- oder zweimal im Jahr an den Kirchenfesten zu Gesicht bekommen.

Die große aus weißer Seide, bestickt mit verblasstem Gold, war der Jungfrau gewidmet und wurde von Gracieuse getragen, die ganz in Weiß mitmarschierte und in einen mystischen Traum versunken schien. Hinter den Mädchen kamen die Frauen, alle Frauen des Dorfs, unter einem schwarzen Schleier, einschließlich der beiden verfeindeten, Dolorès und Franchita. Mit einer Kerze in der Hand und tief sitzender Baskenmütze bildeten die Männer – immer noch recht zahlreich – den Schluss des Prozessionszuges, aber es waren vor allem Grauhaarige, Gesichter mit niedergeschlagenem und resigniertem Ausdruck, Greisenköpfe.

Gracieuse wurde zu dieser Stunde, da sie die Fahne der Heiligen Jungfrau in die Höhe hielt, zu einer kleinen Erleuchteten: Sie glaubte, sie sei, wie nach dem Tod, unterwegs zu den himmlischen Tabernakeln. Und wenn manchmal die Erinnerung an Raymonds Lippen durch ihren Traum huschte, fühlte es sich inmitten all des Weiß an wie ein brennender, wenngleich köstlicher Fleck. Je höher ihre Gedanken von Tag zu Tag flogen, umso weniger waren es die Sinne, die sie wahrscheinlich zu bezähmen wusste, sondern die Zärtlichkeit, die sie ständig an ihn denken ließ, die wahre, tiefe Zärtlichkeit, die der Zeit und den Enttäuschungen des Fleisches widersteht. Und diese Zärtlichkeit wurde noch dadurch gesteigert, dass Raymond weniger begütert und viel einsamer war als sie, weil er keinen Vater gehabt hatte …

22

»Und, Gatchutcha, hast du deiner Mutter endlich von Onkel Ignacio erzählt?«, fragte Raymond noch sehr spät am selben Abend im Mondlicht auf dem Gartenweg.

»Nein, noch nicht, ich habe mich noch nicht getraut … Wie soll ich ihr bloß erklären, dass ich von all diesen Dingen weiß? Sie nimmt doch an, dass ich gar nicht mehr mit dir rede, da sie es mir strikt verboten hat … Denk nur, was passieren würde, wenn sie Verdacht schöpfte! … Dann wäre es vorbei, wir könnten uns nicht mehr sehen! Ich würde es lieber auf später verschieben, wenn du das Baskenland verlassen hast, dann kann mir alles egal sein …«

»Stimmt! … Warten wir, bis ich aufbreche.«

Tatsächlich war er kurz davor, seinen Militärdienst anzutreten, und ihre Abende waren schon gezählt.

Jetzt, da sie endgültig auf ihr sofortiges Glück verzichtet hatten, das ihnen in Amerikas Prärien geboten wurde, schien es ihnen das Beste, wenn Raymond so schnell wie möglich zur Armee ging, damit er schneller zurück sein würde. Deshalb hatten sie beschlossen, dass er darum ersuchen sollte, »die Einberufung vorzuziehen«, und dass er zur Marineinfanterie gehen sollte, dem einzigen Armeekorps, bei dem es möglich war, nur drei Jahre zu dienen. Und da sie, um sicherzugehen, dass es ihnen nicht an Mut fehlen würde, den genauen Zeitpunkt lange im Voraus planten, hatten sie ihren Abschied auf Ende September festgelegt, wenn die lange Serie von Pelota-Spielen beendet wäre.

Die drei Jahre ihrer Trennung betrachteten sie übrigens mit absolutem Vertrauen in die Zukunft, so sicher waren sie sich ihrer und der Unvergänglichkeit ihrer Liebe. Aber schon jetzt schnürte ihnen das Warten auf seltsame Weise das Herz zusammen und warf eine unerwartete Melancholie über alles, was ihnen normalerweise völlig gleichgültig war, die flüchtigen Tage, die kleinen Hinweise auf die kommende Jahreszeit, das Keimen bestimmter Pflanzen, die Blüte bestimmter Blumen, über alles, was auf die Ankunft und das schnelle Ende ihres letzten Sommers hindeutete.

23

Schon haben die Johannisfeuer in einer klaren, blauen Nacht fröhlich und lichterloh gebrannt – und im Hintergrund schienen die spanischen Berge an diesem Abend in Flammen aufzugehen wie ein Bündel Stroh, so viele Freudenfeuer waren an den Bergflanken entzündet worden. Nun also hat die Jahreszeit des Lichts, der Hitze und der Gewitter begonnen, an deren Ende Raymond aufbrechen muss.

Die Säfte, die im Frühjahr so schnell emporstiegen, ermatten schon, die Pflanzenwelt hat sich ganz entfaltet, die Blumen stehen in voller Blüte. Und die immer stechendere Sonne überhitzt die Köpfe unter den Baskenmützen, Begeisterung und Leidenschaften steigern sich ins Überschwängliche, und überall in den baskischen Dörfern gärt es, brodelt ein aufgeregtes Treiben und kocht über vor Vergnügen. Während in Spanien die großen, blutigen Stierkämpfe beginnen, beginnt hier die Zeit der vielen Feste, der vielen Pelota-Partien, der vielen Fandango-Tanzabende, der vielen schmachtenden Romanzen in der wollüstigen Wärme der Nächte!

Bald herrscht die prächtige Hitze des südländischen Julis. Die See in der Biskaya ist tiefblau, und die kantabrische Küste kleidet sich für eine Zeit lang in die wilden Farben Marokkos oder Algeriens.

Heftige Gewitterregen wechseln sich ab mit herrlichen Schönwetterlagen, die der Luft eine vollkommene Klarheit verleihen. Es gibt auch Tage, an denen die etwas entfernteren Dinge wie vom Licht geschluckt, vom Sonnenstaub gepudert sind; dann wirkt der sehr spitze Gizune über den Wäldern und dem Dorf von Etchézar noch höher, hüllt sich noch mehr in Dunst, und am Himmel schweben, um ihn noch blauer erscheinen zu lassen, weißgoldene Wölkchen mit ein wenig Perlmuttgrau in ihrem Schatten.

Unter den dichten Farnen fließen die Quellen spärlicher und seltener, und entlang der Straßen ziehen die von Fliegen umschwärmten Ochsenkarren, von halb nackten Männern gelenkt, langsamer dahin.

In dieser Jahreszeit führte Ramuntcho tagsüber das aufregende Leben eines *Pelotari*. Ständig ist er mit Arrochkoa unterwegs von Dorf zu Dorf, um Pelota-Partien zu organisieren und zu spielen.

Doch in seinen Augen zählten allein die Abende.

Die Abende! ... In der wohlriechenden und warmen Dunkelheit des Gartens neben Gracieuse sitzen; die Arme um sie schlingen, sie immer mehr an sich ziehen und an die Brust drücken und dann lange aneinandergeschmiegt verharren, ohne etwas zu sagen, mit dem Kinn in ihrem Haar und den jungen und frischen Duft einatmen, den sie verströmt.

Diese langen Berührungen, die sie nicht unterband, machten ihn gefährlich nervös. Zudem ahnte er, dass sie ihm jetzt keinen Widerstand mehr entgegensetzen würde, ihm genug vertraute, um alles zuzulassen; doch kindliche Scheu, die Achtung vor der Verlobten und seine grenzenlose, tief empfundene Liebe hinderten ihn daran, bis zur vollkommenen Vereinigung zu gehen. Bisweilen stand er brüsk auf, um sich zu entspannen – wie eine Katze, die sich streckt, sagte sie dann, wie damals in Erribiague –, wenn ihn ein gefährliches Beben erfasste und der Drang schier unbeherrschbar wurde, für die Minute des unaussprechlichen Todes mit ihr zu verschmelzen.

24

Franchita hingegen wunderte sich über die rätselhafte Haltung ihres Sohnes, der Gracieuse gar nicht mehr zu sehen schien und dennoch nicht einmal darüber sprach. Und während sich in ihr selbst die Trauer über den nahen Aufbruch zum Militärdienst ansammelte, beobachtete sie ihn stumm und mit bäuerlicher Geduld.

Eines Abends dann, es war einer der letzten vor seiner Abreise, als er weit vor der üblichen Uhrzeit für nächtliche Schmuggeltouren geheimnisvoll und eilig aufbrach, pflanzte sie sich vor ihm auf und sah ihm in die Augen:

»Wohin gehst du, mein Sohn?«

Als sie sah, wie er rot wurde und verlegen den Kopf abwendete, ging ihr plötzlich ein Licht auf:

»Schon gut, jetzt weiß ich Bescheid ... Oh ja! Ich weiß es! ...«

Sie war noch bewegter als er über das große Geheimnis, das sich ihr offenbarte ... Der Gedanke, dass es sich bei dem Mädchen nicht um Gracieuse, sondern um ein anderes Mädchen handeln könnte, dieser Gedanke war ihr nie gekommen, dafür war sie zu hellsichtig. Ihre christlichen Bedenken erwachten, und ihr Gewissen erschrak, als ihr bewusst wurde, was die beiden Schlimmes hätten tun können – und zugleich stieg aus der Tiefe ihres Herzens ein Gefühl auf, dessen sie sich schämte, als wäre es ein Verbrechen, eine Art wilder Freude ... Denn sollten sie ihre körperliche Vereinigung vollzogen haben, würde die Zukunft ihres

Sohnes sicher so aussehen, wie sie es für ihn erträumt hatte. Im Übrigen kannte sie ihren Ramuntcho gut genug, um zu wissen, dass er sich nicht ändern und Gracieuse nie verlassen würde.

Das Schweigen zwischen ihnen hielt an, sie stand noch immer vor ihm und versperrte ihm den Weg:

»Und was habt ihr zusammen gemacht?«, fragte sie schließlich. »Sag mir die Wahrheit, Raymond, habt ihr etwas Schlimmes gemacht? ...«

»Etwas Schlimmes? ... Oh nein, Mutter, nichts Schlimmes, ich schwöre es ...«

Er antwortete ihr ohne jede Verärgerung über ihre Frage und hielt dem Blick seiner Mutter freimütig stand. Es war schließlich die Wahrheit, und sie glaubte ihm.

Da sie ihm jedoch mit der Hand auf dem Türknopf den Weg versperrte, setzte er mit tonloser Heftigkeit hinzu:

»In drei Tagen breche ich auf, Ihr werdet mich zumindest nicht daran hindern, zu ihr zu gehen!«

Diesem jugendlichen Aufbegehren beugte sich die Mutter, behielt den Aufruhr ihrer widersprüchlichen Gedanken für sich, senkte den Blick und trat wortlos zur Seite, um ihn durchzulassen.

25

Es war ihr letzter Abend, denn zwei Tage zuvor hatte er im Rathaus von Saint-Jean-de-Luz mit etwas zitternder Hand seine Einberufung zum dreijährigen Dienst im 2. Marineinfanterieregiment unterzeichnet, das in der Garnison eines Marinehafens im Norden stationiert ist.

Es war ihr letzter Abend – und sie hatten vereinbart, dass sie länger zusammenbleiben würden als gewöhnlich, bis Mitternacht, hatte Gracieuse entschieden: Mitternacht ist in den Dörfern eine anstößige und dunkle Stunde, danach kam der kleinen Verlobten alles, man weiß nicht, warum, schlimmer und sündhafter vor.

Trotz ihrer starken sinnlichen Begierde war keiner der beiden während dieses letzten Rendezvous auf den Gedanken gekommen, im Hinblick auf die erzwungene lange Trennung mehr zu wagen.

Im Gegenteil, während des sehr andächtigen Augenblicks ihres Abschieds fühlten sie sich noch keuscher, so sehr liebten sie sich mit unvergänglicher Liebe.

Indes waren sie weniger vorsichtig, da sie ja nicht mehr an die nachfolgenden Tage denken mussten; sie wagten es, auf ihrer Bank zu plaudern, was die Liebenden noch nie zuvor getan hatten. Sie sprachen über die Zukunft, eine Zukunft, die für sie so fern war, denn in ihrem Alter sind drei Jahre eine Ewigkeit.

Bei seiner Rückkehr in drei Jahren würde sie zwanzig sein; wenn ihre Mutter dann noch immer kategorisch ihre Zustimmung verweigerte, könnte Gracieuse nach einem weiteren Jahr des Wartens von ihrer Volljährigkeit Gebrauch machen, so hatten sie es vereinbart und beschworen.

Mittel und Wege zu finden, sich während der langen Abwesenheit Briefe zu schreiben, machte ihnen große Sorgen: Alles zwischen ihnen war so von Hindernissen und Geheimnissen beschwert! ... Arrochkoa, ihr einziger möglicher Mittelsmann, hatte zwar seine Hilfe versprochen, aber er war so wankelmütig, so unzuverlässig! ... Mein Gott, wenn er ausfallen würde! ... Und würde er auch versiegelte Briefe weiterleiten? Anderenfalls würde es keine Freude machen zu schreiben. In unserer Zeit, in der die Kommunikationswege leichter und beständiger sind, gibt es kaum noch solche vollständigen Trennungen, wie es ihre bald sein würde; sie würden sich sehr feierliche Abschiedsworte sagen, wie Liebende sie in früheren Zeiten zueinander sagten, als es noch Länder ohne Postdienste und beängstigende Entfernungen gab. Das glückliche Wiedersehen schien ihnen in weiter, weiter Ferne zu liegen; doch wegen ihres Glaubens aneinander hofften sie mit ruhiger Gewissheit auf dieses Wiedersehen wie Gläubige auf das himmlische Leben.

Aber an diesem letzten Abend erhielten die geringsten Kleinigkeiten in ihrem Geist eine einzigartige Bedeutung; je näher der Abschied rückte, umso größer wurde alles für sie, umso mehr überschätzten sie alles, wie es bisweilen in Erwartung des Todes geschieht. Die leisen Geräusche und die Ausblicke in die Nacht wurden für sie etwas Einzigartiges und prägten sich, ohne dass es ihnen bewusst war, für immer in ihr Gedächtnis ein. Das sommerliche Zirpen der Grillen kam ihnen wie etwas Besonderes vor, als hätten sie es noch nie vernommen. In der nächtlichen Klangfülle jagte ihnen ein bellender Wachhund auf irgendeinem entfernten Pachthof einen düsteren Schrecken ein und ließ sie erschauern. Und Ramuntcho würde einige im Vorbeigehen aus-gerissene Grashalme aus dem Garten, mit denen er den ganzen Abend lang gedankenlos gespielt hatte, in sein Exil mitnehmen und später mit untröstlicher Anhänglichkeit aufbewahren.

An diesem Tag endete eine Etappe ihres Lebens, ein Zeitab-schnitt war vorüber, ihre Kindheit lag hinter ihnen …

Ratschläge hatten sie nicht viele auszutauschen, so sicher glaubte jeder zu wissen, was der andere in seiner Abwesenheit tun würde. Sie hatten sich weniger zu sagen als die meisten Ver-lobten, denn jeder kannte die innersten Gedanken des anderen. Nachdem sie anfangs eine Stunde geplaudert hatten, verharrten sie Hand in Hand und wahrten ein immer tieferes Schweigen, je unerbittlicher die Minuten zum Ende hin verflossen.

Um Mitternacht wollte sie, dass er ging, so wie sie es in ihrem nachdenklichen und eigensinnigen Kopf im Voraus beschlos-sen hatte. Nachdem sie sich lange umarmt und geküsst hatten, gingen sie auseinander, als wäre die Trennung genau zu dieser Minute eine unumstößliche und unmöglich aufzuschiebende Sache. Und während sie mit plötzlichem Schluchzen, das noch bis zu ihm drang, in ihr Zimmer zurückkehrte, sprang er über die Mauer und stand, als er aus der Dunkelheit des Gebüschs trat, auf der menschenleeren, im Mondlicht leuchtend hellen Straße. Unter dieser ersten Trennung litt er weniger als sie, da er fort-ging, und ihn ein unbekanntes Morgen erwartete. Wie betäubt vom mächtigen Reiz der Veränderung, der Reisen, marschierte er auf dem staubigen, hellen Weg davon; fast ohne einen fol-gerichtigen oder präzisen Gedanken sah er seinen Schatten vor sich herlaufen, dem der Mond einen klaren und scharfen Umriss gab. Und in diesem hellen Mitternachtslicht herrschte der große Gizune mit seiner kalten Luft, in der sich alle Farben brachen, ungerührt über die Dinge.

26

Der Tag der Abreise. Abschiednehmen von dem einen oder anderen Freund; die fröhlichen Wünsche der Ehemaligen, die vom Regiment zurückgekehrt waren. Seit dem Morgen eine Art Rausch oder Fieber, und vor ihm sämtliche Unwägbarkeiten des Lebens.

Arrochkoa, der an diesem letzten Tag sehr liebenswürdig war, hatte sich hartnäckig angeboten, ihn in seinem Wagen nach Saint-Jean-de Luz zu bringen, und es so eingerichtet, dass man bei Sonnenuntergang losfahren würde, um rechtzeitig zur Abfahrt des Nachtzuges dort einzutreffen.

Als es dann unerbittlich Abend geworden war, wollte Franchita ihren Sohn auf den Platz begleiten, wo der Wagen der Detcharrys zur Abfahrt bereitstand, und dort verkrampfte sich ihr Gesicht vor Schmerz, während Ramuntcho eine straffe Haltung annahm, um sich so großspurig zu zeigen, wie es sich für einen Einberufenen vor der Abreise zum Regiment geziemt:

»Rückt ein wenig zur Seite, Arrochkoa«, sagte sie plötzlich, »ich werde mich bis zur Kapelle von Saint-Bitchentcho zwischen euch setzen und dann zu Fuß zurückgehen ...«

Und als die sinkende Sonne ihren goldenen und kupferroten Glanz über ihnen und allen Dingen ausbreitete, fuhren sie los.

Nach einem Eichenwald passierten sie die Kapelle von Saint-Bitchentcho, doch die Mutter wollte noch länger sitzen bleiben. Von einer Biegung zur nächsten verschob sie jedes Mal das große Abschiednehmen und bat, sie noch weiter mitzunehmen.

»Schon gut, Mutter, aber sobald wir oben auf der Anhöhe von Issaritz angekommen sind, müsst Ihr absteigen!«, sagte er zärtlich. »Hör zu, Arrochkoa, wenn ich es dir sage, hältst du an; ich will nicht, dass meine Mutter noch weiter mitfährt …«

Den Hang hoch zur Anhöhe war das Pferd von sich aus langsamer geworden. Mit von den unterdrückten Tränen brennenden Augen fuhren Mutter und Sohn ganz langsam und in absoluter Stille noch ein kleines Stück Hand in Hand den Hang hinauf, als befänden sie sich auf einem Kreuzweg.

Oben angelangt, zog Arrochkoa, der ebenfalls stumm zu sein schien, mit einem schlichten »Ho! … Da! …« ein wenig an den Zügeln, so unauffällig, als gäbe man nur zögerlich ein unheilvolles Zeichen, und der Wagen blieb stehen.

Ohne ein Wort zu sagen, sprang Raymond auf die Straße, half seiner Mutter aus dem Wagen, gab ihr einen sehr langen, dicken Kuss und setzte sich dann flink wieder auf den Kutschbock:

»Auf, Arrochkoa, treib das Pferd an, lass uns losfahren!«

Und zwei Sekunden später, als es rasch den Abhang hinunterging, verlor er die Frau aus den Augen, deren Gesicht sich nun in Tränen auflöste.

Jetzt entfernten sie sich voneinander, Franchita und ihr Sohn. Im prächtigen Sonnenuntergang fuhren sie auf der Straße nach Etchézar, nur in entgegengesetzter Richtung, durch rotes Heidekraut und verdorrte gelbe Farne. Beim langsamen Aufstieg zu ihrem Haus begegnete Franchita vereinzelten Gruppen von Feldarbeitern und einigen Herden, die von Hirtenjungen mit Baskenmützen durch den goldenen Abend geführt wurden. Während die Dunkelheit die Täler füllte, fuhr Ramuntcho sehr schnell immer weiter hinab in die Niederung, durch die die Eisenbahnstrecke führt …

27

In der Dämmerung kam Franchita also von der Abschiedsfahrt mit ihrem Sohn zurück und bemühte sich, als sie durch das Dorf kam, ihre übliche Haltung einzunehmen, stolzen Gleichmut zu zeigen.

Doch als sie das Haus der Detcharrys erreichte, sah sie Dolorès, die gerade ins Haus gehen wollte, sich umdrehte und sich vor ihrer Tür aufpflanzte, um Franchita vorbeigehen zu sehen. Es musste etwas vorgefallen sein, irgendeine plötzliche Entdeckung geben, sonst hätte sie nicht diese aggressive, herausfordernde Haltung eingenommen, diesen Ausdruck provokanter Ironie aufgesetzt – deshalb blieb Franchita ebenfalls stehen, und während sie die Zähne zusammenbiss, sprudelte dieser Satz nahezu ungewollt aus ihr hervor:

»Was hat sie nur, warum guckt mich diese Frau so komisch an? ...«

»Heute Abend wird er wohl nicht kommen, der Verliebte, was?«

»Ach! Du wusstest also, dass er hierherkam, um deine Tochter zu treffen?«

Tatsächlich wusste Dolorès es seit diesem Vormittag: Gracieuse hatte es ihr gesagt, weil sie jetzt für die folgenden Tage nichts mehr befürchten musste und um des lieben Friedens willen, nachdem sie vergeblich von Onkel Ignacio, von Raymonds neuer Zukunft und von allem berichtet hatte, was der Sache ihrer Verlobung dienlich sein konnte ...

»Du wusstest also, dass er hierherkam, um deine Tochter zu treffen?«

Da sie sich an alte Zeiten erinnert fühlten, kehrten die beiden Frauen, die seit fast zwanzig Jahren kein Wort mehr miteinander gesprochen hatten, instinktiv zum Du aus der Schwesternschule zurück. Warum sie sich hassten, wussten beide in Wahrheit fast schon nicht mehr: Oft beginnt es einfach so, durch eine Nichtigkeit, aus Neid, nach Rivalitäten in der Kindheit, und wenn man sich dann täglich sieht, ohne miteinander zu sprechen, sich im Vorbeigehen immer nur böse Blicke zuwirft, gärt das auf die Dauer, bis daraus unversöhnlicher Hass wird … Sie standen also voreinander, und ihre Stimmen zitterten vor Groll und Boshaftigkeit:

»Wie?«, gab die andere zurück, »du wusstest es doch vor mir, vermute ich, du Schamlose, du hast ihn ja zu uns geschickt! … Überdies wissen wir doch längst, dass du nicht wählerisch bist in deinen Mitteln, nach allem, was du damals angestellt hast …«

Und während die von Natur aus viel würdevollere Franchita aus Entsetzen über diesen unvorhergesehenen Streit auf offener Straße verstummte, setzte Dolorès ihn fort:

»Nein, meine Tochter und diesen besitzlosen Bastard heiraten? Bildet ihr euch das ein? …«

»Nun, ich denke schon! Ich denke, sie wird ihn trotzdem heiraten! … Versuch doch mal, ihr einen vorzuschlagen, den du ausgesucht hast, dann wirst du schon sehen! …«

Da Franchita es für unter ihrer Würde hielt, weiter zu streiten, setzte sie ihren Weg fort, trotz der Stimme und den Beleidigungen der anderen Frau, die sie verfolgten. Sie zitterte am ganzen Leib und schwankte bei jedem Schritt, gleich würden ihre Beine nachgeben.

Wie trostlos und traurig ihre nun leere Wohnstatt bei ihrer Heimkehr war!

Die Realität dieser dreijährigen Trennung erschien ihr in einem furchtbaren neuen Licht, als wäre sie kaum darauf vorbereitet gewesen – wie man das Fehlen geliebter Verstorbener zum ersten Mal bei der Rückkehr vom Friedhof in aller Schrecklichkeit spürt …

Und dann diese beleidigenden Worte auf der Straße! Die umso bedrückender für sie waren, als ihr die Sünde mit dem Fremden grausam bewusst war! Wie konnte sie nur vor dem Haus ihrer Feindin stehen bleiben, statt ihren Weg fortzusetzen, wie sie es hätte tun müssen, und durch einen vor sich hin gemurmelten Satz diesen hässlichen Streit provozieren? Wie hatte sie sich nur dazu herablassen, sich so vergessen können, wo sie doch allen anderen seit fünfzehn Jahren durch ihr außerordentlich würdevolles Verhalten nach und nach Achtung abgenötigt hatte? … Oh! Sich die Beleidigung dieser Dolorès zugezogen und hingenommen zu haben – die schließlich eine untadelige Vergangenheit und daher das Recht hatte, sie zu verachten!

Bei näherer Betrachtung befürchtete sie für die Zukunft sogar, immer mehr Angriffsflächen dieser Art für Dolorès zu bieten, wie sie es durch ihr Weitergehen unvorsichtigerweise getan hatte; ihr schien, als hätte sie jede Hoffnung ihres Sohnes zerstört, indem sie den Hass dieser Frau noch mehr schürte.

Ihr Sohn! … Ihr Ramuntcho, den eine Kutsche in dieser Sommernacht von ihr entfernte, weit fortbrachte in die Gefahr, in den Krieg! … Sie hatte eine sehr schwere Verantwortung auf sich genommen, indem sie ihr Leben nach ihren eigenen Ideen führte, dickköpfig, stolz, eigensinnig … Und nun hatte sie an diesem Abend vielleicht Unglück über ihn gebracht, während er voller Vertrauen auf die Freude der Rückkehr davonfuhr! … Das wäre zweifellos die höchste Strafe für sie; sie glaubte, in ihrem leeren Haus etwas wie die Drohung dieser Buße zu hören, sie spürte, wie diese langsam und unausweichlich nahte.

Da begann sie, ihre Gebete für ihn zu sprechen, das Herz voll bitterer Empörung, weil die Religion, so wie sie sie verstand, ohne Milde, ohne Trost blieb, ohne irgendeine Art von Vertrauen oder Mitleid. In diesem Moment waren ihre Verzweiflung und ihre Gewissensbisse von so finsterer Natur, dass ihr nicht einmal mehr Tränen, wohltuende Tränen kamen …

Und er fuhr im selben Moment weiter durch die dunkelsten Täler hinab ins Tiefland, wo die Züge verkehrten, die die Menschen in die Ferne brachten, die alles veränderten, alles umstürzten. Ungefähr eine Stunde würde er noch im Baskenland sein, dann wäre es vorbei. Unterwegs begegnete er einigen träge daherkommenden Ochsenkarren, die an die Gelassenheit alter Zeiten erinnerten, oder undeutlichen Gestalten, die im Vorübergehen den traditionellen Abendgruß entrichteten, das uralte *gaou-one*, das er ab morgen nicht mehr hören würde. Und zu seiner Linken, in der Tiefe eines dunklen Schlunds, zeichnete sich noch immer Spanien ab, jenes Spanien, das ihm bestimmt für lange Zeit nachts keine Sorgen mehr bereiten würde …

ZWEITER TEIL

1

Die drei Jahre sind schnell vergangen.

Franchita ist allein zu Hause, liegt krank im Bett, als ein Novembertag zu Ende geht. – Es ist der dritte Herbst, seit ihr Sohn fortgegangen ist.

In ihren fieberheißen Händen hält sie einen Brief von ihm, der ihr nur ungetrübte Freude hätte bringen sollen, denn er kündigt darin seine Rückkehr an. Stattdessen zerreißt es ihr das Herz, das Glück, ihn wiederzusehen, ist von traurigen Gedanken vergiftet, vor allem von Sorgen, schrecklichen Sorgen …

Oh! Sie hatte mit ihrer Vorahnung der düsteren Zukunft an dem Abend recht behalten, als sie so ängstlich nach Hause zurückgekehrt war, nachdem sie Ramuntcho bei seiner Abreise ein Stück weit begleitet und dann Dolorès auf offener Straße herausgefordert hatte: Und dieses Mal hatte sie das Leben ihres Sohnes tatsächlich, so grausam es war, für immer zerstört!

Dennoch folgten auf diese Begegnung Monate des Wartens und der scheinbaren Ruhe, während derer Raymond sehr weit entfernt seine ersten Erfahrungen mit Waffen machte. Dann warb eines Tages ein reicher Mann um Gracieuse, die den Bewerber jedoch gegen den Willen von Dolorès vor den Augen des gesamten Dorfs hartnäckig ablehnte. Daraufhin waren Mutter und Tochter unter dem Vorwand, Verwandte im Hochland zu besuchen, mit einem Mal abgereist. Aber die Reise zog sich hin, ihre Abwesenheit wurde immer mehr zum Rätsel – und plötzlich verbreitete sich das Gerücht, Gracieuse absolviere ihr Noviziat bei den Schwestern von Sainte-Marie-du-Rosaire in einem Kloster in der Gascogne, wo die ehemalige Mutter Oberin von Etchézar nun Äbtissin war! ...

Dolorès war allein in ihr Haus zurückgekehrt, schweigsam, mit bösem Blick und vergrämt. Niemand hatte erfahren, welcher Druck auf die Kleine mit dem goldblonden Haar ausgeübt worden war, auch nicht, wie sich die Pforten des strahlenden Lebens für sie geschlossen hatten, warum sie sich in dieses Grab hatte einmauern lassen; doch kaum war die vorgeschriebene Probezeit vorüber, in der nicht einmal ihr Bruder sie wiedersehen durfte, hatte sie dort das Gelübde abgelegt – während sich Raymond in einem fernen Kolonialkrieg, immer ohne Postverbindung nach Frankreich, im Dschungel einer Insel auf der Südhalbkugel seine Unteroffiziersstreifen und eine Tapferkeitsmedaille verdiente.

Franchita befürchtete schon, ihr Sohn könnte nie mehr zurückkehren ... Doch jetzt würde er endlich kommen! Zwischen ihren abgemagerten, heißen Fingern hielt sie den Brief: »Ich breche übermorgen auf und bin Samstagabend da.« Doch was würde er tun, wenn er zurück wäre, was würde er sich für sein weiteres Leben vornehmen, das sich so traurig verändert hatte? ... In seinen Briefen hatte er kein Wort darüber verloren.

Hinzu kam, dass sich alles gegen sie verschworen hatte. Ihre Untermieter, die Bauern, waren kürzlich aus Etchézar fortgezogen, der Stall war leer, das Haus noch einsamer, und ihre bescheidenen Einkünfte waren dadurch natürlich erheblich geschrumpft. Zudem hatte sie bei einer unbedachten Geldanlage einen Teil des Geldes verloren, das der Fremde ihr für seinen Sohn gegeben hatte. Als Mutter war sie wirklich ungeschickt, jedenfalls gefährdete sie das Glück ihres geliebten Ramuntcho – oder sie war vielmehr eine Mutter, die von der himmlischen Gerechtigkeit dazu verdammt war, heute für ihren Fehltritt in der Vergangenheit zu büßen … Das alles hatte sie aufgerieben, hatte die Krankheit beschleunigt und verschlimmert, die der zu spät zurate gezogene Arzt nicht mehr aufhalten konnte.

Jetzt wartete sie also im Bett liegend und vor Fieber glühend nur noch auf die Rückkehr ihres Sohnes.

2

Nachdem er seine Entlassung aus der Armee erhalten hatte, kehrte Ramuntcho nach drei Jahren Abwesenheit aus der nordfranzösischen Garnisonsstadt zurück, in der sein Regiment stationiert war. In großer Ungewissheit, aufgewühlt und verzweifelt kehrte er zurück.

Er war zweiundzwanzig, sein Gesicht war braun gebrannt von der glühenden Sonne, und sein inzwischen sehr langer Schnauzbart verlieh ihm einen stolzen Adel. Auf dem Revers seines frisch erworbenen zivilen Anzugs prangte das ruhmreiche Band mit seiner Tapferkeitsmedaille.

In Bordeaux, wo er mit dem Nachtzug angekommen war, hatte er sich schon sehr aufgeregt in den Zug nach Irun gesetzt, der auf direktem Weg durch die endlose, eintönige Landschaft der Landes nach Süden fuhr. Er hatte einen Platz an einer Tür zur rechten Seite gewählt, um so früh wie möglich zu sehen, wie sich der Golf von Biskaya vor ihm öffnete und sich die hohen Berge Spaniens abzeichneten.

Bei Bayonne zuckte er dann zusammen, als er die ersten Baskenmützen an den Schranken, die ersten baskischen Häuser zwischen Pinien und Korkeichen erblickte.

Und beim Aussteigen in Saint-Jean-de-Luz schließlich fühlte er sich wie ein Trunkener ... Vor allem, weil ihm nach den Nebeln und Frösten, die in Nordfrankreich bereits eingesetzt hatten, sofort ein alle Sinne betörendes, wärmeres Klima entgegenschlug, als hätte er ein Gewächshaus betreten. Die Sonne strahlte festlich an diesem Tag; der Südwind, der köstliche Südwind blies, und die Pyrenäen ragten in zauberhaften Farbtönen in den großen, leer gefegten Himmel. Außerdem gingen Mädchen vorbei, deren Lachen nach dem Süden und Spanien klang und die so lässig elegant und graziös waren wie Baskinnen – und die ihn nach den schweren Blondinen im Norden noch mehr verwirrten als all diese Sommerillusionen … Doch sogleich besann er sich wieder: Woran dachte er nur, dass er sich wieder von der Schönheit hier bezaubern ließ, da doch dieses Land, in das er zurückkehrte, auf alle Zeiten leer für ihn war? Was konnte die verführerische Ungezwungenheit der Mädchen, diese ganze ironische Heiterkeit des Himmels, der Menschen und der Dinge an seiner abgrundtiefen Hoffnungslosigkeit ändern?

Nein! Lieber nach Hause gehen, in sein Dorf zurückkommen, seine Mutter umarmen …

Wie von ihm vorausgesehen, hatte er die Kutsche, die einmal täglich nach Etchézar fuhr, um zwei Stunden verpasst. Doch er würde die lange Strecke, die er außerdem gut kannte, mühelos zu Fuß zurücklegen und auf diese Weise sogar noch am Abend ankommen, bevor es finstere Nacht sein würde.

Er kaufte sich also Espadrilles, das Schuhwerk, mit dem er früher weite Strecken zurückgelegt hatte. Und mit langen, kraftvollen Schritten machte er sich im strammen Tempo eines Bergbewohners sofort auf ins stille Landesinnere über Straßen, die voller Erinnerungen für ihn waren.

Der November ging zu Ende mit einer Sonne, die hier immer sehr lange verweilte und mit ihrem warmen Licht die Hänge der Pyrenäen überstrahlte. Seit Tagen war der Himmel im Baskenland unverändert leuchtend und klar über den schon zur Hälfte kahlen Wäldern und den vom flammenden Rot der Farne überzogenen Bergen. Hohe Süßgräser säumten die Wege und Blütendolden, die sich in der Jahreszeit geirrt hatten, reckten sich in die Höhe; in den Hecken waren Liguster und Heckenrosen noch einmal erblüht, summten die letzten Bienen, und man sah zähe Schmetterlinge, denen der Tod noch ein paar Wochen gewährt hatte.

Hier und da tauchten baskische Häuser zwischen den Bäumen auf – sehr hoch, mit weitem Dachüberstand, und sehr weiß für ihr hohes Alter, mit braunen oder grünen Fensterläden, und das Grün war alt und verblichen. Überall an den Holzbalkonen trockneten goldgelbe Kürbisse, Büschel von rotbraunen Wachtelbohnen; überall an den Hauswänden hingen Girlanden von roten Paprikaschoten übereinander wie schöne Korallenrosenkränze: Alles, was die noch fruchtbare Erde hergab, alles, was der alte nährende Boden noch hervorbrachte, wurde nach uraltem Brauch getrocknet, zum Vorrat für die dunklen Monate ohne Wärme.

Und nach den Herbstnebeln im Norden erzeugten die klare Luft, der südliche Sonnenschein und jede Einzelheit, in der Ramuntcho dieses Land wiedererkannte, einen endlosen, schmerzhaft süßen Widerhall in seiner vielschichtigen Seele.

Es war die Nachsaison, in der man die Farne schneidet, die das Vlies der rotbraunen Hänge bilden. In der melancholischen Sonne fuhren große, damit beladene Ochsengespanne gemächlich zu abgeschiedenen Pachthöfen und zogen lange Duftfahnen hinter sich her. Sehr langsam bewegten sich diese gewaltigen Farnladungen auf den Bergstraßen vorwärts, sehr langsam und unter dem ständigen Läuten der Kuhglocken. Träge und stark zogen die angeschirrten Ochsen – alle mit dem traditionellen fahlgelben Schaffell über dem Kopf, sodass sie aussahen wie

Bisons oder Auerochsen – diese schweren Karren, die massive Scheiben als Räder haben wie die Wagen in der Antike. Die Viehhirten gingen mit dem langen Stock in der Hand voraus, immer lautlos in Espadrilles, das Hemd aus rosaroter Baumwolle über der Brust geöffnet, die Jacke über die linke Schulter geworfen – dazu haben sie die wollenen Baskenmützen tief in ihre rasierten, hageren und ernsten Gesichter gezogen, und die breiten Kiefer und starken Halsmuskeln gaben ihnen einen Ausdruck gewaltiger Stärke.

Dann kamen Abschnitte, auf denen man keinem Menschen mehr begegnete, Wege, auf denen man nur noch das Brummen der Fliegen unter den sich gelb färbenden Laubbäumen hörte.

Ramuntcho betrachtete jeden der wenigen Passanten auf seinem Weg und wunderte sich, dass er noch niemandem begegnete, den er kannte und der bei ihm stehen blieb. Doch nein, kein vertrautes Gesicht. Keine Wiedersehensfreude unter Freunden, nur ein beiläufiger Gruß von Leuten, die sich ein wenig nach ihm umdrehten, weil sie dachten, ihn früher schon einmal gesehen zu haben, sich aber nicht mehr genau erinnerten und gleich wieder in den demütigen Traum von den Feldern zurücksanken … Und deutlicher denn je fühlte er die großen Unterschiede zwischen sich und diesen Feldarbeitern.

Doch dann kommt ein Karren, dessen Gebinde so groß ist, dass die Zweige der Eichen bei seiner Durchfahrt daran hängen bleiben. Mit sanft melancholischem Blick geht der Hirte voraus, ein breiter, gutmütiger junger Kerl, das Haar rotbraun wie der Farn, wie der Herbst, mit einem verfilzten fuchsroten Fell über der nackten Brust: Sein Gang ist geschmeidig und lässig, er trägt seinen Hirtenstab quer über der Schulter und hat die Arme zu beiden Seiten darübergelegt. So waren zweifellos schon seine

Vorfahren, seit zahllosen Jahrhunderten Feldarbeiter und Vieh-hirten wie er, dieselben Bergflanken entlangmarschiert.

Als er Ramuntcho sieht, tippt er seine Ochsen an der Stirn an, stoppt sie mit einem Handzeichen und einem kurzen Kom-mando, streckt seine tüchtigen Hände aus und geht auf den Reisenden zu … Florentino! Ein sehr veränderter Florentino, stärker gebaut und ganz und gar Mann jetzt, der irgendwie auf-geblüht ist und etwas entschieden Selbstsicheres hat.

Die beiden Freunde umarmen sich. Dann betrachten sie sich schweigend, ein wenig betroffen plötzlich wegen der Flut von Erinnerungen, die in ihnen aufsteigt und die sie beide nicht in Worte fassen können, Raymond so wenig wie Florentino, denn so viel gebildeter seine Sprache nun auch ist, desto rätselhafter und unergründlicher sind auch seine Gedanken geworden.

Und es bedrückt sie beide, Dinge zu empfinden, die sie nicht ausdrücken können; ihr verlegener Blick fällt zerstreut auf die schönen, großen Ochsen, die warten:

»Denk dir, sie gehören mir«, sagt Florentino, … »Vor zwei Jah-ren habe ich geheiratet … Meine Frau macht Handarbeiten … Und durch die Arbeit … haben wir es langsam richtig gut … Ah!«, fügt er mit naivem Stolz hinzu. »Zu Hause habe ich noch ein zwei-tes Ochsenpaar wie dieses!«

Dann verstummt er, errötet plötzlich unter seiner Sonnen-bräune, denn er besitzt den Takt, der von Herzen kommt, den die einfachsten Menschen oft von Natur aus haben, der sich aber nicht durch Erziehung erlangen lässt, nicht einmal von den feinsinnigsten Leuten von Welt: Angesichts der traurigen Rück-kehr Ramuntchos, seines gebrochenen Schicksals, seiner bei den kleinen schwarzen Nonnen begrabenen Verlobten, seiner tod-kranken Mutter befürchtet Florentino, schon grausam gewesen zu sein, als er sein Glück vor ihm ausbreitete.

Und so kehrt wieder Schweigen ein; sie lächeln sich noch einen Augenblick freundschaftlich zu, finden keine Worte mehr. Zudem ist der Abgrund unterschiedlicher Anschauungen zwischen den beiden in den drei Jahren noch größer geworden. Nachdem Florentino seine Ochsen erneut an der Stirn berührt und seinem Freund fest die Hand gedrückt hat, setzt er sie mit einem kleinen Zungenschnalzer in Marsch:

»Wir sehen uns doch wieder, nicht wahr? Wir sehen uns wieder?«

Und bald wird das Glockenläuten seines Gespanns von der Stille des inzwischen überschatteten Weges geschluckt, auf dem die Abkühlung der Tageshitze bereits zu spüren ist …

»Er hat etwas aus seinem Leben gemacht!«, denkt Ramuntcho traurig, während er unter den herbstlichen Baumkronen weitermarschiert …

Der Weg, dem er folgt, steigt noch immer bergan, manchmal in den Rinnen von Quellbächen, manchmal von dicken Eichenwurzeln durchquert.

Bald wird Etchézar vor ihm auftauchen, und noch bevor er es gesehen hat, entsteht immer deutlicher das Bild des Dorfs in ihm, in Erinnerung gerufen und wieder aufgefrischt vom Anblick der Umgebung.

Er geht schneller, und sein Herz pocht stärker.

Doch die ganze Gegend ist leer, da Gracieuse fehlt, trostlos und leer, als ginge man nach dem Besuch des großen Schnitters durch ein geliebtes Haus! … Und dennoch denkt Ramuntcho sogar daran, dass irgendwo im Hinterland, in einem kleinen Kloster, unter einer Nonnenhaube, die lieben schwarzen Augen immer noch existieren, dass er sie zumindest wiedersehen kann. Den Schleier zu nehmen, ist alles in allem nicht der Tod, und vielleicht ist das letzte Wort des Schicksals noch nicht gesprochen … Denn wer hätte, wenn man es recht bedenkt, eine solche Veränderung in Gracieuse bewirken können, die ihr Herz einst ihm allein schenkte? … Oh! Sicher hat man sie schrecklich unter Druck gesetzt … Und wenn sie sich dann gegenüberstünden, wer weiß? … Und wieder Auge in Auge miteinander sprächen? … Doch was kann er sich vernünftigerweise erhoffen, was wäre möglich? … Hat man im Baskenland je erlebt, dass eine Nonne ihren Schwur brach, um einem Verlobten zu folgen? Und außerdem, wo sollten sie zusammen leben, wenn die Leute ihnen auswichen, ihnen wie Abtrünnigen aus dem Weg gingen? … In Amerika vielleicht, und vielleicht nicht einmal dort! … Und wie konnte man sich ihr nähern und sie zurückholen aus diesen weißen Totenhäusern, in denen die Schwestern ewiglich überwacht und belauscht werden … Oh! Nein, das alles sind nur Trugbilder, Träume, sonst nichts … Es ist aus, zu Ende, hoffnungslos! …

Dann gerät die Trauer um Gracieuse für einen Augenblick aus seinem Blick, und er spürt nur noch, wie es ihn aus ganzem Herzen zu seiner Mutter zieht, seiner Mutter, die ihm bleibt, die da ist, ganz nahe, die bestimmt ein wenig durcheinander und verwirrt vor Wiedersehensfreude auf ihn wartet.

Und jetzt taucht links halb versteckt zwischen Buchen und Eichen der bescheidene Weiler mit seiner alten Kapelle auf – und mit seiner gerundeten Prellwand, die unter sehr alten Bäumen an der Kreuzung zweier Pfade steht. Sogleich nehmen die Gedanken im Kopf des jungen Mannes wieder eine neue Wendung: Diese mit Kalk verputzte, ockergelbe kleine Wand mit dem runden Giebel versetzt ihn in Aufruhr und weckt in ihm die Lebensfreude, gibt ihm Kraft und Mut. Mit kindlicher Begeisterung nimmt er sich vor, am nächsten Tag wieder mit dem Pelota-Spielen anzufangen, diesem Spiel der Basken, das ein Rausch schneller Bewegungen und rascher Geschicklichkeit ist; er denkt an die großen Partien sonntags nach der Vesper, an den Ruhm aus den schönen Wettkämpfen gegen die spanischen Champions, an all das, was er in den Jahren im Ausland vermisst hat und worauf er nun seine Zukunft bauen will ... Doch der Moment währt nur kurz, und die tödliche Verzweiflung kehrt wieder und stößt ihn vor die Stirn; Gracieuse wird seine Triumphe auf den Plätzen nicht sehen, mein Gott, wozu dann alles? ... Ohne sie fällt alles, sogar diese Freude, in sich zusammen, wird fad, nutzlos und vergeblich, existiert einfach nicht mehr ...

Etchézar! ... Nach einer Biegung des Wegs ist plötzlich Etchézar zu sehen! ... In einem roten Schimmer, wie ein Traumgebilde, das vor der großen, dunklen Abendkulisse ringsum absichtlich in ein besonderes Licht getaucht ist. Es ist die Stunde des Sonnenuntergangs. Ein letztes Strahlenbündel zeichnet einen kupfer- und goldfarbenen Nimbus um das abgeschiedene Dorf, das vom alten, schweren Glockenturm überragt wird, während das Spiel der Wolken – und die enorme Finsternis, die vom Gizune ausgeht – all die Felder oberhalb und unterhalb sowie die vom Absterben der Farne braun gefärbten Bergflanken verdunkelt ...

Oh! Der melancholische Anblick, den die Heimat dem Soldaten bietet, der zurückkehrt und seine Braut nicht mehr wiederfindet! ...

Drei Jahre sind seit seinem Aufbruch vergangen ... Drei Jahre sind in seinem Alter – mögen sie auch später, leider!, nur ein flüchtiges Nichts im Leben sein – noch ein Abgrund an Zeit, eine Spanne, die alles verändert. Und wie sehr geschrumpft erscheint ihm nach dieser langen Abwesenheit das Dorf, das er doch liebt, so klein, von den Bergen ummauert, trostlos und verloren! ... Und um ihn noch mehr leiden zu lassen, beginnt in der Seele des ungebildeten großen Jungen wieder der Kampf jener beiden Gefühle eines allzu feinsinnigen Menschen, die das Erbe seines unbekannten Vaters sind: eine fast krankhafte Bindung an das Zuhause, das Land der Kindheit, und das Grauen davor, dorthin zurückzukehren und dort eingeschlossen zu sein, wenn man weiß, dass es sehr weiträumige und freie *andere Orte* auf der Welt gibt …

… Nach dem heißen Nachmittag kündigt sich der Herbst jetzt durch den raschen Sonnenuntergang an, mit einer plötzlich aus den tiefer gelegenen Tälern aufsteigenden Kühle sowie dem Geruch nach welkenden Blättern und Moos. Da erinnert er sich wieder ganz genau an die tausend Einzelheiten vergangener Herbsttage im Baskenland, an die früheren Novembertage, an den kalten Anbruch der Nacht nach schönen, sonnigen Tagen, an den schon vor dem Abend aufziehenden trübseligen Dunst, an die Pyrenäen in tintengrauen Wolken oder stellenweise als schwarze Umrisse vor einem mattgoldenen Himmel, an die späten, vom Frost lange verschonten Gartenblumen um die Häuser, an die Laubhaufen unter dem Platanen-Gewölbe vor allen Türen und an den raschelnden gelben Teppich unter den Füßen des Mannes, der in Espandrilles zum Nachtessen nach Hause kommt … Oh! Das Wohlbehagen und die unbeschwerte Freude früherer Tage bei der Heimkehr am Abend, nachdem man durch das raue Gebirge marschiert war! Oh! Die heitere Stimmung jener Zeiten bei den ersten Wintereinbrüchen, die Flammen im hohen Kamin mit dem schmückenden weißen Spruchband und den rosaroten Papiergirlanden darüber! … Nein, in der Stadt mit ihrer geballten Ansammlung von Häusern, in denen es überall wimmelt, hat man nicht mehr das wahre Gefühl, zu Hause anzukommen und sich am Abend auf urtümliche Weise zu verkriechen wie hier, unter diesen abgeschiedenen, über die Landschaft verteilten baskischen Dächern inmitten der großen

Dunkelheit, der zitternden großen Dunkelheit des Laubwerks, der wechselhaften großen Dunkelheit der Wolken und Gipfel ... Seine Aufenthalte im Ausland, seine Reisen, die neuen Ideen haben ihm seine Bleibe in den Bergen vergällt und klein gemacht; sicher wird er sie gleich in nahezu trostlosem Zustand vorfinden, und vor allen Dingen wird seine Mutter nicht mehr ewig dort sein – und Gracieuse nie mehr.

Er beschleunigt noch einmal den Schritt, hat es eilig, seine Mutter zu umarmen. Um das abgelegene Haus zu erreichen, schlägt er auf dem Weg oberhalb des Kirchplatzes einen Bogen um das Dorf. Bei seinem schnellen Gang betrachtet er alles mit unsagbarer Bestürzung. Frieden und Stille liegen über der kleinen Pfarrgemeinde von Etchézar, dem Herzen des französischen Baskenlands und der Heimat aller berühmten *Pelotaris* der Vergangenheit – die heute schwergewichtige Großväter oder tot sind. Die unabänderliche Kirche, in der seine frommen Träume begraben sind, ist noch von denselben dunklen Zypressen umgeben wie eine Moschee. Während er den Pelota-Platz schnell überquert, scheint noch ein wenig Sonne darauf, die sehr flach einfällt und mit einem letzten Strahl hinten an der Mauer endet, über der eine Inschrift aus alter Zeit prangt – ganz wie am Abend seines ersten großen Erfolgs vor vier Jahren, als Gracieuse in ihrem blauen Kleid unter den fröhlichen Zuschauern saß, sie, die jetzt ein schwarzes Nonnengewand trägt ... Auf den verlassenen Rängen, den Granitstufen mit ihren Grasbüscheln sitzen drei oder vier Greise, die einst die Helden dieses Platzes waren und die ihre Erinnerung ständig hierher zurückbringt, um am Ende des Tages zu plaudern, während die Dämmerung von den Gipfeln herabkommt, die Erde überschwemmt, von den braunen Pyrenäen auf sie herabzufallen scheint ... Oh! Die Menschen von hier, deren Leben sich hier abspielt; oh! die kleinen Gasthäuser, in denen man Cidre ausschenkt, die kleinen Geschäfte für die einfachen Waren, und die altbackenen Kleinigkeiten – aus der Stadt und von *Anderswoher* –, die man den Leuten aus den Bergen verkauft! … Wie fremd ihm das nun alles vorkommt, als hätte er nichts mehr damit zu tun, als wäre er zurückversetzt in eine primitive Vergangenheit! … Sollte er heute tatsächlich kein Mann aus Etchézar und nicht mehr der Ramuntcho von früher sein? … Was trägt er so Besonderes in seiner Seele, das ihn hindert, sich hier so wohlzufühlen wie die anderen? Warum, mein Gott, ist es nur ihm nicht erlaubt, in aller Ruhe das Leben zu führen, das er sich erträumt hatte, während all seine Freunde ihren Traum leben? …

Endlich sieht er sein Haus vor sich stehen. Es ist noch genau so, wie er es in Erinnerung hatte. Wie erwartet, sieht er entlang der Mauer wieder all die mehrjährigen Blumen, die seine Mutter gepflanzt hatte, dieselben Arten, die der Frost oben im Norden, wo er herkommt, schon vor Wochen vernichtet hat: die Vanilleblumen, die Geranien, die hohen Dahlien und die Kletterrosen. Und auch der gute alte Laubhaufen ist da, den die zu einem Gewölbe geschnittenen Platanen jedes Jahr abwerfen, und dessen welke Blätter unter seinen Schritten mit einem vertrauten Geräusch rascheln und zerbröseln! …

Als er den Eingang im Erdgeschoss betritt, hat sich das vereinheitlichende Grau bereits über alles gelegt, ist es schon Nacht. Der hohe Kamin, an dem sein Blick zuerst hängen bleibt, da er sich instinktiv an die züngelnden Flammen früherer Abende erinnert, steht noch genauso da mit seinem weißen Schmuckband, aber er ist kalt und düster, riecht nach Abwesenheit oder Tod.

Er rennt die Treppe hinauf ins Zimmer seiner Mutter. Da sie die Schritte ihres Sohnes gleich wiedererkannt hat, hat sie sich steif und bleich im Dämmerlicht aufgerichtet:

»Raymond!«, sagt sie mit belegter und gealterter Stimme.

175

Sie streckt ihm ihre Arme entgegen, und kaum hat sie ihn berührt, umarmt sie ihn und drückt ihn an sich:

»Raymond! ...«

Nachdem sie seinen Namen ausgesprochen hat, lehnt sie, ohne etwas hinzuzufügen, in dem hingebungsvollen Reflex und mit der großen zärtlichen Geste von früher ihren Kopf an seine Wange ... Da merkt er, dass das Gesicht seiner Mutter an seinen Wangen glüht. Durch ihre Bluse spürt er, wie dünn die Arme geworden sind, die sie um ihn schlingt, dass sie fiebrig und heiß ist. Und zum ersten Mal hat er Angst, überkommt ihn die Erkenntnis, dass sie sicherlich sehr krank ist, und plötzlich steht die Möglichkeit, sie könne sterben, voller Schrecken vor ihm ...

»Oh! Ihr seid ganz allein, liebe Mutter! Wer kümmert sich um Euch? Wer pflegt Euch?«

»Mich pflegen? ...«, antwortet sie gewohnt schroff, und plötzlich sind alle Gedanken, die sie als Bäuerin hat, wieder da. »Geld für jemanden ausgeben, damit er nach mir sieht! Bei Gott, wozu soll das gut sein? ... Die Frömmlerin oder vielmehr die alte Doyamburu kommt tagsüber und bringt mir, was ich brauche, das Zeug, das der Arzt mir verordnet ... Obwohl ... die Arzneien, weißt du ... Nun ja! ... Zünde doch eine Lampe an, Ramuntcho! ... Ich möchte dich sehen ... ich sehe dich nicht!«

Und als an einem aus Spanien geschmuggelten Streichholz das Licht aufflammt, fügt sie in einem unendlich süßen, zärtlichen Ton hinzu, wie man mit einem geliebten kleinen Kind spricht:

»Oh! dein Schnauzbart! ... Was für einen großen Schnauzbart du bekommen hast, mein Sohn! ... Deshalb erkenne ich meinen Ramuntcho kaum wieder! ... Geh näher an die Lampe, mein Schatz, geh näher ran, damit ich dich gut sehen kann! ...«

Auch er sieht sie jetzt besser, sieht sie im neuen Licht dieser Lampe, während sie ihn liebevoll betrachtet und bewundert. Und es erschreckt ihn noch mehr, denn die Wangen seiner Mutter sind hohl, ihr Haar ist fast weiß; sogar der Ausdruck ihres Blicks hat sich verändert und ist wie erloschen; auf ihrem Gesicht zeichnet sich die düstere und unwiderrufliche Arbeit der Zeit, des Leidens und des Todes ab.

Und jetzt laufen zwei dicke, schnelle Tränen aus Franchitas Augen, die sich geweitet haben, von ihrem verzweifelten Aufbegehren und ihrem Hass wieder lebendig werden:

»Oh! Dieses Weib …«, stößt sie plötzlich hervor. »Diese Dolorès! … Es ist unfassbar! …«

Und ihr erstickter Aufschrei drückt den ganzen Neid von dreißig Jahren aus, fasst ihn zusammen, all den erbarmungslosen Groll auf diese Feindin aus ihrer Kindheit, der es schließlich gelungen ist, das Leben ihres Sohnes zu zerstören.

Sie schweigen einen Moment. Er sitzt mit hängendem Kopf an ihrem Bett, hält die arme, fiebrige Hand, die seine Mutter ihm gereicht hat. Etwas, das sie nicht auszusprechen vermag, scheint sie, da sie schneller atmet, einen Moment lang zu bedrücken:

»Sag, mein Raymond! … Ich möchte dich etwas fragen … Was hast du nun vor, mein Sohn? Welche Pläne hast du für die Zukunft? …«

»Ich weiß nicht, Mutter … Denken wir später darüber nach, dann sehen wir weiter … Du fragst jetzt danach, Mutter, … auf der Stelle. Wir haben noch Zeit, das zu besprechen, nicht wahr? … Nach Amerika vielleicht … ?«

»Ah! Ja …«, nimmt sie den Faden langsam auf mit all dem Schrecken, der sie seit Tagen umtreibt … »Nach Amerika … Ich habe es geahnt … Oh! Dort wirst du dir also … Ich wusste es, ich wusste es …«

Ihr Satz endet mit einem Stöhnen, und im Versuch zu beten, faltet sie die Hände …

3

Am nächsten Morgen irrte Raymond im Dorf und am Dorfrand
herum unter einer Sonne, die durch die Wolkendecke der Nacht
gebrochen war und noch immer strahlte wie die Sonne am Vortag. Herausgeputzt, den Schnurrbart gezwirbelt, mit stolzer Haltung, elegant, ernst und schön ging er aufs Geratewohl durchs
Dorf, um zu sehen und gesehen zu werden. Ein wenig Kinderei
mischte sich in sein ernstes Gehabe, ein wenig Wohlsein in seine
Hilflosigkeit. Beim Aufwachen hatte seine Mutter zu ihm gesagt:
»Es geht mir besser, ganz bestimmt. Heute ist Sonntag, geh,
zeig dich, ich bitte dich darum ...«

Und die Vorübergehenden drehten sich nach ihm um, flüs-
terten einen Augenblick und verbreiteten dann die Nachricht:
»Franchitas Sohn ist zurückgekommen! Und wie gut er aussieht!«

Überall hielt sich noch ein trügerischer Sommer, jedoch
durchsetzt mit der unergründlichen Melancholie der Dinge, die
geräuschlos zu Ende gehen. Unter der gleichgültig strahlenden
Sonne wirkten die Pyrenäenlandschaften trübselig; alle Pflanzen,
alles Grün schienen sich in irgendeinem Rückzug, vom Leben
erschöpft, in irgendeiner Todeserwartung zu sammeln.

Die Wegbiegungen, die Häuser, die kleinsten Bäumchen, alles
erinnerte Ramuntcho an vergangene Zeiten, in denen Gracieuse
zugegen war. Und mit jeder Erinnerung, mit jedem Schritt gra-
vierte und hämmerte sich ihm in neuer Form dieses Urteil ein,

gegen das man nicht in Berufung gehen konnte: »Es ist vorbei, du bist für immer allein, Gracieuse wurde dir genommen, und man hat sie eingesperrt ...« Alles, was ihm unterwegs zufällig begegnete, erneuerte und veränderte seinen seelischen Schmerz. Und wie eine beständige Grundlage seiner Überlegungen trug er tief in sich diese andere dumpfe Angst mit sich herum: Seine Mutter, seine schwer kranke Mutter schwebte vielleicht in tödlicher Gefahr! ...

Er traf Leute, die ihm freundlich und wohlgesonnen entgegentraten und in der geliebten, trotz ihres unermesslichen Alters immer noch so lebendigen und so klangvollen baskischen Sprache das Wort an ihn richteten, Greise mit Baskenmütze auf ihrem weißen Haupt, die sich rund um das Spiel gerne mit diesem schönen, zur Wiege zurückgekehrten Pelota-Spieler unterhielten. Nachdem die ersten Worte getauscht waren, erlosch jedoch trotz des Sonnenscheins und des blauen Himmels das Lächeln in ihren Gesichtern, und man wurde trübsinnig beim Gedanken an die verschleierte Gracieuse und die sterbenskranke Franchita.

Als Ramuntcho etwas weiter entfernt Dolorès erblickte, die gerade nach Hause kam, schoss ihm das Blut ins Gesicht. Sie war gebrechlich und wirkte sehr niedergeschlagen! Bestimmt hatte auch sie ihn wiedererkannt, denn sie wandte ihren sturen und unnachgiebigen, von einem Trauerschleier bedeckten Kopf energisch zur Seite. Fast empfand er Mitleid, so mitgenommen sah sie aus; mit ihrem Streich hatte sie, dachte er, sich selbst geschadet, jetzt würde sie im Alter und im Sterben allein sein ...

Auf dem Dorfplatz begegnete ihm Marcos Iragola, und Ramuntcho erfuhr, dass dieser wie Florentino geheiratet hatte – auch er natürlich seine Jugendliebe.

»Weißt du, ich musste keinen Militärdienst leisten«, erklärte er, »wir kommen aus der spanischen Provinz Gipuzkoa und sind nach Frankreich ausgewandert; deshalb konnte ich sie schneller heiraten!«

Marcos war einundzwanzig, Pilar achtzehn; ohne Land und ohne Geld alle beide, aber trotzdem glücklich vereint wie zwei Spatzen, die ihr Nest bauen. Und der blutjunge Ehemann fügte lachend hinzu:

»Was willst du! Mein Vater hat zu mir gesagt: ›Du bist mein Ältester, und ich warne dich: Solange du nicht heiratest, schenke ich dir jedes Jahr einen kleinen Bruder.‹ Und du weißt, er hätte es getan! Dabei sind wir schon vierzehn Geschwister, und alle am Leben! …«

Oh! Diese schlichten und einfachen Leute! Wie klug und auf ihre bescheidene Art glücklich sie sind! … Raymond verabschiedete sich etwas eilig von ihm, mit noch wunderem Herzen nach diesem Gespräch, doch er wünschte Marcos trotzdem aufrichtig Glück in seinem kleinen Wolkenkuckucksheim.

Hier und da saßen Leute vor ihren Haustüren, unter einer Art Vordach von Zweigen, das sich im Baskenland vor allen Häusern befindet. Die Gewölbe der Platanen, die nach baskischer Art geschnitten sind und im Sommer keinen Sonnenstrahl durchlassen, waren zu dieser Jahreszeit durchbrochen, sodass Strahlenbündel auf sie herabfielen; und die Sonne brannte ein wenig zerstörerisch und traurig auf die gelben Blätter, die immer mehr vertrockneten …

Auf seinem langsamen Spaziergang spürte der Rückkehrer immer mehr, welche persönlichen Gefühle ihn nach wie vor, auf eigenartig beständige Weise mit dieser rauen und eingeschlossenen Gegend verbanden, auch wenn er dort ganz und gar sich selbst überlassen sein würde, ohne Freunde, ohne Ehefrau und ohne Mutter …

Jetzt läutet es zum Hochamt! Und die Schwingungen dieser Glocke stürzen ihn in eine merkwürdige Erregung, auf die er nicht gefasst war. Einst war ihr so vertrauter Klang ein Aufruf zur Freude und zur Feier …

Er bleibt stehen, zögert, obwohl er inzwischen nicht mehr gläubig ist und mit dieser Kirche grollt, die ihm seine Braut genommen hat. Die Glocke scheint ihn heute auf ganz besondere Weise einzuladen, mit einer so beschwichtigenden und zärtlichen Stimme: »Komm, komm! Lass dich wiegen wie deine Ahnen! Komm, armer Verzweifelter, lass dich wieder ergreifen von dem süßen Köder, der dich ohne Bitterkeit weinen lässt und dir beim Sterben helfen wird …«

Unentschlossen und noch immer widerstrebend geht er dennoch Richtung Kirche, als Arrochkoa auftaucht!

Arrochkoa, dessen Katzen-Schnauzbart viel länger geworden ist, und dessen Gesicht noch katzenhaftere Züge angenommen hat, eilt ihm mit ausgestreckten Armen und einem Freudenausbruch entgegen, den Ramuntcho nicht erwartet hätte. Er scheint aufrichtig begeistert darüber, diesen so vornehm wirkenden Ex-Sergeanten wiederzusehen, der ein Ordensband trägt, und dessen Abenteuer im Baskenland Aufsehen erregt haben:

»Ah! Mein Ramuntcho, seit wann bist du da? … Oh! Wenn ich es nur hätte verhindern können! … Ich kann mir vorstellen, was du über meine alte verhärmte Mutter und all diese bigotten Kirchgänger denkst! … Oh! Hab ich dir gesagt, dass ich einen Jungen habe, seit zwei Monaten; ein hübsches Kerlchen, sag ich nur! … Es gibt so viel zu erzählen, mein armer Freund, so viel! …«

Die Glocke schlägt, schlägt und erfüllt die Luft mehr und mehr mit ihrem sehr ernsten, auch ein wenig gebieterischen Klang.

»Du gehst doch nicht dorthin, oder?«, fragt Arrochkoa und zeigt auf die Kirche.

»Nein! Oh, nein!«, erwidert Ramuntcho mit düsterer Entschlossenheit.

»Gut, dann lass uns zusammen den neuen Cidre aus deiner Heimat probieren! …«

Er nimmt ihn mit in die Apfelkelterei der Schmuggler; beide setzen sich wie früher ans offene Fenster, schauen hinaus; und auch dieser Ort, diese alten Bänke, diese hinten aufgereihten Fässer, diese ewig gleichen Bilder an der Wand erinnern Ramuntcho an die guten Zeiten von einst, die vergangenen, zu Ende gegangenen Zeiten.

Das Wetter ist herrlich; der Himmel ist von seltener Klarheit; der spezielle Duft der Nachsaison liegt in der Luft, es riecht nach Bäumen, deren Rinde abblättert, nach welkem Laub, das die Sonne am Boden erhitzt. Nach der absoluten Windstille am Vormittag kommt jetzt ein bisschen Herbstwind auf, ein leichtes Novemberfrösteln kündigt unmissverständlich, aber mit einer fast liebenswürdigen Melancholie den nahenden Winter an – ein südländischer, milder Winter, ja, der fast keine Zäsur im Landleben darstellt. In den Gärten und an den alten Mauern blühen übrigens noch immer viele Rosen! …

Zuerst unterhalten sie sich über belanglose Dinge und trinken ihren Cidre, sprechen über Raymonds Reisen, darüber, was sich seit seiner Abreise im Land verändert hat, über Ehen, die vollzogen oder gebrochen wurden. Und während der Unterhaltung dieser beiden Empörten, die der Kirche abtrünnig geworden sind, dringen alle Geräusche der Messe zu ihnen, das Glockenläuten und die Klänge der Orgel, die Kirchenlieder, die das hallende Kirchenschiff füllen …

Zum Schluss kommt Arrochkoa auf das Thema zurück, das ihnen auf den Nägeln brennt:

»Oh! Wärst du nur hier gewesen, es wäre nicht dazu gekommen! ... Und selbst jetzt, wenn sie dich wiedersehen würde ...«

Raymond sieht ihn an, erschauert über das, was er meint, verstanden zu haben:

»*Und selbst jetzt?* ... Was willst du damit sagen?«

»Oh! Mein Lieber, die Frauen ... Bei ihnen weiß man nie! ... Sie war wirklich sehr verliebt in dich, sag ich dir, und es war hart ... He! Heutzutage kann kein Gesetz sie mehr zurückhalten, zum Teufel! ... Was mich angeht, mir wäre es völlig egal, wenn sie ihre Kutte ablegte! ... Oh là là! ...«

Ramuntcho wendet den Kopf ab, blickt auf den Boden und stampft mit dem Fuß auf, ohne zu antworten. Und während sie schweigen, erscheint ihm die gottlose Sache, die er kaum für sich selbst in Worte zu fassen gewagt hatte, immer weniger illusorisch, immer machbarer, fast leicht zu bewerkstelligen ... Nein, es ist tatsächlich nicht unmöglich, sie zurückzubekommen. Und falls nötig, würde ihm bestimmt der Freund, Arrochkoa, ihr eigener Bruder, dabei helfen. Oh! Welche Versuchung und welch neuer Sturm in seiner Seele! ...

Kurzerhand fragt er:

»Wo ist sie? ... Weit weg von hier?«

»Ziemlich weit, ja. Drüben in Navarra, fünf oder sechs Stunden mit der Kutsche. Seit sie bei ihnen ist, hat man sie zweimal in ein anderes Kloster verlegt. Heute lebt sie in Amezquéta, hinter den großen Eichenwäldern von Oyanzabal; man gelangt über Mendichoco dorthin; erinnerst du dich, wir mussten einmal gemeinsam nachts für unsere Geschäfte durch den Wald, mit Itchoua.«

Die Leute kommen aus der Kirche ... Grüppchenweise gehen sie vorüber: Frauen, hübsche Mädchen mit einem Hauch von

Eleganz, doch Gracieuse ist nicht mehr unter ihnen; viele Baskenmützen sind über den sonnengebräunten Stirnen nach hinten geschoben. Und all diese Gestalten drehen die Köpfe, um die beiden Trinker an ihrem Fenster zu sehen. Der Wind weht ein wenig kräftiger und lässt rund um die Fensterscheiben die großen, abgestorbenen Platanenblätter tanzen.

Eine schon alte Frau unter einer Mantilla aus schwarzem Tuch wirft ihnen einen bösen und traurigen Blick zu:

»Ah!«, sagt Arrochkoa, »da geht gerade meine Mutter vorbei und schaut uns mal wieder schief an! ... Sie hat damals ganze Arbeit geleistet und kann sich ihrer rühmen! ... Die Erste übrigens, die gestraft ist, denn sie wird als einsame Alte enden ... Catherine – du weißt schon, die von den Elsagarrays – kommt tagsüber für alles, was sie braucht; ansonsten hat sie niemanden mehr, mit dem sie abends sprechen kann ...«

Eine tiefe Bassstimme hinter ihnen unterbricht sie mit einem baskischen Willkommensgruß, der hallt wie in einer Höhle, während eine große und schwere Hand sich auf Ramuntchos Schulter legt, um ihn in Beschlag zu nehmen: Itchoua. Itchoua, der gerade noch die Liturgie gesungen hat! ... Er zum Beispiel hat sich nicht verändert; noch immer dasselbe alterslose Gesicht, noch immer dieselbe farblose Maske, die zugleich an ein Mönchs- und an ein Räubergesicht erinnert, und dieselben eingesunkenen, verborgenen, abwesenden Augen. Auch seine Seele muss gleich geblieben sein, imstande, gnadenlos zu morden und sich zugleich dem Fetisch hinzugeben.

»Ah!«, macht er – und will dabei ganz harmlos klingen, »du bist also wieder unter uns, Ramuntcho! Dann arbeiten wir wieder zusammen, ja? Weißt du, das Geschäft mit Spanien läuft derzeit gut, und wir brauchen kräftige Arme an der Grenze. Du kommst wieder zu uns, nicht wahr?«

»Mein Gott, vielleicht«, antwortet Ramuntcho. »Ja, wir können uns darüber unterhalten und sehen, ob wir uns einig werden …«

Denn seit ein paar Minuten hat er seine Abreise nach Amerika im Geist weit aufgeschoben … Nein! … Lieber will er im Land bleiben, an das Leben von früher anknüpfen, nachdenken und hartnäckig warten. Da er jetzt weiß, wo *sie* steckt, spukt ihm dieses fünf oder sechs Stunden von hier entfernte Dorf Amezquéta gefährlich im Kopf herum, und er hätschelt alle erdenklichen frevelhaften Pläne, die er bis zu diesem Tag sich kaum auszudenken gewagt hätte.

4

Mittags stieg er wieder zu seinem abgelegenen Haus hinauf, um bei seiner Mutter zu sein.

Die Besserung hatte angehalten, der fiebrige, etwas künstliche Zustand vom Morgen war unverändert, die alte Doyamburu wachte bei ihr. Seine Mutter behauptete, sie sei auf dem Weg der Genesung, und aus Sorge, ihn unbeschäftigt und grüblerisch zu sehen, schickte sie ihren Sohn hinunter ins Dorf auf den Pelota-Platz, um bei der sonntäglichen Partie zuzuschauen.

Der Windhauch wurde wieder warm und blies erneut von Süden; keine Kälteschauer mehr wie noch kurz zuvor, im Gegenteil, Sonne und sommerliche Atmosphäre über den rötlichen Wäldern und dem rostroten Farn, auf den Wegen, auf die weiterhin das Laub herabfiel und sich zu traurigen Haufen ansammelte. Doch am Himmel tauchten dicke Wolken auf, die plötzlich hinter den Bergen hervorkamen, als hätten sie dort in einem Hinterhalt auf ein Signal gewartet, um alle zugleich zu erscheinen.

Die Aufstellung für die Pelota-Partie war noch nicht entschieden, und die Gruppen diskutierten energisch, als er auf dem Platz ankam. Schnell war er umringt, man feierte ihn, bestimmte ihn per Applaus dazu, mitzuspielen und die Ehre seiner Gemeinde zu verteidigen. Er wagte es nicht, er hatte seit drei Jahren nicht gespielt, sein Arm war aus der Übung, vermutete er. Doch zuletzt gab er nach und legte seine Kleidung ab ... Doch wem sollte er jetzt seine Jacke anvertrauen? ... Plötzlich hatte er wieder Gracieuse vor Augen, wie sie auf den vorderen Rängen saß und ihm die Arme entgegenstreckte, um die Jacke entgegenzunehmen. Wem soll er heute seine Jacke zuwerfen? Normalerweise vertraut man sie einem Freund an, ein wenig, wie es die Toreros mit ihrem goldbestickten Seidenumhang tun ... Er warf sie dieses Mal einfach irgendwohin auf die alten, granitenen Bankreihen, zwischen denen die späten Skabiosen blühten ...

Das Spiel begann. Zuerst war er ohne Orientierung, unsicher bei den ersten Würfen, und verfehlte manchmal das verrückte und hüpfende kleine Ding, das man in der Luft fangen musste.

Dann legte er sich wütend ins Zeug, erlangte seine frühere Gewandtheit zurück und fand auf prachtvolle Weise wieder zu sich selbst. Seine Muskeln hatten an Kraft gewonnen, was sie vielleicht an Geschmeidigkeit verloren hatten: Er wurde wieder beklatscht, erlebte den körperlichen Rausch, wenn er sich bewegte, in die Höhe sprang, spürte seine Gliedmaßen zusammenwirken wie biegsame und kraftvolle Federn, hörte, wie die Menschenmenge um ihn herum begeistert mitging ...

Doch dann kam die Pause, die gewöhnlich lange, umkämpfte Partien unterbricht; der Augenblick, da man sich keuchend hinsetzt, das Blut in einem kocht, die Hände rot sind, zittern – und man die Gedanken wieder aufnimmt, die das Spiel unterbrochen hat.

So kam die Verzweiflung wieder auf, dass er allein war.

Über den versammelten Köpfen, über den wollenen Baskenmützen und den hübschen, mit Tüchern umwickelten Haarknoten verstärkten sich die Turbulenzen am Himmel, die die Südwinde stets mit sich führen, bevor sie hier enden. Die Luft war vollkommen durchsichtig geworden, als wäre sie verdünnt, so sehr verdünnt, dass sie quasi leer war. Die Berge schienen außerordentlich nah herangerückt; die Pyrenäen erdrückten das Dorf; die spanischen wie die französischen Gipfel waren da, alle gleich nah, wie übereinandergeschichtet, zeigten ihre dramatischsten kohlebraunen Farben, ihre stärksten und dunkelsten Violetttöne. Große Wolkengebilde, die kompakt aussahen wie irdische Gegenstände, wölbten sich zu Bögen, verhüllten die Sonne und tauchten alles wie in eine düstere Sonnenfinsternis. Hier und da zeigte sich in einem glatten Riss, der von strahlendem Silber gesäumt war, das tiefe Blaugrün eines fast afrikanischen Himmels. Die ganze Gegend, in der sich das unbeständige Klima zwischen Morgen und Abend ständig ändert, gab sich für ein paar Stunden seltsam südländisch, sowohl, was die Temperatur, als auch, was das Licht anging.

Ramuntcho sog diese trockene und milde Luft ein, die aus dem äußersten Süden kam und an der sich die Lungen erfrischten. Das war das Wetter seiner Heimat. Es war sogar das charakteristische Wetter in der Bucht des Golfs von Biskaya, das Wetter, das ihm früher am liebsten gewesen war und ihn heute mit körperlichem Wohlbehagen erfüllte – und zugleich seiner Seele zusetzte, denn alles, was sich über ihm zusammenbraute, alles, was sich dort zusammenzog und so wüst und bedrohlich aussah, gab ihm das Gefühl, dass der Himmel taub war für Gebete, ohne Gedanken und ohne Herrn, nichts als die Heimstätte von Stürmen, die das Land fruchtbar machten, von blinden Kräften, die zeugten, wiedererschufen und zerstörten. Und in diesen Minuten der Besinnung, während er noch keuchte, umringten ihn Männer mit Baskenmützen, die von einer anderen Wesensart waren als er, und beglückwünschten ihn. Er antwortete nichts, hörte nichts, spürte vor allem das augenblickliche Übermaß seiner eigenen Kraft, seiner Jugend und seines Willens, und er nahm sich vor, erbittert und verzweifelt alles zu genießen, was auch immer zu versuchen, ohne sich mit grundlosen Ängsten, grundlosen religiösen Skrupeln zu belasten, um das Mädchen zurückzubekommen, das seine Seele und sein Fleisch seit Langem begehrten, das sein Ein und Alles und seine Braut war …

Als das Spiel siegreich beendet war, kehrte er allein nach Hause zurück. Er war traurig und entschlossen – stolz, so gesiegt, nichts von seiner Schnelligkeit und Wendigkeit eingebüßt zu haben und einer der besten Spieler im Baskenland geblieben zu sein –, und er begriff, dass dies ein Mittel war, sein Leben zu bestreiten, eine Geld- und Kraftquelle.

Noch immer und überall dieselben grellen Farben, dieselben klaren oder düsteren Horizonte unter dem schwarzen Himmel. Und noch immer dieselben starken Böen aus dem Süden, trocken und heiß, die die Muskeln und die Gedanken anheizen.

Doch die Wolken standen inzwischen tief, sehr tief, und bald würde sich das Wetter, würde sich dieses Schauspiel ändern und enden. Wie alle, die vom Land kommen, wusste er den Himmel zu deuten: Er kündigte nur einen kräftigen Herbstwind an, mit dem die warmen Winde enden würden – ein entschiedenes Brausen, um das letzte Laub von den Bäumen zu schütteln. Gleich darauf würden die langen Regenschauer einsetzen, in denen alles abkühlte, die Nebel aufziehen, in denen die Berge verschwammen und in die Ferne rückten. Und der triste Winter würde die Herrschaft antreten, die Säfte würden stocken, die kühnen Pläne vor sich hindümpeln, die Leidenschaften und den Aufruhr löschen …

Jetzt fielen die ersten Regentropfen auf den Weg und landeten in großen Abständen schwer auf dem angehäuften Laub.

Wie am Vortag, als er bei Sonnenuntergang nach Hause zurückkehrte, war seine Mutter allein.

Nachdem er sich hinaufgeschlichen hatte, fand er sie unruhig schlafend. Sie wälzte sich hin und her, war siedend heiß.

Dann irrte er durchs Haus, und damit es nicht so düster war, versuchte er, im unteren Stock den großen Kamin mit Zweigen anzufachen, doch das Feuer ging rauchend aus. Draußen goss es in Strömen. Durch die Fenster sah man wie durch graue Leichentücher auf das Dorf, das kaum noch zu erkennen war, wie ausradiert vom winterlichen Sturmregen. Wind und Regen peitschten gegen die Mauern des abgeschiedenen Hauses, um das sich in dieser regnerischen Nacht die große ländliche Dunkelheit einmal mehr zusammenzog – diese große Dunkelheit, diese große Stille war Raymond schon lange nicht mehr gewohnt. Und nach und nach tröpfelten die Kälte der Einsamkeit und der Verlassenheit in sein Kinderherz; nun verlor er sogar seine Tatkraft, das Wissen um seine Liebe, seine Stärke und seine Jugend; er spürte, wie sich angesichts dieses nebligen Abends all seine Pläne für Kampf und Widerstand verflüchtigten. Seine Zukunft, die er soeben noch gesehen hatte, wurde in seinen Augen jetzt elend oder schimärisch, seine Zukunft als Pelota-Spieler die eines erbärmlichen Unterhalters, darauf angewiesen, von Krankheit oder Schwäche verschont zu bleiben … Die Hoffnungen, die der Tag genährt hatte, lösten sich auf; bestimmt beruhten sie auf brüchigen Nichtigkeiten, die jetzt in der Nacht davongaloppierten …

Da zog es ihn plötzlich wie einst in der Kindheit zu dem sehr süßen Zufluchtsort, der seine Mutter stets für ihn war; auf Zehenspitzen ging er hinauf, um bei ihr zu sein und wenigstens dort an ihrem Bett zu bleiben, auch wenn sie längst schlief.

Und als er im Schlafzimmer weit entfernt von ihr ein kleines Licht entzündet hatte, schien sie ihm noch veränderter vom Fieber als tags zuvor; und so kam er auf den Gedanken, der noch schrecklicher war, dass er sie verlieren könnte, dass er dann allein wäre, dass er nie wieder diese Zärtlichkeit, diesen Kopf an seiner Wange spüren würde … Überdies und zum ersten Mal *erschien sie ihm alt,* und bei der Erinnerung an all die Enttäuschungen, die sie seinetwegen erlebt hatte, fühlte er vor allem Mitleid mit ihr, ein zärtliches, unendliches Mitleid angesichts der Falten, die er früher noch nicht gesehen hatte, der vor Kurzem ergrauten Haare an ihren Schläfen. Oh! Ein trauriges Mitleid, das ohne jede Hoffnung war, mit der Gewissheit, dass es jetzt zu spät war, das Leben besser einzurichten ... Und etwas Schmerzhaftes, dem er nichts entgegenzusetzen hatte, begann, seine Brust zu schütteln, ließ sein junges Gesicht verkrampfen; vor seinen Augen verschwammen die Dinge, und von einem ungestümen Bedürfnis übermannt zu flehen, um Gnade zu bitten, fiel er auf die Knie, lehnte die Stirn ans Bett seiner Mutter, und endlich weinte er, weinte heiße Tränen ...

5

»Und wen hast du im Dorf getroffen, mein Sohn?«, fragte sie ihn am nächsten Morgen, als es ihr etwas besser ging wie jedes Mal in den ersten Vormittagsstunden, wenn das Fieber gefallen war.

»Und wen hast du im Dorf getroffen, mein Sohn? ...« Aus Furcht, ernste Themen anzusprechen und beunruhigende Antworten hervorzurufen, gab sie sich Mühe, bei ihrer Unterhaltung fröhlich zu wirken und über Nebensächlichkeiten zu plaudern.

»Ich habe Arrochkoa getroffen, Mutter«, antwortete er in einem Ton, der sofort zu den brennenden Fragen führte.

»Arrochkoa! ... Und wie hat er sich dir gegenüber verhalten?«

»Oh! Er unterhielt sich mit mir wie mit einem Bruder ...«

»Ja, ich weiß, ich weiß ... Ach! Er war es nicht, der sie da hingebracht hat ...«

»Er hat sogar ...«

Ihm fehlte der Mut weiterzusprechen, und er ließ den Kopf hängen.

»Was hat er dir denn gesagt, mein Sohn?«

»Nun ... dass es hart war, sie dort einzusperren ... dass man vielleicht ... dass sie sogar jetzt ... wenn sie mich wiedersähe, es nicht ausgeschlossen wäre, dass ...«

Aufgerüttelt von dem, was sie herausgehört hatte, richtete sie sich auf; mit ihren mageren Händen strich sie sich die erst vor Kurzem ergrauten Haare aus dem Gesicht, ihre Augen waren plötzlich wieder jung und lebhaft, fast boshaft, aus Freude, aus gerächtem Stolz:

»Das hat er dir gesagt? Arrochkoa!«

»Würdet Ihr mir vergeben, Mutter …, wenn ich es versuchen würde?«

Sie nahm seine Hände, und beide schwiegen, denn weder er noch sie wagte es ihres katholischen Gewissens wegen, die frevlerische Sache auszusprechen, die sie in ihren Köpfen ausbrüteten. Und der boshafte Glanz in ihren Augen erlosch.

»Dir vergeben …«, griff sie seine Frage sehr leise auf, »oh! Ich …, ich … ja, das weißt du genau … Aber tu das nicht, mein Sohn, ich flehe dich an, tu das nicht; es würde euch beiden kein Glück bringen, glaub mir! … Denk nicht mehr daran, mein Ramuntcho, denk nie wieder daran …«

Dann verstummten beide, denn sie hörten die Schritte des Arztes, der zur wöchentlichen Visite die Treppe heraufkam. Und es war das einzige, das allerletzte Mal im Leben, dass sie darüber gesprochen haben.

Doch Raymond wusste jetzt, dass sie ihn nicht einmal nach dem Tod dafür verfluchen würde, wenn er es versuchte oder durchgeführt hätte; es genügte ihm zu wissen, dass sie ihm vergab, und jetzt, da er sicher war, ihre Vergebung zu erhalten, war das größte Hindernis zwischen seiner Braut und ihm mit einem Mal wie aus dem Weg geräumt.

6

Am Abend, als das Fieber in die Höhe schoss, gab es keinen Grund mehr, an der Gefährlichkeit ihrer Erkrankung zu zweifeln.

Die Krankheit hatte ihren robusten Körper mit aller Gewalt ergriffen – die Krankheit, die wegen des Starrsinns der Bäuerin, wegen ihrer ungläubigen Geringschätzung von Ärzten und Medikamenten zu spät erkannt und unzureichend behandelt worden war.

Und nach und nach verdrängte der entsetzliche Gedanke, sie zu verlieren, bei Ramuntcho alles andere; während der Stunden, in denen er schweigend und allein an ihrem Bett wachte, begann er, diesen Abschied, das Grauen dieses Todes und dieses Begräbnisses tatsächlich in Betracht zu ziehen – er stellte sich sogar die schaurigen Tage danach und alle Aspekte seines künftigen Lebens vor: Das Haus müsste verkauft werden, bevor er das Land verlassen würde, dann könnte, vielleicht, der verzweifelte Versuch im Kloster von Amezquéta unternommen werden, schließlich würde er in die unbekannten amerikanischen Lande aufbrechen, wahrscheinlich allein und ohne den Wunsch, zurückzukehren …

Von Stunde zu Stunde quälte ihn auch immer mehr das große Geheimnis, das sie für immer mit sich nähme – das Geheimnis seiner Geburt.

Deshalb wagte er es schließlich. Am ganzen Körper zitternd, als beginge er eine Sünde in der Kirche, beugte er sich über sie:

»Mutter! ... Mutter, sagt mir jetzt, wer mein Vater ist!«

Zuerst erschauderte sie bei dieser allerletzten Frage, denn sie verstand wohl, wenn er es wagte, sie so zu fragen, war sie verloren. Dann zögerte sie eine Minute: In ihrem vom Fieber siedenden Kopf fand ein Kampf statt. Da plötzlich der Tod vor ihr stand, konnte sie nicht mehr klar erkennen, was ihre Pflicht war, ihr über all die Jahre gehegter Eigensinn geriet in dieser Stunde beinahe ins Wanken.

Aber dann, für alle Ewigkeit entschlossen, antwortete sie kurzerhand und schroff wie immer, wenn sie schlecht gelaunt war:

»Dein Vater! ... Wozu, mein Sohn? ... Was willst du von deinem Vater, der seit mehr als zwanzig Jahren nie an dich gedacht hat? ...«

Nein, es war entschieden, Schluss damit, sie würde es nicht sagen. Außerdem war es jetzt zu spät; wie könnte sie es riskieren, während sie im Sterben lag, während sie sich in die Ohnmacht der Toten verabschiedete, das Leben ihres Sohnes, über den sie nicht mehr würde wachen können, vollkommen über den Haufen zu werfen, wie könnte sie ihn einem Vater ausliefern, der vielleicht einen Ungläubigen und Verzweifelten aus ihm machen würde, wie er selbst einer war! Welche Verantwortung und welch gewaltiges Entsetzen! ...

Nachdem sie ihren Entschluss unwiderruflich gefasst hatte, dachte sie an sich selbst, und da sie zum ersten Mal spürte, dass sich das Leben hinter ihr schloss, faltete sie die Hände zu einem düsteren Gebet.

Und Ramuntcho? Nach diesem Versuch zu erfahren, wer sein Vater war, nach dieser großen Überwindung, die ihm fast wie eine Schändung vorgekommen war, beugte er sich dem Willen seiner Mutter und fragte nicht mehr danach.

7

Jetzt ging es sehr schnell, zwischen den austrocknenden Fieberschüben, die ihre Wangen röteten und die Nasenlöcher verklebten, und Erschöpfungszuständen, die sie in Schweiß badeten, war ihr Puls kaum noch zu spüren.

Und Ramuntcho dachte an nichts anderes mehr als an seine Mutter; das Bild von Gracieuse erschien ihm nicht mehr in diesen düsteren Tagen.

Franchita starb; sie starb stumm und wie gleichgültig, ohne etwas zu verlangen, ohne sich je zu beklagen ...

Einmal jedoch, bei einer Nachtwache, rief sie ihn plötzlich mit schwacher, angstvoller Stimme, um die Arme um ihn zu werfen, ihn an sich zu ziehen, ihren Kopf an seine Wange zu drücken. Und in dieser Minute sah Raymond das Grosse Entsetzen in ihren Augen – das Entsetzen des Fleisches, das fühlt, wie es zu Ende geht, bei Menschen und bei Tieren, das furchtbare und für alle gleiche ... Gläubig, das war sie durchaus ein wenig; sie praktizierte vor allem wie viele andere Frauen in ihrer Umgebung; ängstlich hielt sie an den Dogmen fest, befolgte die Regeln, besuchte den Gottesdienst, doch ohne eine klare Vorstellung vom Jenseits, ohne leuchtende Hoffnung ... der Himmel, all die schönen Dinge, die einem nach dem Tod versprochen waren ... Ja, vielleicht ... Doch zuerst kam die schwarze Grube, bald und unausweichlich, in der man verwesen musste ... Eines war sicher, stand unverrückbar fest: Nie wieder würde sie ihr verwüstetes Gesicht richtig an das von Ramuntcho lehnen. Im Zweifel darüber, eine Seele zu haben, die davonfliegen würde, voller Entsetzen und Jammer darüber, ins Nichts zu sinken, zu Staub zu werden, wollte sie noch einmal Küsse von ihrem Sohn und klammerte sich an ihn, wie es Schiffbrüchige tun, die im tiefen, schwarzen Wasser untergehen …

Er begriff das alles, alles, was die armen, brechenden Augen ausdrückten. Und die große Zärtlichkeit und das Mitleid, die er schon beim Anblick der Falten und des weißen Haars seiner Mutter empfunden hatte, überschwemmten sein blutjunges Herz, und er gewährte ihr alles, was er ihr an traurigen Umarmungen und Küssen geben konnte.

Doch es dauerte nicht lange. Sie hatte außerdem nie zu denen gehört, die lange rührselig waren, oder zumindest ließ sie sich nichts anmerken. Als sie die Arme von ihm gelöst hatte, ihr Kopf ins Kissen zurückgesunken war, schloss sie die Augen und war jetzt ohne Bewusstsein – oder wartete stoisch …

Und Raymond, der es nicht mehr wagte, sie zu berühren, stand da, wandte den Kopf ab und weinte lautlos schwere Tränen – während in der Ferne die Pfarrglocke zur Sperrstunde zu läuten begann, den stillen Frieden des Dorfs verkündete, ihre zarten, beschützenden Schwingungen durch die Luft schickte und allen, die noch ein Morgen hatten, eine gute Nacht wünschte …

Still und stolz verschied sie, die sich für ihr Leiden und ihr Röcheln fast geschämt hatte, nach der Beichte am nächsten Vormittag, während dieselbe Glocke langsam das Totengeläut dazu schlug.

Und am Abend war Ramuntcho allein, neben ihm lag dieses erkaltete Ding, das man noch einige Stunden bewahrt und betrachtet, das man jedoch schnell unter die Erde bringen muss …

8

Acht Tage später.

Bei Anbruch der Nacht, während ein heftiger Windstoß aus den Bergen die Äste der Bäume durchbog, kam Raymond in sein verlassenes Haus zurück, in dem der Tod überall sein Grau ausgebreitet zu haben schien. Ein Stück Winter war über das Baskenland hereingebrochen, brachte leichten Frost, der die einjährigen Blumen verbrannte und den trügerischen Dezember-Sommer beendete. Die Geranien und Dahlien vor Franchitas Tür waren kurz zuvor eingegangen, der Pfad zum Eingang, der nicht mehr gepflegt wurde, verschwand unter Haufen von welken Blättern.

Die erste Woche der Trauer bestand für Ramuntcho aus tausenderlei Besorgungen, die den Schmerz erträglicher machten. Auch er hatte seinen Stolz, deshalb hatte alles gemäß den Gebräuchen der Kirchengemeinde und besonders prächtig sein müssen. Seine Mutter war in einem Sarg mit schwarzem Samt und silbernen Nägeln zu Grabe getragen worden. Zu den Totenmessen waren die Nachbarn im festlichen Umhang und die Nachbarinnen schwarz verhüllt und unter schwarzen Hauben erschienen. Und das alles bedeutete hohe Ausgaben für ihn, denn er war arm.

Von der Summe, die ihm sein unbekannter Vater einst zu seiner Geburt vermacht hatte, war sehr wenig übrig geblieben, den größten Teil hatten betrügerische Notare verschlungen. Und nun musste er das Haus verlassen und das lieb gewonnene vertraute Mobiliar verkaufen, um für die Flucht nach Amerika so viel Geld wie möglich zu erlösen …

Dieses Mal kehrte er mit einer besonderen Beklemmung nach Hause zurück, weil er eine von Tag zu Tag aufgeschobene Sache erledigen würde, die seinem Gewissen keine Ruhe ließ. Er hatte bereits alles, was von seiner Mutter war, angeschaut und sortiert; aber die Schachtel, die ihre Papiere und ihre Briefe enthielt, hatte er noch nicht angerührt – und heute Abend würde er sie vielleicht öffnen.

Er war sich nicht sicher, ob der Tod, wie viele Leute meinen, den Hinterbliebenen das Recht gibt, die Briefe der gerade Verstorbenen zu lesen und in ihre Geheimnisse einzudringen. Sie zu verbrennen, ohne sie anzusehen, erschien ihm respektvoller und ehrenhafter. Das hieß aber auch, für immer jede Möglichkeit zu zerstören, den Vater zu finden, der ihn im Stich gelassen hatte … Was also tun? … Und bei wem sollte man sich Rat holen, wenn man niemanden auf der Welt hatte?

Er fachte das Feuer im großen Kamin an, dann ging er nach oben in ein Schlafzimmer und holte die beängstigende Schachtel, stellte sie neben seine Lampe auf einen Tisch vor dem Kaminfeuer und setzte sich, um noch einmal darüber nachzudenken. Vor diesen nahezu heiligen, nahezu verbotenen Papieren, die er gleich berühren würde und die ihm nur durch den Tod in die Hände gefallen waren, wurde ihm in diesem Moment der unwiderrufliche Abschied von seiner Mutter noch herzzerreißender bewusst. Und wieder flossen ihm die Tränen, und er weinte, allein, in dieser Stille …

Schließlich öffnete er die Schachtel …

Das Blut pochte schwer in seinen Adern. In der dunklen Einsamkeit vor dem Haus, unter den Bäumen ringsum, meinte er Gestalten wahrzunehmen, die deutlicher wurden und näher kamen, um ihm durch die Fensterscheiben zuzuschauen. Er hörte fremde Atemzüge an seiner eigenen Brust, als ob hinter ihm jemand atmete. Die Schatten versammelten sich, um zu sehen, was er tun würde ... Das Haus füllte sich mit Geistern ...

Es waren Briefe, die dort seit über zwanzig Jahren aufbewahrt waren, alle in derselben Handschrift – einer ebenso nachlässigen wie leicht zu lesenden Schrift, wie sie Leute von Welt haben, und die in den Augen der einfachen Leute ein Zeichen für den großen sozialen Unterschied zu ihnen ist. Zuerst lenkte ein unbestimmter Traum von Protektion, Emporkommen und Reichtum ihn von seinen traurigen Gedanken ab ... Er hatte nicht den geringsten Zweifel, von wem diese Briefe stammten, und er hielt sie zitternd in der Hand, wagte es noch nicht, sie zu lesen, nicht einmal nachzusehen, mit welchem Namen sie gezeichnet waren.

Ein einziger Brief war in seinem Umschlag geblieben, dessen Adresse er entziffern konnte: »An Madame Franchita Duval!« ... Ach ja!, er erinnerte sich, gehört zu haben, dass seine Mutter damals, als sie aus dem Baskenland verschwunden war, für einige Zeit diesen Namen angenommen hatte ... Darauf folgte die Angabe einer Straße und einer Hausnummer, die zu lesen schmerzlich für ihn war, ohne dass er begreifen konnte, warum, und bei der ihm das Blut in die Wangen schoss; dann der Name jener Großstadt, in der er geboren war ... Mit starren Augen saß er da, blickte ins Leere ... Und plötzlich hatte er die schreckliche Vision von dieser heimlichen Liebschaft: seine junge, elegante Mutter in einer Vorortwohnung als Mätresse irgendeines reichen Müßiggängers oder vielleicht eines Offiziers! ... Beim Militär hatte er von solchen Verhältnissen erfahren, die sich bestimmt alle ähnelten, und er selbst hatte einige unverhoffte Angebote bekommen ... Ein Taumel erfasste ihn, als ihm die Frau, die er so sehr verehrt hatte, unter diesem neuen Aspekt erschien: Seine heile Welt der Vergangenheit geriet ins Wanken, als wollte sie in einen trostlosen Abgrund stürzen. Und seine Verzweiflung verwandelte sich in einen plötzlichen Abscheu vor dem, der ihm aus einer Laune heraus das Leben geschenkt hatte ...

Oh! Verbrennen ... Diese Briefe des Unglücks galt es so schnell wie möglich zu verbrennen. Und er begann, einen nach dem anderen ins Feuer zu werfen, wo sie augenblicklich in Flammen aufgingen.

Als jedoch eine Fotografie heraus- und zu Boden fiel, konnte er nicht anders: Er näherte sich mit seiner Lampe, um sie anzusehen.

Und der Eindruck, als seine Augen ein paar Sekunden lang in die halb verwischten Augen auf dem vergilbten Foto sahen, versetzte ihm einen Stich! ... *Es ähnelte ihm!* ... Mit großem Entsetzen erkannte er etwas von sich selbst in diesem Unbekannten. Instinktiv sah er sich um, ob nicht die Geister aus den dunklen Ecken sich von hinten genähert hatten, um ebenfalls einen Blick darauf zu werfen.

Diese stille, erste und letzte Begegnung mit seinem Vater war nicht von nennenswerter Dauer. Ins Feuer damit! Mit einer Geste der Wut und des Schreckens warf er das Foto in die Asche der anderen Briefe, und bald war davon nur noch ein kleiner Haufen schwarzer Staub übrig, der die helle Flamme der Zweige löschte.

Schluss! Die Schachtel war leer. Er schleuderte seine Baskenmütze auf den Boden, die ihm Kopfschmerzen machte, und stand mit Schweißperlen auf der Stirn und brummenden Schläfen auf.

Schluss! Vernichtet, all diese Erinnerungen an Fehltritt und Schande. Die Dinge des Lebens schienen wieder ins Gleichgewicht zu kommen. Er fand zur liebevollen Verehrung seiner Mutter zurück, deren Andenken er durch diese schmähliche Hinrichtung gereinigt und sogar ein wenig gerächt zu haben meinte.

Sein Schicksal war an diesem Abend also für immer entschieden worden. Er würde der Ramuntcho von früher bleiben, »Franchitas Sohn«, der Pelota-Spieler und Schmuggler, frei und losgelöst von allem, der niemandem etwas schuldete und von niemandem etwas wollte. Und seine Ruhe war zurückgekehrt, er fühlte keine Reue, auch keine Angst in diesem Totenhaus, aus dem die Schatten soeben verschwunden waren, befriedet und freundschaftlich …

9

In einem Bergdorf an der Grenze. In dunkler Nacht gegen ein Uhr morgens; eine Winternacht in den Sturzfluten eines eiskalten Regens. Triefend nass vom Dauerregen schultert Ramuntcho in der Grabesfinsternis unterhalb eines düsteren Hauses, aus dem kein Lichtschimmer dringt, eine schwere Kiste mit Schmuggelware. Mit gedämpfter Stimme – als würde man mit dem Bogen über die tiefste Saite eines Basses streichen – gibt Itchoua Kommandos, und um ihn her in der vollkommenen Dunkelheit sind andere, ähnlich beladene Schmuggler zu erahnen, die bereit sind, das Wagnis einzugehen.

Mehr denn je sind diese Schmuggeltouren jetzt das Leben Ramuntchos, sein nahezu allnächtliches Leben, besonders in den wolkenverhangenen und mondlosen Nächten, in denen man nichts sieht und die Pyrenäen ein riesiges Durcheinander von Schatten sind. Um für seine Flucht so viel Geld wie möglich anzuhäufen, ist er bei jeder Schmuggeltour dabei, sowohl bei den einträglichen wie bei anderen, bei denen man für hundert Sous sein Leben riskiert. Und für gewöhnlich begleitet ihn Arrochkoa, der es eigentlich nicht nötig hätte und nur aus einer Laune heraus oder aus Lust am Spiel mitgeht.

Die beiden, Arrochkoa und Ramuntcho, sind übrigens unzertrennlich geworden – sie plaudern sogar freimütig über ihre Pläne mit Gracieuse. Arrochkoa lockt vor allem die Heldentat, das Vergnügen, der Kirche eine Nonne abspenstig zu machen und die Pläne seiner alten, hartherzigen Mutter zu durchkreuzen, während Ramuntcho trotz seiner religiösen Skrupel, die ihn noch zurückhalten, aus diesem gefährlichen Vorhaben seine einzige Hoffnung schöpft, seinen einzigen Daseinsgrund. Seit bald einem Monat ist der Versuch an und für sich beschlossene Sache, und während ihrer Gespräche an den langen Dezember-Abenden, auf den Wegen, die sie entlangwandern, oder in den hintersten Winkeln dörflicher Apfelkeltereien, wo sie sich an einen Tisch abseits setzen, besprechen die beiden die Mittel und Wege der Ausführung, als handelte es sich um ein einfaches Geschäft an der Grenze. Jedes Mal kam Arrochkoa zu dem Schluss, es komme darauf an, schnell zu handeln und die Überraschung des ersten Zusammentreffens mit Gracieuse auszunützen, das sie furchtbar erschüttern würde. Man dürfe sie gar nicht erst nachdenken oder zur Besinnung kommen lassen, sondern müsse so etwas wie eine Entführung versuchen …

»Wenn du das kleine Kloster in Amezquéta kennen würdest, wo man sie hingebracht hat«, sagte Arrochkoa, »vier fromme alte Schwestern mit ihr zusammen in einem abgelegenen Haus! … Mit meinem Pferd sind wir ja schnell, wer soll die Nonne denn bitte noch einholen, wenn sie mit dir in meine Kutsche gestiegen ist? …«

An diesem Abend beschlossen sie, Itchoua ins Vertrauen zu ziehen, einen Mann, der sich mit windigen Unternehmungen auskannte, der bei nächtlichen Handstreichen unbezahlbar und für Geld zu allem imstande war.

Der Ort, von dem aus sie dieses Mal zu ihrem üblichen Schmuggel aufbrechen, heißt Landachkoa und liegt in Frankreich, zehn Minuten von Spanien entfernt. Sobald das Tageslicht schwächer wird, gleicht das Gasthaus einer Räuberhöhle. Und gerade jetzt, während die Schmuggler durch eine Seitentür hinausgehen, wimmelt es im Gasthaus von spanischen Carabineros, die außer Dienst über die Grenze gekommen sind, um sich hier zu vergnügen, und nun trinken und singen. Kurz zuvor war die Wirtin, an Schliche und dunkle Geschäfte gewöhnt, fröhlich zu Itchouas Leuten gekommen, um ihnen auf Baskisch zu verkünden:

»Es sieht gut aus! Sie sind alle angetrunken, ihr könnt los!«

Losgehen! Das ist leichter gesagt als getan. Schon nach den ersten Schritten ist man durchnässt, rutscht man trotz der eisenbeschlagenen Bergstöcke im glitschigen Schlamm auf den steil bergab führenden Pfaden aus. Man sieht einander kaum, man sieht eigentlich gar nichts, weder die Mauern des Weilers, an dem man vorüberkommt, noch die Bäume danach oder die Felsen; man tappt wie blind durch die Gegend und strauchelt in der Sintflut, während einen die Regenmusik in den Ohren taub macht.

Und Ramuntcho, der auf dieser Strecke zum ersten Mal dabei ist, hat keine Ahnung von den Ziegenpfaden, die sie gleich nehmen werden, stößt hier und da mit seiner Last an irgendetwas Schwarzes, die Äste von Buchen, oder rutscht mit beiden Füßen aus, schwankt, fängt sich wieder, verhindert den Sturz, indem er mit seiner freien Hand auf gut Glück den Bergstock in die Erde stößt. Arrochkoa und Ramuntcho, die das Ende des Zuges bilden, folgen der Bande nach Gespür und Gehör – und das, obwohl die anderen, die vorausgehen, in ihren Espadrilles kaum mehr Geräusche machen als Wölfe im Wald.

Insgesamt fünfzehn Schmuggler in einer fünfzig Meter langen Kolonne tragen im nächtlichen Dauerregen Kisten voller Schmuck, Uhren, Ketten, Rosenkränze oder in Wachstuch eingeschlagene Ballen Lyoner Seide durch die undurchdringliche Dunkelheit der Berge; ganz vorne marschieren zwei Männer mit weniger wertvoller Ware; das sind die Aufklärer, die gegebenenfalls die spanischen Gewehrschüsse auf sich ziehen und dann alles fallen lassen und die Flucht ergreifen. Trotz der trommelnden Regenflut, die schon alle Geräusche schluckt, verständigt man sich natürlich nur sehr leise untereinander ...

Der Schmuggler vor Ramuntcho dreht sich um, um ihn zu warnen:

»Da ist ein Sturzbach vor uns ...«

(Man hätte diesen Sturzbach ohnedies erahnt wegen des Lärms, den er machte, sein Tosen war lauter als der Regen ...)

»Wir müssen da hinüber!«

»Ach! ... Und wie sollen wir ihn überqueren? Ins Wasser steigen? ...«

»Nein, das Wasser ist zu tief. Bleib direkt hinter uns. Es gibt einen Baumstamm, der quer über dem Bach liegt!«

Durch die Dunkelheit tappend, findet Ramuntcho tatsächlich den nassen und rutschigen Baumstumpf. Schon steht er aufrecht auf dieser Affenbrücke, bewegt sich vorwärts, noch immer mit seiner schweren Last, während unter ihm der unsichtbare Sturzbach brodelt. Und er gelangt, man weiß nicht, wie, in dieser tiefschwarzen Nacht und diesem ohrenbetäubenden Lärm hinüber.

Auf der anderen Seite heißt es noch vorsichtiger und leiser sein. Plötzlich ist Schluss mit den Gebirgspfaden, den gefährlichen Abstiegen, den Rutschpartien in der Nacht im Wald, die dort noch bedrückender ist. Sie sind auf einer Art aufgeweichter Ebene angekommen, in der die Füße einsinken; man hört die Espadrilles platschen, die mit Bändern an den angespannten Beinen befestigt sind, *patsch, patsch,* als ginge man durch flaches Wasser. Die Augen, die Katzenaugen der Schmuggler, die sich in der Dunkelheit mehr und mehr geweitet haben, nehmen verschwommen wahr, dass die Landschaft um sie herum offen ist, dass sie nicht mehr im Wald eingeschlossen und den ständig zurückschnellenden Zweigen ausgesetzt sind. Auch das Atmen fällt leichter, und sie können sich ausruhen, indem sie mit regelmäßigeren Schritten marschieren …

Als jedoch weiter unten in der Ferne Hunde bellen, bleiben sie plötzlich wie versteinert im Regen stehen. Eine Viertelstunde lang harren sie aus, ohne zu sprechen oder sich zu rühren; über ihre Brust läuft der Schweiß, vermischt mit dem Wasser des Himmels, das in die Hemdkragen eindringt und bis zum Gürtel hinabfließt.

Mit ihrem feinen Geräuschsinn hören sie, wie es in ihren eigenen Ohren rauscht, wie das Blut in ihren Adern pocht.

Die Anspannung ihrer Sinne ist übrigens das, was sie alle an ihrem Beruf lieben; sie bereitet ihnen eine fast tierische Wonne, sie verdoppelt die Kraft ihrer Muskeln, weckt das in ihnen, was das Menschsein in der Vergangenheit ausgemacht hat, sie ist eine Erinnerung an die allerersten menschlichen Eindrücke in den urzeitlichen Wäldern oder im Dschungel … Es wird noch Jahrhunderte gesitteter Zivilisation brauchen, um diese Lust auf gefährliche Überraschungen zu ersticken, die manche Kinder dazu bringt, Verstecken zu spielen, und manche Männer dazu, Hinterhalte zu legen, mit Scharmützeln Kriege zu beginnen oder Schmuggeltouren mit ungewissem Ausgang zu unternehmen.

Unterdessen haben die Wachhunde aufgehört zu bellen, haben sich beruhigt oder sind abgelenkt, ihre feine Witterung ist mit anderem beschäftigt. Die große Stille ist zurück, allerdings weniger beruhigend, denn die wachsamen Tiere dort unten können jederzeit anschlagen. Und auf ein lautloses Kommando Itchouas hin setzen die Männer ihren Marsch durch die große Nacht der Ebene wieder fort, langsamer und zögerlicher, alle instinktiv noch etwas gekrümmt, die Knie noch etwas gebeugt, wie ein wildes Tier auf der Lauer.

Anscheinend sind sie an der Nivelle angekommen, man sieht den Fluss nicht, da es stockdunkel ist, aber man hört das Wasser fließen, und jetzt behindert sie etwas Langes, Biegsames beim Gehen und wird von den menschlichen Körpern umgeknickt: das Schilf am Ufer. Die Nivelle bildet die Grenze; sie werden durch eine Furt waten und trotz der Last, die auf die Gelenke drückt, über eine Reihe rutschiger Felsen von einem Stein zum anderen springen müssen.

Doch zuvor legen sie am Ufer eine Pause ein, um sich zu sammeln und ein wenig auszuruhen. Zuerst wird leise durchgezählt: Alle sind da. Die Kisten werden ins Gras gestellt; geübte Augen können sie als hellere Flecken halbwegs erkennen, während sich die stehenden Männer von der Finsternis im Hintergrund abheben wie lange, aufrechte Striche, noch schwärzer als die Leere der Ebene. Im Vorbeigehen flüstert Itchoua Ramuntcho ins Ohr:

»Wann willst du mir von dem Streich erzählen, den du vorhast, mein Kleiner?«

»Gleich, nach unserer Rückkehr! ... Keine Sorge, Itchoua, ich werde es Euch erzählen!«

In diesem Augenblick, in dem seine Brust nach Atem ringt und seine Muskeln angespannt sind, in dem all seine Fähigkeiten zu kämpfen durch das Handwerk, das er ausübt, bis zum Äußersten verstärkt und gesteigert sind, zögert Ramuntcho nicht; bei dem Übermaß an Stärke und Kampfkraft, die er jetzt hat, fallen seine moralischen Hemmnisse und Skrupel. Die Idee seines Komplizen, den finsteren Itchoua hinzuzuziehen, schreckt ihn nicht mehr. Und wennschon! Er wird sich auf die Ratschläge dieses durchtriebenen und gewalttätigen Mannes verlassen, selbst wenn man einen Einbruch und eine Entführung planen muss. In dieser Nacht ist Ramuntcho ein unehelicher Sohn im Aufstand, dem man die Lebensgefährtin weggenommen hat, die abgöttisch Geliebte, die unersetzlich ist; doch er will sie unter allen Umständen … Und während er an sie denkt und in dieser Pause immer mehr ermattet, begehrt er sie ganz plötzlich in einem Anflug jugendlicher Wildheit, unerwartet und in höchstem Grade sinnlich …

Je länger die Pause dauert, umso mehr beruhigt sich ihre Atmung. Und während die Männer ihre triefnassen Baskenmützen ausschütteln und sich mit der Hand über die Stirn fahren, um die Regen- und Schweißtropfen wegzuwischen, die ihren Blick verschleiern, spüren sie zum ersten Mal die Kälte, die feuchte und durchdringende Kälte. Ihre nasse Kleidung ist eisig, das Denken lässt nach; allmählich erfasst sie nach den Anstrengungen dieser und der vorausgegangenen Nächte in der dichten Dunkelheit unter dem winterlichen Dauerregen eine Art Benommenheit.

Freilich sind sie es gewohnt, sind vertraut mit Kälte und Nässe, abgehärtete Herumtreiber, die zu Uhrzeiten und an Orten unterwegs sind, wo man keinem anderen Menschen begegnet, unempfindlich für die Angstschübe in der Finsternis, und in der Lage, egal wo, ohne schützendes Dach über dem Kopf, zu schlafen, ob in den dunkelsten Regennächten, in gefährlichen Sümpfen oder einsamsten Schluchten …

Weiter geht's! Die Pause hat lange genug gedauert. Jetzt kommt zudem der heikle und entscheidende Augenblick des Grenzübertritts. Sämtliche Muskeln sind angespannt, die Ohren gespitzt und die Augen weit aufgerissen.

Zuerst die Aufklärer, dann die Ballenträger, gefolgt von den Kistenträgern, jeder mit vierzig Kilo auf den Schultern oder auf dem Kopf. Hier und da über die Flusskiesel rutschend, im Wasser strauchelnd, gelangen alle, ohne zu stürzen, ans andere Ufer.

Jetzt sind sie auf spanischem Boden! Bleiben noch ungefähr zweihundert Meter ohne Schüsse oder unerwünschte Begegnungen zu absolvieren, bis zu einem abgeschiedenen Bauernhof, der dem Chef der spanischen Schmuggler als Lager für die Hehlerware dient, und die Tour ist einmal mehr geschafft.

Im Hof brennt natürlich kein Licht, er ist dunkel und düster. Immer noch lautlos und tastend, gehen sie im Gänsemarsch hinein; nachdem die Letzten drinnen sind, wird der riesige Türriegel vorgeschoben. Geschafft! Alle verbarrikadiert und in Sicherheit. Und das Schatzamt der Regentin ist auch in dieser Nacht um tausend Francs gebracht worden! …

Nun werden im Kamin das Reisig und auf dem Tisch eine Kerze angezündet. Man sieht sich, erkennt sich wieder, freut sich über den guten Ausgang. Die Sicherheit, die Ruhe vor dem strömenden Regen, die züngelnde und wärmende Flamme im Kamin, der Cidre und der Schnaps, die die Gläser füllen – nach dem erzwungenen Schweigen freuen sich die Männer lautstark. Sie plaudern fröhlich, und der weißhaarige oberste Chef, der sie alle zu dieser Unzeit beherbergt, kündigt an, dass er sein Dorf mit einem schönen Platz für das Pelota-Spiel ausstatten will, die Kostenvoranschläge seien schon eingeholt, es würde ihn zehntausend Francs kosten.

»Jetzt erzähl mir von deiner Sache, Kleiner«, flüstert Itchoua beharrlich Ramuntcho ins Ohr. »Oh! Ich ahnte schon, worüber du brütest. Gracieuse, nicht wahr? … Das ist eine schwierige Sache, hörst du? Und du weißt, der Religion schade ich nur ungern … Außerdem riskiere ich dabei meine Stellung als Kantor … Schauen wir mal, wie viel Geld du mir geben willst, damit ich alles zu einem guten Ende bringe und du zu dem kommst, was du willst? …«

Ramuntcho hatte schon vorausgesehen, dass er diesen düsteren Beistand teuer bezahlen würde, da Itchoua tatsächlich ein Mann der Kirche war, dem man zuerst sein Gewissen abkaufen musste. Aufgewühlt und mit geröteten Wangen bot er nach einem kurzen Wortwechsel bis zu tausend Francs. Ohnehin häuft er nur deshalb Geld an, um Gracieuse zurückzuerlangen. Vorausgesetzt, es bleibt genug übrig, um mit ihr nach Amerika zu gehen, ist ihm alles andere egal! …

Und jetzt, da Itchoua sein Geheimnis kennt, da dieser seinen geliebten Plan in seinem hartnäckigen, gerissenen Hirn ausarbeitet, erscheint ihm alles einen entscheidenden Schritt vorangekommen zu sein und die Ausführung auf einmal ganz real und nah. An diesem grauenhaften, verwahrlosten Ort, unter diesen Männern, die weniger denn je seinesgleichen sind, bleibt er für sich mit einer riesengroßen Hoffnung auf Liebe.

Sie trinken zusammen ein letztes Glas in der Runde, stoßen heftig mit den Gläsern an; dann brechen sie wieder auf, immer noch in tiefdunkler Nacht und im Dauerregen, doch diesmal auf der großen Straße, eine singende Bande. Nichts in den Händen, nichts in den Taschen, einfach nur irgendwelche Leute, die von einem ganz normalen Ausflug zurückkommen.

Als Nachhut, ein Stück hinter den Sängern, wandert Itchoua mit seinen langen Stelzenbeinen und stützt eine Hand auf Ramuntchos Schulter. Seit sie über die Summe einig geworden sind, flüstert er ihm bereitwillig und erfolgsbegierig seine gebieterischen Ratschläge ins Ohr. Wie Arrochkoa will er, dass man mit schockierender Dreistigkeit vorgeht, dass man schon beim ersten Zusammentreffen zupackt, das abends stattfinden soll, so spät, wie es die Ordensregel erlaubt, irgendwann in der Dämmerung, wenn das Dorf unter dem schlecht bewachten kleinen Kloster langsam schlafen geht.

»Vor allem aber«, meint Itchoua, »darfst du dich nicht zeigen, bevor ihr den Coup in Angriff nehmt. Hör gut zu, mein Junge, sie darf dich nicht vorher gesehen haben, sie darf nicht einmal wissen, dass du im Land zurück bist! … Sonst verlierst du den Vorteil der Überraschung …«

Während Ramuntcho zuhört und im Stillen darüber nachdenkt, singen die anderen, die beim Marschieren vorangehen, immer noch dasselbe alte Lied, um ihren Schritten den Takt vorzugeben. Und so kehren sie nach Landachkoa in Frankreich zurück, überqueren die Nivelle auf der Brücke vor der Nase der spanischen Carabineros.

Die wachhabenden Carabineros machen sich übrigens keine Illusionen darüber, was diese durchnässten Männer zu nachtschlafender Stunde drüben bei ihnen getrieben haben …

10

Nach einigen Tagen Frost, bei dem die einjährigen Pflanzen eingingen und das trügerische Landschaftsbild sich veränderte, den kommenden Frühling vorbereitete, legte sich allmählich der Winter, der echte Winter über das Baskenland.

Mit der Zeit nahm Ramuntcho seine Gewohnheiten als Hinterblicbener wieder auf. In seinem Haus, das er ohne Bedienstete bewohnte, kam er gut allein zurecht, wie in den Kolonien oder in der Kaserne, wo er die tausend kleinen Haushaltstätigkeiten kennengelernt hatte, die bei ordentlichen Soldaten zum Dienst gehören. Stolz pflegte er seine äußere Erscheinung, kleidete sich sauber und sorgfältig, trug die Tapferkeitsmedaille am Band und immer eine breite Kreppmanschette am Ärmel.

Anfangs war er kein häufiger Gast in den Apfelkeltereien, in denen sich die Männer an den kalten Abenden versammelten. In den drei Jahren des Reisens, des Lesens und der verschiedensten Gespräche hatte sein ohnehin schon offener Geist zu viele neue Ideen kennengelernt; unter seinen einstigen Gefährten fühlte er sich noch deklassierter als früher, noch losgelöster von den tausend kleinen Dingen, aus denen ihr Leben bestand.

Doch je länger er allein war, je öfter er an diesen Schankstuben vorbeikam – an deren Fensterscheiben immer irgendeine Lampe die Schatten der um die Tische sitzenden Baskenmützen warf –, umso mehr wurde es auch ihm zur Gewohnheit, hineinzugehen und sich zu den anderen zu setzen.

Es war die Jahreszeit, in der die baskischen Dörfer ohne die Ausflügler, die der Sommer herbringt, eingeschlossen in Wolken, Nebel und Schnee, mehr denn je in die alten Zeiten zurückfallen. In den Apfelkeltereien – den einzigen leuchtenden Punkten, Zeichen von Leben in der riesigen leeren Dunkelheit der Landstriche – lebt an den Winterabenden ein wenig vom Geist einstiger Tage auf. Vor den großen Cidrefässern, die im Hintergrund aufgereiht sind, wo es ganz dunkel ist, wirft die an einem Deckenbalken hängende Lampe ihr Licht über die Heiligenbilder, die die Wände schmücken, und über die Gruppen von Bergbewohnern, die plaudern und rauchen. Manchmal singt jemand ein uraltes Klagelied; ein Tamburin holt die alten Rhythmen wieder aus der Vergessenheit, das Zupfen der Gitarrensaiten erinnert an die traurige Zeit der Mauren … Oder zwei Männer mit Kastagnetten in der Hand tanzen plötzlich voreinander den Fandango und wiegen sich mit antiker Grazie in den Hüften.

Aus diesen unschuldigen kleinen Schenken zieht man sich früh zurück, vor allem in den schlimmen Regennächten, deren Finsternis so günstig für den Schmuggel sind, zumal hier jeder irgendeinen Schleichhandel mit der spanischen Seite betreibt.

An solchen Orten ließ Ramuntcho sein frevelhaftes Vorhaben reifen und besprach es mit Arrochkoa; oder auch – in den schönen Mondnächten, die keine Unternehmungen an der Grenze zuließen – auf den Wegen, auf denen die beiden gewohnheitsmäßigen Nachtschwärmer lange gemeinsame Spaziergänge machten.

Hartnäckige religiöse Skrupel hielten ihn noch lange zurück, ohne dass er es bemerkte, Skrupel, für die es eigentlich keine Erklärung mehr gab, denn er hatte aufgehört zu glauben. Aber sein ganzer Wille, seine ganze Kühnheit, sein ganzes Leben konzentrierte sich immer mehr auf dieses eine Ziel.

Und das Verbot Itchouas, Gracieuse vor dem großen Versuch wiederzusehen, verstärkte die Ungeduld seines Traums.

Der wie immer in diesem Landstrich launische Winter verlief schwankend, mit manchmal überraschend sonnigen und warmen Tagen. Ansonsten zogen sintflutartige Regenfälle und heftige, heilsame Windstöße von der Biskaya herauf, stürzten sich in die Täler und rüttelten grimmig an den Bäumen. Dazwischen bliesen wieder die Südwinde, sommerwarme Lüfte, Brisen, die unter einem zugleich hohen und dunklen Himmel zwischen den leuchtend braunen Bergen nach Afrika dufteten. Und an manch eisigem Morgen waren die Gipfel beim Aufwachen schneeweiß.

Oft hätte er am liebsten alles beschleunigt … Aber die grauenhafte Furcht davor zu versagen, auf sich selbst zurückzufallen, für immer allein zu bleiben und im Leben keine Hoffnung mehr zu haben, hielt ihn zurück.

Im Übrigen fehlte es nicht an vernünftigen Vorwänden für den Aufschub. Er musste mit den Geschäftsleuten übereinkommen, den Verkauf des Hauses in die Wege leiten und für die Flucht so viel Geld wie möglich daraus ziehen. Er musste auch die Antwort Onkel Ignacios kennen, dem er seine bevorstehende Auswanderung angekündigt hatte und bei dem er nach seiner Ankunft in Amerika noch Zuflucht zu finden hoffte.

So vergingen die Tage, und bald würde der eilige Frühling zu gären beginnen. Schon blühten in den Wäldern und entlang der Wege unter den letzten Sonnenstrahlen des Januars die gelben Primeln und der blaue Enzian, die hier mehrere Wochen voraus waren …

11

Diesmal treffen sie sich in der Apfelkelterei des Weilers Gaste-lugaïn nahe der Grenze und warten darauf, mit Schmuck- und Waffenkisten hinauszugehen.

Dort spricht Itchoua ihn an:

»Wenn sie zögert, schau … sie wird bestimmt nicht zögern, da kannst du sicher sein … wenn sie aber doch zögert, nun denn, dann entführen wir sie! … Lass mich das machen, mein Plan steht. Es wird am Abend sein, verstanden? … Wir werden sie irgendwo hinbringen und sie mit dir in einem Zimmer einschließen … Sollte es aber schiefgehen … Mal angenommen, ich müsste nach diesem Streich für dein Vergnügen das Land verlassen, dann bräuchte ich natürlich mehr Geld als vereinbart, verstehst du … Zumindest so viel, dass ich in Spanien nach einem Auskommen für mich suchen kann …«

»In Spanien! … Wie? Was gedenkt Ihr denn zu unternehmen, Itchoua? Ihr habt doch nicht allzu schlimme Dinge vor, oder?«

»Oh! Das nicht … Keine Angst, mein Freund, ich habe nicht vor, jemanden umzubringen.«

»Verdammt! Ihr sprecht davon, Euch in Sicherheit zu bringen …«

»Ja, bei Gott, ich habe das so dahingesagt, weißt du. Zum einen gehen die Geschäfte seit einiger Zeit nicht mehr gut. Und dann, nehmen wir mal an, es ginge schief, wie ich sagte, und die Polizei würde eine Untersuchung beginnen. Dann gehe ich lieber weg, das ist sicher ... Wenn die Herren von der Justiz erst einmal ihre Nase in deine Angelegenheiten stecken, schnüffeln sie in allem herum, was sich in der Vergangenheit abgespielt hat, und das nimmt kein Ende mehr ...«

In seinen plötzlich ausdrucksstarken Augen waren Verbrechen und Angst aufgeblitzt. Und Ramuntcho betrachtete mit zunehmender Beunruhigung diesen Mann, von dem jeder dachte, er sei, ausgestattet mit Grund und Boden, fest verwurzelt im Land, und der so leichtfertig in Erwägung zog, zu fliehen. Was für ein Bandit war er zudem noch, dass er die Justiz so sehr fürchtete? ... Und was für Dinge mochten das sein, die sich »in der Vergangenheit abgespielt« hatten? ... Nach einem Moment des Schweigens erwiderte Ramuntcho etwas leiser und mit äußerstem Misstrauen:

»Also, sie in einem Zimmer einschließen ... Ist das Euer Ernst, Itchoua? ... Und wo, bitte schön, soll ich sie einsperren? Ich habe weder ein Schloss noch Verliese, um sie zu verstecken ...«

Daraufhin klopfte Itchoua ihm mit dem Lächeln eines Fauns, das man von ihm nicht kannte, auf die Schulter:

»Oh! Sie einsperren ... Nur für eine Nacht, mein Kleiner! ... Glaub mir, das wird genügen ... Schau, sie sind alle gleich: Der erste Schritt fällt ihnen schwer, aber den zweiten unternehmen sie ganz von allein und schneller, als man denkt. Meinst du, sie würde zu den Schwestern zurückkehren wollen, wenn sie erst einmal auf den Geschmack gekommen ist? ...«

Die Lust, dieser düsteren Visage einen Backenstreich zu verpassen, durchzuckte elektrisierend Ramuntchos Arm und Hand. Doch dank einer langen Gewohnheit der Achtung vor dem alten Vorsänger der Liturgien beherrschte er sich, sagte kein Wort und wendete mit geröteten Wangen den Blick ab. Er war empört, dass jemand so über sie sprechen konnte – und zudem fassungslos, dass es gerade dieser Mann tat, der Liebesdingen gegenüber so verschlossen schien, dieser Itchoua, den er immer nur als ruhigen Ehemann einer hässlichen alten Frau gekannt hatte. Aber der Schlag, den ihm der unverschämte Satz versetzt hatte, bahnte seiner Fantasie trotzdem einen gefährlichen und unvorhergesehenen Weg. Gracieuse »mit mir in einem Zimmer eingeschlossen!«. Vor dieser unmittelbaren Möglichkeit, so klar mit einem gemeinen und groben Wort ausgedrückt, drehte sich ihm der Kopf wie nach einem starken Likör.

Er liebte seine Verlobte mit viel zu großer Zärtlichkeit, um an brutalen Aussichten Gefallen zu finden. Für gewöhnlich schloss er solche Bilder lieber aus seinen Gedanken aus; doch jetzt hatte sie ihm dieser Mann mit teuflischer Rücksichtslosigkeit vor Augen geführt, und er spürte, wie ihm Schauder über den Rücken liefen, wenn er daran dachte; er zitterte, als wäre es eiskalt geworden …

Oh! Ob das Abenteuer ein Fall für die Justiz würde oder nicht, darauf kam es jetzt auch nicht mehr an. Er hatte nichts mehr zu verlieren, nicht wahr? Ihm war alles egal! Und von diesem Abend an brannte eine neue Begierde in ihm, er fühlte sich kühn und entschlossen genug, um den Regeln, den Gesetzen, jedweden Hindernissen dieser Welt zu trotzen. Außerdem stiegen schon überall um ihn an den braunen Flanken der Pyrenäen die Säfte auf; die Abende wurden länger und milder; Veilchen und Immergrün säumten die Pfade …

Nur die religiösen Skrupel hielten ihn noch zurück. Auf unerklärliche Weise haftete tief in seiner auf Abwegen irrenden Seele der instinktive Schrecken vor dem Frevel und der Glaube – trotz allem – an etwas Übernatürliches zur Verteidigung von Kirchen und Klöstern, das alles umfasste …

12

Der Winter ging zu Ende.

Bei Tagesanbruch erwachte Ramuntcho – nach einigen Stunden, in denen er vor Erschöpfung schlecht geschlafen hatte – in einem kleinen Zimmer im neuen Haus seines Freundes Florentino in Ururbil.

Für die Schmuggler war die Nacht – obwohl ganz nach Wunsch stürmisch, trübe und dunkel – desaströs gewesen. Am Kap Figuier waren sie in den Felsen, an denen sie zuvor mit Seide-Ballen vom Meer aus angelandet waren, mit Gewehrschüssen verfolgt worden und gezwungen gewesen, ihre Schmuggelware wegzuwerfen. Sie verloren alles, und während die einen in die Berge flohen, retteten sich die anderen aus Furcht vor dem Gefängnis von San Sebastian zwischen den Klippen schwimmend auf die französische Seite.

Gegen zwei Uhr morgens war er ausgelaugt, durchnässt und halb ertrunken vor der Tür des abgelegenen Hauses angekommen, hatte geklopft und den gutmütigen Florentino um Hilfe und Zuflucht gebeten.

Nach all dem nächtlichen Lärm des Äquinoktialsturms, den sintflutartigen Regenfällen, den ächzenden, geknickten und gebrochenen Ästen, bemerkte er beim Aufwachen zuerst eine große Stille. Obwohl er die Ohren spitzte, hörte er das gewaltige Blasen des Westwinds, auch das Hin und Her all der Dinge nicht mehr, an denen der Sturm in der Finsternis gerüttelt hatte.

Nein, nichts bis auf ein fortwährendes gleichmäßiges, mächtiges und fabelhaftes Geräusch in der Ferne: das Rollen des Wassers in der Tiefe des Golfs von Biskaya, das seit Anbeginn der Zeiten ohne Unterlass stürmisch und trübe ist; ein rhythmisches Grollen, als wäre es der monströse Atem des schlafenden Meeres; eine Folge von dumpfen Schlägen wie von einem Mauerbrecher, die sich jedes Mal in der Brandungsmelodie am Strand fortsetzte … Doch die Luft, die Bäume und die Dinge in der Umgebung blieben reglos; der Sturm war zu Ende gegangen, wie er begonnen hatte, ohne ersichtlichen Grund, und nur die See setzte ihre Klage fort.

Um dieses Land, diese spanische Küste, zu betrachten, die er vielleicht nie wieder sehen würde, da sein Aufbruch so nahe war, öffnete er sein Fenster über der noch fahlen Leere, über der Unberührtheit des trostlosen Morgengrauens.

Ein graues Schimmern, das von einem trüben Himmel ausging; überall dieselbe ermattete und starre Reglosigkeit mit unbeständigen Ausblicken, die noch von Nacht und Traum herrührten. Ein undurchsichtiger Himmel, der fest wirkte und aus dünnen horizontalen Schichten zu bestehen schien, als hätte man ihn in verschiedenen stumpfen, übereinander gespachtelten Farbschichten gemalt. Und darunter die Berge in braunem Schwarz, dann die trübselige Silhouette von Fontarabie mit dem jahrhundertealten Glockenturm, der durch die Jahre noch düsterer und abgenutzter erschien. Zu dieser frühen und kühlen, geheimnisvollen Stunde, in der die meisten Menschen noch schlafen, schien es, als überraschte man die Dinge bei ihren betrüblichen Gesprächen über Erschöpfung und Tod, in denen sie sich kurz vor Tagesanbruch all das erzählen, was sie am helllichten Tag verschweigen, um niemandem Angst zu machen …

Wozu hat man dem Sturm in dieser Nacht getrotzt?, fragte der in weiter Ferne aufragende alte Glockenturm müde und traurig, wozu, da doch weitere Stürme kommen werden bis in alle Ewigkeit, weitere Stürme und weitere Äquinoktien, und ich dennoch wie alles vergehen werde, da mich die Menschen doch errichtet haben, um zu bleiben und sie auf unabsehbare Dauer zum Gebet zu rufen? ... Schon bin ich nur noch ein Gespenst aus einer anderen Zeit; ich läute weiter zu den Gottesdiensten und trügerischen Festen; aber die Menschen werden bald aufhören, sich davon ködern zu lassen; ich läute auch zum Tod; so oft ist mein Totengeläut erklungen für Tausende, die gestorben sind und an die sich niemand mehr erinnert! Doch ich bleibe, nutzlos, den fast ewigen Anstrengungen aller Westwinde trotzend, die vom Meer her wehen ...

Auch die Kirche zu Füßen des Glockenturms, die sich dort in trübem Grau abzeichnete, baufällig und verlassen wirkte, bekannte sich zu ihrer Leere und Vergeblichkeit, bevölkert nur von armseligen Bildnissen aus Holz oder Stein, unverständlichen, ohnmächtigen und erbarmungslosen Mythen. Und sämtliche Häuser, die seit Jahrhunderten gottesfürchtig um sie herum gebaut worden waren, gestanden, dass die Kirche keinen Schutz bot gegen den Tod, dass sie verlogen und lächerlich war ...

Vor allem die Wolkengebilde, die Wolken und die Berge beglaubigten durch ihr gewaltiges stummes Zeugnis, was die alte Stadt unter ihnen murmelte; schweigend bestätigten sie die finsteren Wahrheiten: Leer wie die Kirchen, diente der Himmel beliebigen Wahnvorstellungen, und im ununterbrochenen Fluss der Zeiten werden Myriaden von Existenzen eine nach der anderen wie bedeutungslose Nichtigkeiten mitgerissen und ertränkt ...

In der Ferne, in der Raymond den Morgen grauen sah, begann ein Totengeläut; ganz langsam, mit Pausen nach jedem Schlag verkündete der alte Glockenturm einmal mehr das Ende eines Lebens: Auf der anderen Seite der Grenze lag jemand im Sterben, irgendeine spanische Seele sank dort im fahlen Morgenlicht, unter einer dichten, drückenden Wolkendecke, zurück ins Nichts – und die ganz präzise Erkenntnis drängte sich auf, dass diese Seele dort ganz einfach ihrem Körper in die zersetzende Erde folgte …

Raymond überlegte und lauschte. Am kleinen Fenster dieses baskischen Häuschens, das vor ihm nur Generationen einfacher und argloser Leute beherbergt hatte, auf das breite, von den vielen menschlichen Berührungen abgewetzte Sims gestützt und den alten, grün gestrichenen Klappladen mit einem Arm aufhaltend, wanderte sein Blick über diesen sich schwermütig entfaltenden Landstrich, der seiner war und den er für immer verlassen würde. Zum ersten Mal vernahm sein unausgebildeter Geist diese Offenbarungen von den Dingen, und er hörte ihnen mit erschrockener Aufmerksamkeit zu. In seiner erblich vorbelasteten, auf Zweifel und Ängste vorbereiteten Seele vollzog sich auf einmal eine ganz neue Beschäftigung mit dem Unglauben. Schlagartig überkam ihn die, wie es schien, endgültige Sichtweise, dass die Religionen ein Nichts sind, und dass die Gottheiten, zu denen die Menschen beteten, nicht existierten …

Und wie naiv war es nun, da es nichts dergleichen gab, noch vor der weißen Jungfrau zu zittern, der schimärischen Beschützerin jener Klöster, in denen die Mädchen eingesperrt sind! …

Die armselige Totenglocke, die sich dort mit ihrem Läuten so kindlich abmühte, zu nutzlosen Gebeten zu rufen, hörte schließlich auf zu schlagen, und in der universellen Stille unter dem verschlossenen Himmel hörte man nur noch den Atem der weiten See in der Ferne. Doch die Dinge setzten ihren wortlosen Dialog im ungewissen Morgengrauen fort: Nirgendwo war etwas, nichts in den alten, so lange Zeit verehrten Kirchen, nichts im Himmel, an dem sich Wolken und Nebel auftürmten – aber immer die fliehende Zeit, der erschöpfende und ewige Neubeginn des Lebens; und immer und beizeiten das Alter, der Tod, das Zerbröckeln, die Asche ...

Das genau erzählten die so schwermütigen und so müden Dinge im fahlen Morgenlicht. Und Raymond, der ihnen gut zugehört hatte, tat sich selbst dafür leid, aus eingebildeten Gründen so lange gezögert zu haben. Mit noch erbitterterer Verzweiflung und zu allem entschlossen schwor er sich selbst: *Ab diesem Morgen würde er es tun*, koste es, was es wolle, und nichts würde ihn mehr aufhalten.

13

Weitere Wochen sind mit Vorbereitungen vergangen, mit ängstlicher Unentschlossenheit über die Vorgehensweise, plötzlich geänderten Plänen und Ideen.

Zwischenzeitlich war Onkel Ignacios Antwort in Etchézar angekommen. Wenn sich sein Neffe früher geäußert hätte, schrieb er, wäre er glücklich gewesen, ihn bei sich willkommen zu heißen; doch angesichts seines Zögerns habe er beschlossen, eine Frau zu ehelichen, obwohl er schon über das beste Alter hinaus war, und vor zwei Monaten sei er Vater geworden. Folglich war von dieser Seite keine Protektion mehr zu erwarten; der Auswanderer würde bei seiner Ankunft dort drüben nicht einmal eine Unterkunft vorfinden …

Der Familiensitz ist verkauft; die Geldangelegenheiten wurden beim Notar geregelt; sein kleines Guthaben ließ Ramuntcho sich in Goldstücken auf die Hand auszahlen …

Und heute ist der Tag des allerletzten Versuchs, der große Tag – und schon stehen die Bäume wieder in dichtem Laub, auf den Weiden steht das Gras hoch, es ist Mai.

In der kleinen Kutsche, die das für seine Schnelligkeit bekannte Pferd zieht, sind Arrochkoa und Ramuntcho auf schattigen Gebirgsstraßen unterwegs in das Dorf Amezquéta. Sie sputen sich, dringen in voller Fahrt in eine endlose Waldregion vor. Und je länger sie unterwegs sind, umso friedlicher wird alles um sie

229

herum, umso wilder und urwüchsiger die Weiler, umso abgeschiedener das Baskenland.

Im Schatten der Zweige wachsen an den Wegböschungen rosarote Fingerhüte, Taubenkropf-Leimkraut, Farne, fast dieselbe Vegetation wie in der Bretagne; die beiden Länder, das Baskenland und die Bretagne, ähneln sich übrigens seit Ewigkeiten wegen des Granits, den es dort überall gibt, und des vielen Regens, auch in der Erstarrung und im Fortleben desselben religiösen Traums.

Über den jungen Männern, die das Abenteuer in Angriff nehmen, verdichten sich die üblichen großen Wolken, der Himmel ist düster und tief wie meistens hier. Sie fahren zwischen immer höheren Bergketten auf einem herrlich grünen Weg, der tief im Schatten zwischen Wällen aus Farn liegt.

Erstarrung seit mehreren Jahrhunderten, Erstarrung bei den Menschen und bei den Dingen – das kommt einem immer deutlicher zu Bewusstsein, je tiefer man in diese Waldregion, in diese Stille vordringt. Unter dem finsteren Schleier des Himmels, in dem sich die Gipfel der Hochpyrenäen verlieren, tauchen abgeschiedene Unterkünfte, jahrhundertealte Gehöfte und immer seltener kleine Weiler auf und verschwinden – und immer unter demselben Gewölbe aus uralten Eichen und Kastanien, deren Wurzeln sich wie bemooste Schlangen bis an die Wegränder winden. Diese von so viel Gehölz, so viel Gezweig voneinander getrennten Weiler gleichen einander übrigens alle mit ihrer bescheidenen Kirche, häufig ohne hohen Kirchturm, sondern mit einem schlichten Glockentürmchen über der grauen Fassade, und dem Dorfplatz mit seinem gestrichenen Frontón für das traditionelle Pelota-Spiel, wo vom Vater bis zum Sohn die Männer ihre starken Muskeln trainieren. Dort wohnt ein altertümlicher Menschenschlag, der alles gering schätzt, was verunsichert,

was sich verändert. Überall der ungebrochene Friede des Land-
lebens, dessen Traditionen im Baskenland weit unabänderlicher
sind als anderswo.

Die wenigen Wollmützen, die den beiden verwegenen Bur-
schen auf ihrer schnellen Durchfahrt begegnen, grüßen mit einer
kleinen Verbeugung, zum einen aus allgemeiner Höflichkeit, vor
allem aber, weil es Arrochkoa und Ramuntcho sind, die beiden
berühmten Pelota-Spieler aus der Gegend – Ramuntcho hatten
viele Leute, das ist wahr, vergessen, doch von Bayonne bis San
Sebastian erkennt selbst im hintersten Winkel jeder Arrochkoa
an seiner kerngesunden Gesichtsfarbe und dem hochgezwirbel-
ten Katzenschnauzbart.

Sie haben die Fahrt in zwei Etappen aufgeteilt und in Mendichoco übernachtet. Jetzt sind die beiden jungen Männer schnell
unterwegs und zweifellos so in Gedanken, dass sie sich vor Aufregung und Eifer wenig darum kümmern, ihr kraftvolles Zugtier
für die Nacht zu schonen.

Itchoua allerdings ist nicht dabei. In allerletzter Minute
schreckte Raymond vor diesem Komplizen zurück, von dem er
dachte, dass er zu allem imstande sei, sogar zu einem Mord; in
seinem jähen Schrecken hatte er die Hilfe dieses Mannes abge-
lehnt, doch der hatte sich an die Zügel des Pferdes geklammert
und versucht zu verhindern, dass sie wegfuhren; Ramuntcho
warf ihm fieberhaft Goldmünzen in die Hände, um ihn für
seine Ratschläge zu bezahlen und sich die Freiheit zurückzu-
kaufen, allein zu handeln, und um sicherzugehen, zumindest
nicht mit irgendeinem Verbrechen befleckt zu werden; Münze
für Münze zahlte er ihm die Hälfte des vereinbarten Preises. Als
das Pferd dann in Galopp fiel und das unerbittliche Gesicht an
einer Biegung hinter den Bäumen verschwunden war, fühlte er
sich erleichtert …

»Du lässt meine Kutsche heute Nacht in Aranotz bei Burugoï-ty, dem Gastwirt, der Bescheid weiß«, sagt Arrochkoa. »Denn du wirst verstehen, dass ich euch verlasse, wenn die Sache erledigt und meine Schwester draußen ist, und ich will weiter nichts darüber wissen … Außerdem müssen wir mit den Leuten aus Buruzabal etwas erledigen, es geht um Pferde, die heute Abend noch nach Spanien sollen, nicht weit von Amezquéta, um genau zu sein, zwanzig Minuten zu Fuß, und ich habe versprochen, vor zehn Uhr dort zu sein …«

Was haben sie vor, wie wollen sie es genau anstellen? Die verbündeten Brüder sind sich nicht ganz sicher, es wird davon abhängen, welche Wendung die Dinge nehmen; sie haben verschiedene Pläne, alle gewagt und trickreich, die je nach Lage ausgeführt werden können.

Zudem sind zwei Plätze auf einem Auswandererschiff reserviert, einer für Raymond und einer für sie, das Gepäck ist bereits an Bord. Das Schiff soll am nächsten Abend mit einigen Hundert Basken von Bordeaux aus nach Amerika ablegen. An der kleinen Bahnstation von Aranotz, wo die Kutsche die beiden absetzen soll, wird das Liebespaar um drei Uhr früh den Zug nach Bayonne nehmen, der dort auf der Durchfahrt hält, und von Bayonne anschließend den Schnellzug von Irun nach Bordeaux. Es wird eine übereilte Flucht sein, die der kleinen Flüchtigen in ihrer Panik, in ihrer Angst – und gewiss auch in ihrem herrlich irdischen Rausch – keine Zeit lässt, nachzudenken und sich zu fassen …

Hinten in der Kutsche liegen ein Kleid und eine Mantilla für Gracieuse bereit, damit sie die Nonnenhaube und die schwarze Kluft dagegen tauschen kann: Es sind die Kleider, die sie trug, bevor sie den Schleier nahm, und die Arrochkoa aus den Schränken ihrer Mutter besorgt hat. Und Raymond träumt davon, *dass es vielleicht gleich Wirklichkeit sein wird*, dass sie vielleicht da sein und neben ihm auf dem engen Kutschbock sitzen wird, eingehüllt in dieselbe Reisedecke, mitten in der Nacht auf der Flucht, um sehr bald und für immer ihm zu gehören – und da er zu sehr davon träumt, wird er wieder von einem Zittern und einem Schwindel erfasst …

»Ich sage dir, sie wird mit dir kommen!«, wiederholt sein Freund, während er ihm mit Beschützergeste aufmunternd und grob auf die Schenkel klopft, sobald Ramuntchos Gesicht sich verdüstert und er in seine Träume abzugleiten droht: »Ich sage dir, sie wird mit dir kommen, da bin ich mir sicher! Wenn sie zögert, dann lass mich nur machen!«

Wenn sie zögert, wollen sie ein wenig Gewalt anwenden, darüber sind sie sich einig, doch sehr wenig, nur so viel wie nötig, um die Hände der alten Nonnen, die sie ausstrecken werden, um sie zurückzuhalten, von ihr zu lösen … Und dann würden die beiden sie zu ihrer kleinen Kutsche tragen, wo die Umarmung und die Zärtlichkeit ihres früheren Freundes ihr schnell den kleinen Kopf zurechtrücken würden.

Wie wird das alles vonstattengehen? Sie wissen es noch nicht genau, verlassen sich stark auf ihre Entschlusskraft und ihre schnelle Reaktionsfähigkeit, die ihnen schon aus so vielen gefährlichen Lebenslagen geholfen hat. Doch eines wissen sie genau, sie werden keine Schwäche zeigen. Und sie handeln immer kühn, spornen einander an; sie sind sozusagen solidarisch auf Gedeih und Verderb, standhaft und entschlossen wie zwei Banditen, wenn es ums Ganze geht …

Das Land mit dem dichten Geäst, das sie unter den beklemmend hohen, aber unsichtbaren Bergen durchqueren, ist ganz und gar durchzogen von tiefen, zerklüfteten Schluchten, in denen im grünen Dunkel unter dem Blätterdach die Wildbäche rauschen. Die Eichen, Buchen, Kastanien, die schon seit Jahrhunderten von einem stets frischen und wunderbaren Saft leben, werden immer größer. Über dieser ganzen zerfurchten Geologie liegt ein gewaltiger, regloser Pflanzenteppich, der sie seit Jahrtausenden mit seinem frischen, festen Mantel bedeckt und ihre Schroffheit mildert. Und der neblige, fast dunkle Himmel, den man in dem Baskenland gut kennt, ergänzt den Eindruck, fügt eine Art universelle Andacht hinzu, in der die Dinge versunken scheinen. Ein merkwürdiger Halbschatten fällt von überallher darauf, von den Bäumen zuerst, in dichten, grauen Schleiern, die sich über die Äste ausbreiten, und dann von den großen, hinter Wolken versteckten Pyrenäen.

Und mitten durch diesen großartigen Frieden und diese grüne Nacht fahren Ramuntcho und Arrochkoa wie zwei junge Unruhestifter, die sich vorgenommen haben, den Zauber dieser Waldeinsamkeit zu brechen. An allen Wegkreuzungen stehen übrigens alte Granitkreuze wie Warnzeichen, die sie zur Vorsicht mahnen; alte Kreuze mit dieser überwältigend einfachen Inschrift, die man als Devise eines ganzen Menschenschlags betrachten kann: *O crux, ave, spes unica!* (»*Sei gegrüßt, o Kreuz, du einzige Hoffnung!*«)

Bald ist es Abend. Jetzt schweigen sie, weil die Zeit vergeht, weil der Augenblick näher rückt, weil all die Kreuze am Wegrand sie beinahe schon einschüchtern …

Und der Tag versinkt unter diesem traurigen Schleier, der sich am Himmel hält. Die Täler werden wilder, das Land verlassener. Und an den Wegkreuzungen stehen wieder die alten Kreuze mit derselben Inschrift: *O crux, ave, spes unica!*

Amezquéta, im letzten Abendlicht. Sie halten mit ihrer Kutsche an einer Kreuzung im Dorf, vor der Apfelkelterei. Arrochkoa kann es kaum erwarten, in das Schwesternhaus hinaufzugehen, und ärgert sich, so spät angekommen zu sein. Er befürchtet, dass man ihnen nicht mehr aufmacht, sobald es dunkel ist. Schweigend fügt sich Ramuntcho in alles, überlässt Arrochkoa alles Weitere.

Das Kloster steht dort oben auf halber Höhe; es ist ein einzelnes weißes Haus, das von einem Kreuz überragt wird und sich noch immer von der dunklen Gebirgsmasse abhebt. Sie verlangen, dass man die Kutsche, sobald sich das Pferd ein wenig erholt hat, reisefertig an eine Biegung bringt, um auf sie zu warten. Dann schlagen sie den Weg zum Kloster ein, der unter Bäumen entlangführt, deren dichtes Mailaub eine fast nächtliche Dunkelheit erzeugt. Wortlos, geräuschlos gehen sie mit ihren Hanfsohlen geschmeidig und leicht bergauf; die tief liegenden Fluren durchdringt eine immense nächtliche Schwermut.

Arrochkoa klopft an die Tür des friedlichen Hauses:

»Könnte ich bitte meine Schwester sehen?«, fragt er eine alte Nonne, die ihm erstaunt öffnet …

Bevor er den Satz zu Ende gebracht hat, steigt aus dem dunklen Flur ein Freudenschrei auf, und eine Nonne, von der man trotz ihrer Verhüllung ahnt, dass sie sehr jung ist, eilt ihm entgegen, nimmt seine Hand. Sie hat ihn an der Stimme erkannt – aber ahnt sie auch, wer der andere ist, der hinter ihm steht und nichts sagt? …

Auch die Oberin ist gekommen und bittet sie von der Treppe aus in das Besuchszimmer des kleinen Landklosters hinauf; dann rückt sie geflochtene Stühle heran, und alle setzen sich, Arrochkoa neben seine Schwester, Raymond ihnen gegenüber – und nun sitzen sich die Liebenden endlich von Angesicht zu Angesicht gegenüber, und ein Schweigen, bei dem die Herzen laut pochen, die Seelen Freudensprünge machen und die Leidenschaften aufflammen, legt sich über sie …

Hier an diesem Ort umgibt das schreckliche Zusammentreffen von Anfang an tatsächlich eine Art sanfter Frieden, der auch etwas von Grabesruhe hat; die Herzen schlagen ungestüm in der Brust, doch die zärtlichen oder groben Worte sterben, bevor sie ihnen über die Lippen kommen ... Und dieser Frieden wird immer bestimmender; es ist, als würde hier ein weißes Leichentuch nach und nach alles zudecken, beruhigen und auslöschen.

Doch es ist nichts Besonderes an diesem überaus bescheidenen Besucherzimmer: vier vollkommen kahle Wände unter einer Kalkschicht, eine rohe Holzdecke, ein Boden, auf dem man rutscht, so sorgfältig wurde er gebohnert, und auf einer Konsole eine Gips-Madonna, die sich fast nicht von den Weißtönen der Wände abhebt, an denen die Dämmerung des Maitages erlischt. Und ein Fenster ohne Vorhänge, das auf die großen Horizonte der Pyrenäen hinausgeht, über die die Nacht hereinbricht ... Doch in dieser gewollten Armut, in dieser weißen Einfachheit bekommt man eine Vorstellung von endgültiger Selbstaufgabe, unwiderruflichem Verzicht; und die Unabänderlichkeit dessen, was vollzogen wurde, beginnt, sich Ramuntcho zu offenbaren, und verschafft ihm zugleich eine Art Frieden, versetzt ihn in eine plötzliche, unwillkürliche Resignation.

Von den beiden Schmugglern, die reglos auf ihren Stühlen sitzen, sieht man fast nur noch die Umrisse, breite Schultern vor diesen weißen Wänden, und von den verblassenden Gesichtszügen erkennt man gerade noch das dunklere Schwarz ihrer Bärte und Augen. Die beiden Nonnen, deren Umrisse sich durch den Schleier nicht mehr unterscheiden, wirken bereits wie rabenschwarze Gespenster ...

»Warten Sie, Schwester Marie-Angélique«, sagt die Oberin zu dem verwandelten Mädchen, das einst Gracieuse hieß, »warten

Sie, Schwester, ich zünde eine Lampe an, damit Sie wenigstens das Gesicht Ihres Bruders sehen können!«

Sie geht hinaus, lässt sie allein, und wieder bestimmt Schweigen diesen außergewöhnlichen, vielleicht einzigartigen Augenblick, zu dem es nie wieder kommen wird ...

Sie kehrt mit einer kleinen Lampe zurück, die Glanz in die Augen der Schmuggler bringt – und mit vergnügter Stimme macht sie gute Miene und fragt mit Blick auf Ramuntcho:

»Und er? ... ein zweiter Bruder, wette ich? ...«

»Oh, nein!«, erwidert Arrochkoa mit seltsamer Stimme, »das ist nur mein Freund.«

In der Tat, er ist nicht ihr Bruder, dieser Ramuntcho, der hier scheu und stumm dabeisitzt ... Und wie er den ruhigen Nonnen Angst machen würde, wenn sie wüssten, welcher Sturm ihn herführt! ...

Wieder stellt sich dasselbe schwere und beunruhigende Schweigen zwischen diesen Menschen ein, die sich eigentlich nur über einfache Dinge unterhalten sollten: Die alte Oberin bemerkt es, wundert sich schon ... Aber der lebhafte Blick von Ramuntcho wird starr, die Augen trüben sich wie von einem unsichtbaren Dompteur gebändigt. Unter dem harten Panzer seiner noch ein wenig nach Luft ringenden Brust dringt weiterhin die erzwungene Ruhe ein und breitet sich aus. Bestimmt wirken die geheimnisvollen weißen Kräfte auf ihn, die hier in der Luft liegen; religiöse Vermächtnisse, die bisher in seinem Innersten schlummerten, nötigen ihn jetzt zu einer Ergebenheit und Achtung, die nicht zu erwarten waren; die uralten Symbole bezähmen ihn: Die Kreuze, auf die sie an diesem Abend entlang des Weges gestoßen waren, und die Gipsjungfrau, weiß wie unberührter Schnee vor dem makellosen Weiß an der Wand ...

»Auf, meine Kinder, unterhaltet euch, sprecht über die Dinge aus der Heimat, aus Etchézar«, sagt die Oberin zu Gracieuse und ihrem Bruder. »Und ja, wir werden euch allein lassen, wenn ihr wollt«, fügt sie hinzu und gibt Ramuntcho ein Zeichen, als wollte sie ihn mitnehmen.

»Oh, nein!«, protestiert Arrochkoa, »er soll bleiben! … Nein, er hält uns keineswegs davon ab …«

Und die kleine Nonne, die so tief verschleiert ist, wie es im Mittelalter Brauch war, neigt den Kopf noch mehr, damit ihre Augen unter der strengen Haube verborgen bleiben.

Die Tür bleibt offen, das Fenster bleibt offen; das Haus, die Dinge bewahren den Anschein absoluten Vertrauens, der absoluten Sicherheit vor Schändungen und Freveln. Jetzt decken zwei andere, sehr alte Schwestern einen kleinen Tisch, stellen zwei Gedecke darauf, bringen für Arrochkoa und seinen Freund ein kleines Abendessen, ein Brot, Käse, Kuchen, frühe Trauben von ihrem Spalier. Beim Auftischen sind sie von jugendlicher Ausgelassenheit, schwatzen fast wie Kinder – und all das wirkt ziemlich befremdlich neben den ungestümen Leidenschaften, die auch noch da sind, jedoch schweigen, sich zurückgedrängt fühlen, immer weiter in die Tiefe der Seele zurückgedrängt wie von Schlägen mit einer dumpfen, mit weißem Filz gedämpften Keule …

Und gegen ihren Willen sitzen sie sich jetzt am Tisch gegenüber, die beiden Schmuggler, haben dem Drängen nachgegeben und essen zerstreut die einfachen Speisen, die auf einem Tischtuch liegen, das so weiß ist wie die Wände. Mit ihren breiten, schwere Lasten gewohnten Schultern lehnen sie sich an die Rücken der kleinen Stühle, die in ihren zierlichen Holzrahmen knacken. Um sie her kommen und gehen die Schwestern, immer noch mit diesem leisen Geplauder und dem kindlichen

Kichern, das leicht gedämpft unter ihren Hauben hervordringt. Nur Schwester Marie-Angélique bleibt stumm und reglos: Sie steht neben ihrem sitzenden Bruder und hat ihre Hand auf seine kräftige Schulter gelegt; wie eine Heilige auf einem primitiven Kirchengemälde, so dünn wirkt sie neben ihm. Düster beobachtet Ramuntcho die beiden; bisher ist es ihm nicht gelungen, das Gesicht Gracieuse' richtig zu sehen, so streng verbirgt es die Flügelhaube, die es einfasst. Bruder und Schwester ähneln sich noch immer; in ihren Mandelaugen, die sich jedoch mehr denn je im Ausdruck unterscheiden, hat sich etwas unerklärlich Verbindendes erhalten, funkelt dieselbe Flamme, die ihn dazu bringt, in Abenteuern und Kraftakten zu schwelgen, und sie zu mystischen Träumereien, Selbstkasteiung und der Verneinung des Fleisches. Doch in dem Maße, wie er kräftig geworden ist, ist sie zart geworden: Sie hat bestimmt keinen Busen mehr und auch keine Hüften; das schwarze Gewand, das ihren Körper versteckt, fällt gerade an ihr herunter wie eine Hülle, die nichts Fleischliches mehr umschließt.

Und jetzt sieht sich das Liebespaar zum ersten Mal direkt ins Gesicht, Gracieuse und Ramuntcho; ihre Pupillen sind sich begegnet und richten sich aufeinander. Sie senkt nicht mehr den Kopf, als er sie ansieht; doch ihr Blick ist so, als käme er von unendlich weit her, als lägen unüberwindbare weiße Nebel zwischen ihnen, wie von der anderen Seite eines Abgrunds, von der anderen Seite des Todes; trotz seiner großen Zärtlichkeit bedeutet ihr Blick, dass sie wie abwesend ist, aufgebrochen in andere, ruhige und unerreichbare Welten … Und schließlich ist es Raymond, der, noch niedergeschlagener, seinen feurigen Blick vor den jungfräulichen Augen senkt.

Die Nonnen schwatzen weiter; sie würden die beiden gerne über Nacht in Amezquéta zurückhalten: Um diese Zeit sei es so dunkel, sagen sie, und Regen drohe … Der Priester, der gerade einem Kranken in den Bergen die Sterbesakramente spendet, wird zurückkommen; er kennt Arrochkoa von früher, von Etchézar, wo er Vikar war; es würde ihn freuen, ihm ein Zimmer im Pfarrhaus zu überlassen – und seinem Freund selbstverständlich auch …

Doch nein, Arrochkoa lehnt ab, nachdem er mit Ramuntcho einen ernsten, fragenden Blick getauscht hat. Es sei ihnen unmöglich, hier zu übernachten; sie wollten sogar gleich aufbrechen, nur noch ein paar letzte Worte wechseln, denn an der spanischen Grenze erwarte man sie bereits zu Geschäften …

Nachdem sie in ihrer großen tödlichen Not zuerst nichts zu sagen gewagt hat, beginnt Gracieuse nun, ihren Bruder auszufragen. Mal auf Baskisch, mal auf Französisch fragt sie nach denen, die sie für immer verlassen hat:

»Und wie geht es Mutter? Ist sie jetzt ganz allein im Haus, sogar nachts?«

»Oh nein!«, antwortet Arrochkoa, »die alte Catherine passt immer auf sie auf, und ich habe darauf bestanden, dass sie im Haus schläft.«

»Und wie geht es dem Kleinen von Arrochkoa? Ist er schon getauft? Wie heißt er? Bestimmt Laurent wie sein Großvater?«

Etchézar, ihr Dorf, liegt etwa sechzig Kilometer von Amezquéta entfernt in einem Landstrich, zu dem es nicht mehr Verbindungen gibt als in den vergangenen Jahrhunderten:

»Oh! Wie weit wir auch auseinander sind«, sagt die kleine Nonne, »manchmal erfahre ich trotzdem etwas von euch. So haben im letzten Monat Leute von hier auf dem Markt von Hasparren Frauen aus Etchézar getroffen; auf diese Weise habe ich … manches erfahren … An Ostern etwa hatte ich sehr gehofft, dich zu sehen; man hatte mir mitgeteilt, dass eine große Pelota-

Partie in Erricalde ausgetragen würde und du dort spielen würdest; da dachte ich, du fährst vielleicht weiter bis zu mir – und während der beiden Feiertage habe ich ziemlich oft durch das Fenster dort auf die Straße geschaut, ob du nicht kämst …«

Und sie deutet auf ein Fenster, das sehr weit oben auf die Dunkelheit in der wilden Landschaft hinausgeht – aus der eine gewaltige Stille aufsteigt, in die sich ab und zu Frühlingsklänge einschleichen, ab und zu Grillen und Laubfrösche singen.

Als er sie so ruhig sprechen hört, wo sie doch allem und allen entsagt, fühlt sich Ramuntcho verwirrt; ihre Veränderung kommt ihm noch viel unumstößlicher vor, der Abstand noch viel größer … Arme kleine Nonne! … Sie hieß Gracieuse; jetzt heißt sie Marie-Angélique und hat keine Familie mehr; sie hat hier alles Persönliche aufgegeben, lebt in diesem kleinen Haus mit den weißen Wänden ohne weltliche Hoffnung und vielleicht wunschlos – im Grund ist sie schon unterwegs in die Gefilde des großen Vergessens, die zum Tod gehören. Und doch lächelt sie jetzt, wirkt ganz und gar beruhigt, scheint nicht einmal zu leiden.

Arrochkoa blickt zu Ramuntcho, befragt ihn mit seinem durchdringenden Blick, der es gewohnt ist, dunkle Tiefen auszuloten – selbst von diesem unerwarteten Frieden bezähmt, begreift er genau, dass sein so kühner Gefährte es nicht mehr wagt, dass alle Pläne wanken, dass alles in sich zusammenfällt, nutzlos und vergeblich ist angesichts der unsichtbaren Mauer, die seine Schwester umgibt. Manchmal holt er seine Uhr heraus, weist darauf hin, dass es Zeit ist, zu gehen, wegen der Gefährten, die an der Grenze auf sie warten. Er hat es eilig, die Sache auf die eine oder andere Art zu beenden, den Zauber zu brechen oder sich ihm zu ergeben und vor ihm zu fliehen … Die Nonnen ahnen natürlich, wer seine Gefährten sind und warum sie warten, doch sie regen sich nicht darüber auf; selber Baskinnen,

Töchter und Enkelinnen von Basken, fließt Schmugglerblut in ihren Adern, und sie sind in diesen Dingen nachsichtig …

Dann spricht Gracieuse zum ersten Mal den Namen Ramuntcho aus; zwar wagt sie es trotzdem nicht, sich direkt an ihn zu wenden, doch ruhig lächelnd fragt sie ihren Bruder:

»Und ist Ramuntcho gerade *mit dir* unterwegs? Hat er sich bei uns niedergelassen, *arbeitet* ihr zusammen?«

Wieder tritt Stille ein, und Arrochkoa sieht Raymond an, damit er antwortet.

»Nein«, sagt dieser langsam und düster, »nein … ich, … ich breche morgen nach Amerika auf …«

Jedes Wort dieser Antwort ist einzeln und mit Härte betont worden, klingt nach innerem Aufruhr und ist eine Herausforderung in dieser merkwürdigen Ruhe. Die kleine Nonne stützt sich stärker auf die Schulter ihres Bruders, und Ramuntcho, der sich bewusst ist, wie tief sein Schlag sitzt, sieht sie an und umschlingt sie, von neuer Kühnheit ergriffen, mit seinem verführerischen Blick, der so anziehend und gefährlich ist, unter Aufbietung der letzten Kraft seines liebenden Herzens, seiner Jugend und Leidenschaft, die für Zärtlichkeiten und Umarmungen gemacht sind … In diesem Moment, während einer Minute des Zögerns, scheint das kleine Kloster zu zittern; es scheint, als wichen die weißen Kräfte in der Luft zurück, verflüchtigten sich wie trauriger, unwirklicher Qualm vor diesem jungen Herrscher, der gekommen ist, um ihr den triumphierenden Ruf des Lebens vor die Füße zu werfen. Und das Schweigen, das darauf folgt, ist das schwerste von allen, die dieses kleine, fast wortlos in Andeutungen gespielte Drama bereits unterbrochen haben.

Schließlich spricht Schwester Marie-Angélique, und sie richtet das Wort sogar an Ramuntcho. Und man könnte wirklich nicht mehr sagen, dass die Ankündigung dieser Abreise ihr ein allerletztes Mal das Herz zerrissen hat, noch dass sie unter diesem Blick eines Liebhabers am ganzen jungfräulichen Körper gezittert hat … Mit einer Stimme, die in ihrer Sanftheit nach und nach an Festigkeit gewinnt, sagt sie einfache Dinge wie zu irgendeinem Bekannten.

»Ach, ja! … Onkel Ignacio, nicht wahr? … Ich dachte schon immer, dass Ihr irgendwann dorthin gehen werdet, zu ihm … Wir alle werden zur Heiligen Jungfrau beten, damit sie Euch auf Eurer Reise begleitet …«

Und wieder senkt der Schmuggler den Kopf, da er genau spürt, dass alles aus ist, dass die kleine Gefährtin seiner Kindheit für immer verloren ist, dass man sie in einem unantastbaren Leichentuch begraben hat. Die Worte, mit der er ihr seine Liebe hatte sagen und sie umgarnen wollen, die Pläne, die er seit Monaten in seinem Kopf gewälzt hatte, all das erscheint ihm sinnlos, frevelhaft, undurchführbar, kindischer Trotz … Arrochkoa, der ihn aufmerksam beobachtet, steht übrigens unter demselben unwiderstehlichen, leichten Zauber; sie verstehen einander ohne Worte, sie müssen sich eingestehen, dass hier nichts zu machen ist, dass sie es niemals wagen würden …

Trotzdem blitzt noch eine menschliche Angst in den Augen von Schwester Marie-Angélique auf, als Arrochkoa sich zum endgültigen Aufbruch erhebt: Mit veränderter Stimme bittet sie ihn darum, noch einen Moment zu bleiben. Und Ramuntcho möchte augenblicklich vor ihr auf die Knie fallen, den Kopf an den Saum ihres Schleiers legen und all die Tränen schluchzen, die ihn ersticken, sie um Gnade bitten, auch die Oberin um Gnade bitten, die so sanft aussieht, und ihnen alles sagen, dass die Verlobte seiner Jugend seine ganze Hoffnung sei, sein Mut, sein Leben, und dass sie sich doch seiner erbarmen mögen, dass man sie ihm zurückgeben müsse, weil es ohne sie nichts mehr für ihn gebe … Alles unendlich Gute in seinem Herzen steigert sich jetzt in einem gewaltigen Bedürfnis zu flehen, in einer Anwandlung zum inständigen Gebet und zum Vertrauen in die Güte, in das Erbarmen der anderen …

Und, mein Gott, wer weiß, wenn er sich getraut hätte, dieses große Gebet reiner Liebe zu formulieren, wer weiß, was er dann alles an Güte, Zärtlichkeit und Menschlichkeit bei den armen Mädchen unter dem schwarzen Schleier geweckt hätte? … Vielleicht hätte ihn sogar die alte Oberin, diese vertrocknete alte Jungfer mit dem kindlichen Lächeln und den klaren, verständnisvollen Augen in ihre Arme geschlossen wie einen Sohn und – trotz der Regel, trotz der Gelübde – alles verstanden, ihm alles verziehen? Und vielleicht wäre ihm Gracieuse noch ohne Entführung, ohne Täuschung, fast mit der Absolution durch ihre Klostergefährtinnen zurückgegeben worden. Oder es wäre ihm, wenn das unmöglich war, wenigstens ein langer, tröstlicher Abschied gewährt worden, versüßt mit einem Kuss unkörperlicher Liebe …

Doch nein, er bleibt stumm auf seinem Stuhl sitzen. Selbst dieses Gebet kann er nicht sagen. Und nun ist es wirklich Zeit zu gehen. Arrochkoa ist schon aufgestanden, er wird unruhig, ruft ihn mit einer gebieterischen Kopfbewegung. Da richtet auch er sich in seiner stolzen Länge auf und nimmt seine Mütze, um ihm zu folgen. Sie bedanken sich für das kleine Nachtmahl, das sie bekommen haben, und wünschen mit leiser Stimme Guten Abend, wie schüchterne Jungen. Insgesamt waren diese beiden Hochmütigen den ganzen Besuch über sehr anständig, sehr respektvoll, beinahe ängstlich. Und dann gehen sie beide zwischen den weißen Wänden friedlich die Treppe hinunter, als wären nicht soeben alle Hoffnungen geplatzt, als ließe nicht einer von ihnen sein ganzes Leben hinter sich, während die gütigen Schwestern ihnen mit ihrer kleinen Lampe den Weg leuchten.

»Kommen Sie, Schwester Marie-Angélique«, schlägt die Oberin mit ihrer dünnen Kinderstimme vor. »Lassen Sie uns die beiden hinunterbegleiten bis …, bis ans Ende unserer Zufahrt, wissen Sie, an der Biegung zum Dorf …«

Ist sie eine alte Fee, die sich ihrer Macht sicher ist, oder ist sie nur eine einfache und ahnungslose Frau, die arglos mit dem großen, verzehrenden Feuer spielt? … Es ist vorbei, das Band zerrissen, der Abschied akzeptiert, der Kampf unter weißer Watte erstickt, und jetzt marschieren diese beiden, die sich abgöttisch liebten, da draußen nebeneinander durch die milde Frühlingsnacht! … durch die verführerische Liebesnacht unter dem jungen Blätterdach und durch das hohe Gras, zwischen all den aufsteigenden Säften, inmitten der überlegenen Triebkräfte des universellen Lebens.

In stillem Einverständnis gehen sie langsam, damit der Weg unter den Bäumen, durch diese köstliche Dunkelheit, länger dauert, beide stumm, mit dem brennenden Wunsch und der schrecklichen Angst davor, dass ihre Kleider sich streifen, ihre Hände sich berühren. Arrochkoa und die Oberin folgen ihnen auf dem Fuß, auch sie, ohne zu sprechen; die Nonnen in ihren Sandalen, die Schmuggler auf ihren Hanfsohlen gehen durch die süße Finsternis, lautlos wie Gespenster, und ihr seltsamer, langsamer kleiner Trauerzug steigt in Grabesstille zur Kutsche hinab. Stille auch überall im großen Dunkel ringsum, bis in die tiefsten Berge und Wälder hinein. Und am sternenlosen Himmel schlafen die dicken Wolkengebilde, schwer und voll des befruchtenden Wassers, auf das die Erde wartet und das am nächsten Tag herabregnen wird, damit die Wälder noch grüner werden, das Gras noch höher wächst; die großen Wolkengebilde über ihren Köpfen, die all die Pracht des südlichen Sommers bedecken, der sie in ihrer Kindheit, als sie ein Paar waren, so oft bezaubert, so oft betört

245

hat, die Ramuntcho aber bestimmt nie mehr wiedersehen und Gracieuse in Zukunft wie mit den Augen einer Toten betrachten wird, ohne sie zu begreifen oder wiederzuerkennen …

Niemand begegnet ihnen auf der schmalen, dunklen Allee, und das Dorf unten scheint schon zu schlafen. Auf einmal ist die Nacht da, ihr großes Mysterium, das sich überall, über die Berge und in den wilden Tälern, bis in die fernsten Winkel dieses einsamen Landstrichs erstreckt … Und wie einfach wäre es doch für die beiden jungen Männer, ihren Plan in dieser Einsamkeit auszuführen, mit dieser Kutsche, die da unten bereitsteht, und dem schnellen Pferd! …

Unterdessen gelangen die Liebenden, ohne miteinander gesprochen, ohne sich berührt zu haben, zu der Biegung des Weges, an der sie sich für immer verabschieden müssen. Die Kutsche wartet, von einem kleinen Jungen gehalten; die Lampe brennt, und das Pferd ist ungeduldig. Die Oberin bleibt stehen: Es waren, wie es scheint, die letzten Schritte des letzten Spaziergangs, den die beiden in dieser Welt miteinander machen werden – und diese alte Nonne weiß um ihre Macht, ohne Widerruf darüber zu entscheiden. Mit derselben zarten, dünnen, beinahe heiteren Stimme sagt sie:

»Nun, Schwester, verabschiedet Euch von den beiden.«

Und sie sagt dies mit der Selbstgewissheit einer Parze, deren Todesurteile unanfechtbar sind.

Tatsächlich versucht niemand, ihrem ungerührt gegebenen Befehl zu widerstehen. Besiegt ist der Rebell, oh! Ramuntcho, vollständig besiegt von den stillen weißen Mächten; noch zitternd vom stummen Kampf, der soeben in ihm zu Ende gegangen ist, lässt er willenlos und fast gedankenlos den Kopf hängen, als wäre er durch irgendeine Hexerei in Schlaf versetzt.

»Nun, Schwester, verabschiedet Euch von den beiden«, hat die friedliche alte Parze gesagt. Und als sie sieht, dass Gracieuse sich darauf beschränkt, Arrochkoas Hand zu nehmen, fügt sie hinzu:

»Geben Sie Ihrem Bruder denn keinen Kuss? ...«

Bestimmt hat die kleine Schwester Marie-Angélique nur darauf gewartet, ihn von ganzem Herzen, ganzer Seele zu küssen, zu umarmen, sich in dieser Stunde übermenschlichen Opfers, in der sie den Geliebten ohne ein liebes Wort ziehen lassen muss, an die Schulter des Bruders zu lehnen und dort Schutz zu suchen ... Trotzdem hatte ihr Kuss irgendetwas Grauenhaftes, etwas sofort Zurückgenommenes: der Kuss einer Nonne, der ein wenig dem Kuss einer Toten ähnelt ... Wann wird sie diesen Bruder wiedersehen, der indes das Land nicht verlässt? Wann wird sie auch nur Nachricht von ihrer Mutter, ihrem Haus, ihrem Dorf erhalten durch jemanden aus Etchézar, der hier vorbeikommt und haltmacht? ...

Ramuntcho wagt sie nicht einmal ihre kalte kleine Hand zu reichen, die auf die Perlen des Rosenkranzes an ihrem Kleid zurückfällt.

»Wir beten für Euch«, sagt sie noch zu ihm, »damit Euch die Heilige Jungfrau auf Eurer langen Reise beschützt.«

... Und dann gehen sie: Langsam kehren sie wie schweigende Schatten zu ihrem bescheidenen, vom Kreuz beschützten Kloster zurück. Und die beiden Bezähmten bleiben reglos stehen und blicken ihnen nach, als sie sich unter ihren Schleiern, die schwärzer sind als die Nacht unter den Bäumen, auf der dunklen Zufahrt entfernen.

Oh! Auch sie, die dort oben in der Finsternis der kleinen, im Schatten liegenden Anhöhe verschwindet, ist gebrochen. Aber nichtsdestoweniger bleibt sie wie durch beruhigende, weiße Dämpfe betäubt, und ihr ganzes Leid wird bald in einer Art Schlaf verebben. Morgen wird sie sich wieder gefasst haben und bis zum Lebensende ein seltsam einfaches Dasein führen: sich selbst aufgebend, eine Reihe täglicher Pflichten erfüllend, die sich nie ändern werden; untergegangen in einer Vereinigung nahezu neutraler Geschöpfe, die allem entsagt haben, wird sie, den Blick stets zu den süßen, himmlischen Trugbildern erhoben, wandeln können ...

O crux, ave, spes unica! ...

Ohne Abwechslung, ohne Ruhe bis ans Ende zwischen den weißen Wänden einer immer gleichen Zelle leben, mal hier, mal woanders, wie es einem fremden Willen beliebt, in irgendeinem dieser bescheidenen Dorfklöster, ohne dass Zeit bleibt, sich an das Dorf zu binden. Nichts Irdisches besitzen und nichts begehren, nichts erwarten und auf nichts hoffen. Die flüchtigen Stunden auf dieser Welt als Leere, als Übergang betrachten, und sich trotzdem von der Liebe befreit fühlen, ebenso wie vom Tod ... Das Geheimnis dieser Existenzen wird den jungen Männern, die für den täglichen Kampf gemacht sind, für immer unbegreiflich bleiben, diesen schönen Wesen des Instinkts und der Kraft, allen Begierden wehrlos ausgeliefert, dazu geschaffen, das Leben zu genießen und an ihm zu leiden, es zu lieben und zu mehren ...

O crux, ave, spes unica! ... Jetzt sind sie nicht mehr zu sehen, zurück in ihrem kleinen, einsamen Kloster.

Die beiden Männer haben nicht einmal ein Wort über ihr gescheitertes Unternehmen gewechselt, über den unklaren Grund, warum ihr Mut sie hier zum ersten Mal verlassen hat; fast schämen sie sich voreinander für ihre plötzliche und unüberwindbare Schüchternheit.

Einen Moment lang blieben ihre stolzen Köpfe den langsam entschwindenden Nonnen zugewandt: Jetzt sehen sie sich in der Dunkelheit an.

Ihre Wege trennen sich, wahrscheinlich für immer:

Arrochkoa übergibt seinem Freund die Zügel der kleinen Kutsche, die er ihm wie versprochen leiht:

»Es ist so weit, mein armer Ramuntcho! …«, sagt er fast formelhaft und wenig mitfühlend.

Und das unausgesprochene Ende seines Satzes bedeutet: »Geh nun, du hast deine Chance verpasst; und für mich ist es Zeit, die Kameraden warten schon …«

Raymond hätte ihn bei diesem großen Abschied gern aus ganzem Herzen in die Arme geschlossen – und er hätte bei dieser Umarmung des Bruders seiner Geliebten gewiss heiße Tränen geweint, die ihn zumindest für einen Moment ein wenig geheilt hätten.

Aber nein, Arrochkoa ist wieder der übel gelaunte Arrochkoa, der seelenlose gute Spieler, den nur das Wagnis interessiert. Zerstreut gibt er Ramuntcho die Hand:

»Nun denn, leb wohl! … Viel Glück dort drüben! …«

Und mit leisen Schritten macht er sich auf zu den Schmugglern an der Grenze, in der Dunkelheit, die so gut fürs Geschäft ist.

Raymond, der jetzt niemanden mehr hat auf der Welt, setzt mit einem Peitschenhieb das kleine Pferd aus den Bergen in Gang, das mit einem leisen Läuten seiner Glöckchen lostrabt … Der Zug, der in Aranotz hält, das Schiff, das in Bordeaux ablegt – instinktiv drängt es ihn, sie nicht zu verpassen. Automatisch beeilt er sich, auch wenn er nicht weiß, warum, wie ein Körper ohne Seele, der weiter einem alten Impuls folgt. Und obwohl er kein Ziel und keine Hoffnung mehr hat auf der Welt, dringt er sehr schnell ein in die wilde Landschaft, die dichten Wälder, in die tiefe Dunkelheit der Mainacht, die die Nonnen von ihrem hohen Fenster aus sehen …

Für ihn ist Schluss mit dem Baskenland, für immer; Schluss mit den köstlichen, süßen Träumen seiner Jugend. Er ist eine aus dem Boden des geliebten Baskenlands gerissene Pflanze, ein Entwurzelter, den ein Hauch von Abenteuer davonträgt.

In der Stille des ruhenden Waldes klingen die Glöckchen am Hals des Pferdes fröhlich: Der rasch dahineilende Laternenschein zeigt dem traurigen Fliehenden die Unterseite der Zweige, das frische Grün an den Eichen, am Wegrand die Blumen Frankreichs; in großen Abständen die Mauern eines vertrauten Weilers, einer kleinen Kirche – all diese Dinge wird er nie mehr wiedersehen, es sei denn, wenn alles gut geht, in einem sehr fernen Greisenalter …

Vor ihm liegt Amerika, das Exil, aus dem es wahrscheinlich keine Rückkehr gibt, das große Unbekannte voller Überraschungen, auf das er jetzt mutlos zusteuert: ein ganzes, bestimmt noch sehr langes Leben, in dem seine hier entwurzelte Seele dort drüben leiden und verhärten wird, in dem er seine Kraft wer weiß wo in unbekannten Arbeiten, unbekannten Kämpfen verausgaben und erschöpfen wird …

Oben, in ihrem kleinen Kloster, in ihrem kleinen Grab mit den weißen Wänden, rezitieren die Nonnen still ihre Abendgebete …

O crux, ave, spes unica! …

Nachtrag
Mit biografischer Skizze zur Entstehung von **Ramuntcho**

Im Spätherbst 1891 wird der französische Kapitänleutnant Julien Viaud im Alter von 41 Jahren in den Golf von Biskaya versetzt, um dort ein Kanonenboot im Einsatz an der Grenze zwischen Spanien und Frankreich zu übernehmen. Zu diesem Zeitpunkt ahnt er noch nicht, welchen Einfluss dieses Kommando auf sein weiteres Leben haben wird. Viaud ist indes nicht irgendein französischer Marineoffizier, vielmehr ist der 1867 bis 1870 an der legendären französischen Marineschule École Navale de Brest ausgebildete Offizier auf dem Höhepunkt einer beeindruckenden Doppelkarriere: Als Offizier war er bereits auf allen Weltmeeren unterwegs, hat viele damals noch wenig bekannte Gegenden bereist, exotische Landschaften und Kulturen kennengelernt; parallel dazu hat er für Pariser Journale Berichte von seinen Seereisen verfasst und aus seinen umfangreichen Tagebuchaufzeichnungen fortwährend Romane und Erzählungen destilliert, 14 Bücher bis zu dem Zeitpunkt, die ihn zu einem der bekanntesten französischen Schriftsteller des späten 19. Jahrhunderts machten, zunächst anonym veröffentlicht, dann unter dem Namen Pierre Loti. Tatsächlich war *Loti*, wie ihn der Überlieferung nach die tahitische Königin Pomaré IV. nannte, der Name einer Tropenblume, die sich auf Tahiti junge Mädchen ins Haar steckten. Zunächst also ein paar Wegmarken zu diesem beeindruckenden Doppelleben.

Lebenslauf eines Exoten

Julien Viaud, Sohn einer angesehenen Familie aus Rochefort-sur-Mer, der Vater hoher Finanzbeamter der Gemeinde, seit 250 Jahren ein bedeutender Marinestützpunkt mit dem größten Marinearsenal Frankreichs, war von kleiner Statur und ein typischer Spätling; seine geliebte Schwester Marie Bon, eine begabte Malerin, die ihn häufig porträtierte, war 19 Jahre älter, 14 Jahre älter sein verehrter Bruder Gustave, der als Arzt bei der Marine diente, viel in Ostasien und Ozeanien unterwegs war und vier Jahre auf Tahiti verbrachte.[1]

Zwei einschneidende Erfahrungen befördern die Entscheidung des jungen Julian Viaud, zur Marine zu gehen: 1865 stirbt sein Bruder auf See bei einem Einsatz im Golf von Bengalen, 1866 wird sein Vater fälschlicherweise der Unterschlagung angeklagt und verbringt einige Zeit im Gefängnis. Als sich 1868 seine Unschuld herausstellt, ist die Familie bereits finanziell ruiniert, 1870 stirbt der Vater gebrochen und verarmt.

Nach Abschluss seiner Ausbildung wird Viaud während des deutsch-französischen Kriegs 1870 zunächst auf der Korvette *Decrès* im Nordatlantik und in der Ostsee eingesetzt. 1871 reist er dann auf der *Vaudreuil* erstmals in die südliche Hemisphäre bis Patagonien, 1872 ist er in Ozeanien unterwegs, auf den Osterinseln, er schreibt die ersten Artikel mit Reiseberichten, die

---

[1] Von Gustave Viaud stammen die allerersten Fotoaufnahmen Tahitis und des Archipels der Gesellschaftsinseln, wie Patrick Deville in seinem Roman *Fenua*, Paris 2021, S. 11 ff. berichtet.

in Pariser Zeitungen veröffentlicht werden, und verbringt einige Monate auf Tahiti, wo er eine Liebesaffäre mit der Insulanerin *Rarahu* hat, die ihn zu seinem ersten Roman anregt. Viaud veröffentlicht den Roman aber erst 1880, und das anonym, doch im Titel benutzt er erstmals den Namen Loti: Zunächst nach seiner Geliebten benannt, wird aus *Rarahu* nun *Le Mariage de Loti* (»Lotis Hochzeit«), sein erster großer Erfolg, ein Bestseller, der 10 Jahre später schon die 28. Auflage erlebt.

1873 wird Viaud auf der *Pétrel* in den Senegal geschickt. Sein dortiger Aufenthalt bildet die Grundlage zu seinem *Roman eines Spahi*, der 1881 dann unter dem Pseudonym Pierre Loti erscheint, das er von da an für alle Publikationen verwendet. Ab 1875 ist er auf einem Einsatz an Bord der *Couronne* im Östlichen Mittelmeer und im Vorderen Orient, wo er sich 1876 in Konstantinopel/Istanbul unsterblich in eine junge Orientalin namens Hatice verliebt, die zum Vorbild des Romans *Aziyadé* wird. Als man ihn nach Frankreich zurückbeordert, verspricht Loti seiner Geliebten, sie später zu sich zu holen. Einsam und vergeblich wartet Hatice darauf, dass Loti sein Versprechen erfüllt, und stirbt einige Jahre später an gebrochenem Herzen wie Lotis Romanfigur. Der Roman erscheint Anfang 1879 anonym und wird zunächst kaum verkauft.

Ende der 70er-Jahre des 19. Jahrhunderts wird Loti in Paris in den Salon der Schauspielerin Sarah Bernard und die mondänen Pariser Kreise eingeführt, in denen der kleine, aber kräftige junge Offizier bald als Exzentriker auffällt. Er lernt Alphonse Daudet kennen, der einer seiner besten Freunde wird. Doch Loti bleibt auf Distanz zum Tout-Paris, zumal er meist mit der Marine unterwegs ist. Zwischendurch ist er Mitte der 80er-Jahre immer wieder in der Bretagne stationiert, wo er sich für das Leben der einfachen Fischer interessiert. Zu einigen pflegt er intensive Männerfreundschaften, so zu dem Fischer Pierre Le Cor aus Lorient. Auch diese Erlebnisse und Erfahrungen finden ihren literarischen Widerhall, so in den Romanen *Mein Bruder Yves* (1883) und *Die Islandfischer* (1886).

1883 nimmt Viaud an Bord der Panzerkorvette *Atalante* an der Tonkin-Kampagne und an den Kämpfen um Huë teil; seine ungeschminkten Berichte über die Grausamkeiten des Kolonialkriegs im Pariser *Le Figaro* erregen Aufsehen, beim Militär entbrennt eine Diskussion über seine Artikel, bei der Heeresführung sieht man sich durch seine schriftstellerische Tätigkeit diffamiert. Er wird ins Mutterland zurückberufen und für zwei Jahre in seiner Heimatstadt stationiert. Fast ein Karriereknick, doch Loti hat gewichtige Fürsprecher in den höchsten kulturellen Kreisen ebenso wie bei der Marine. 1885 schickt man ihn an Bord der *Mytho* wieder nach Fernost, er nimmt am letzten Feldzug gegen China teil und hält sich längere Zeit in Japan auf. In Nagasaki geht er eine »Ein-Tages-Ehe« mit einer jungen Japanerin ein – vor diesem Hintergrund spielt sein nächster Roman, *Madame Chrysanthème*, der 1887 erscheint. 1889 ist er als Adjutant auf diplomatischer Mission in Marokko. Mit *Au Maroc* (dt. »Im Zeichen der Sahara«) erscheint sein erster großer Reisebericht, viele andere über China, Japan, Palästina, Persien, die Türkei, Indien, Ägypten, Kambodscha werden folgen, die seinen Ruf als führenden Autor des französischen Exotismus begründen.

Dazwischen heiratet er 1886 in Rochefort, ein erster Sohn stirbt 1887 bei der Geburt, sein zweiter Sohn, Samuel getauft wie der erste, kommt 1889 zur Welt. 1890 erscheint der *Roman eines Kindes*, geschrieben auf Anregung einer Bewunderin, der deutschstämmigen Schriftstellerin Carmen Sylva, ein Pseudonym, hinter dem die Königin Elisabeta von Rumänien, geborene Prinzessin Elisabeth zu Wied steckte, die seine *Islandfischer* als Erste ins Deutsche übertragen hat und die er mehrmals in Bukarest besuchte.

Besonders diesem sehr schnell in viele Sprachen übersetzten Roman verdankt Pierre Loti seinen riesigen Erfolg. Nach und nach werden auch seine anderen Bücher zu Bestsellern, allen voran *Aziyadé*, und machen ihn zu einem der meistgelesenen Autoren seiner Zeit. Der kommerzielle Erfolg verschafft Loti die Unabhängigkeit und das Vermögen, die er braucht, um das Haus seiner Eltern auszubauen. Stück für Stück vergrößert und erweitert er es durch Zukäufe der benachbarten Anliegen, um seinem Geschmack am Exotischen, an Dekor und Kostümierung zu huldigen, indem er Räume und Säle nach all den Gegenden und Kulturen umbauen und ausstatten lässt, die ihn faszinieren. So gibt es in dem Haus, das bald als »Maison Pierre Loti« berühmt wird (heute ist es ein Museum, leider jedoch wegen groß angelegter Restaurierungsarbeiten seit Jahren geschlossen), unter anderem ein arabisches Zimmer, einen türkischen Salon, einen Saal, der innen komplett wie eine Moschee gestaltet ist, einen chinesischen Saal, eine japanische Pagode, ein chinesisches Herrenzimmer, einen Theatersaal in altägyptischem Dekor, ein Mumien-Zimmer, einen Renaissance-Saal, einen gotischen Saal, einen römisch-kaiserlichen Saal und, seit 1907, ein Minarett. In diesem Dekor veranstaltet Loti rauschende Kostümfeste, Maskenbälle und Theatervorstellungen, zu denen er Pariser Freunde, Künstler, Musiker und Literaten, aber auch Verwandte, Freunde und Bekannte aus Rochefort und Umgebung einlädt.

Raymond, Ramón, Ramuntcho

1891 ist ein entscheidendes Jahr im Leben Pierre Lotis: Im Mai
wird er in die Académie Française gewählt, nach einer knappen
Entscheidung gegen Émile Zola, was er als Sieg über den Natu-
ralismus in der Literatur feiert. Im Dezember überträgt man
ihm für 18 Monate das Kommando über das Kanonenboot *Le
Javelot*, das vor der Trichtermündung des Grenzflusses Bidassoa
vom Hafen Hendaye aus die Grenze zu Spanien überwacht.
So langweilig ihm dieser Einsatz zunächst vorkommt, er nutzt
seine freie Zeit, um an Land zu gehen und das Baskenland zu
erkunden. Dabei hilft ihm die baldige Bekanntschaft mit einem
exzentrischen Ehepaar, das sich 1860 vom Pariser Architekten
Viollet-le-Duc bei Hendaye ein Schloss im neogotischen Stil
hat bauen lassen: Marie d'Abbadie d'Arrast (1837–1913) ist eine
protestantische Schriftstellerin, Philanthropin, Menschenrecht-
lerin und frühe Feministin, die 1857 Charles d'Abbadie d'Arrast
heiratet, der aus einer alteingesessenen baskischen Adelsfamilie
stammt. Ab 1892 ist Loti häufig Gast der beiden auf Schloss
Etchauz und wird von ihnen ins baskische Leben eingeführt, mit
Land und Leuten bekannt gemacht.

Loti fängt Feuer. Er begeistert sich für die baskische Bergland-
schaft ebenso wie für die baskische Lebensweise. Während die
mondäne Welt in den Seebädern an der Küste verharrt, streift
Loti durchs baskische Hinterland, durch die Täler und über die
Berge rund um *La Rhune*, den mit fast 1000 Metern höchsten
Gipfel auf französischer Seite, von dem aus man bei klarem Wet-

ter das halbe Baskenland und die Küste der Biskaya überblickt, und nächtigt in den Gasthäusern der Schmuggler. Mit einem von ihnen, Otharré Borda, freundet er sich an, begleitet ihn ungeachtet seiner Zugehörigkeit zum grenzschützenden Militär zumindest auf französischer Seite bei einigen Schmuggeltouren, lässt sich von ihm die entlegenen Dörfer und kleinen Klöster zeigen. Otharré Borda ist zudem ein bekannter Pelota-Spieler und führt Loti in dieses Spiel und seine verschiedenen Varianten ein, das aus dem mittelalterlichen Jeu de Paume entstanden und bis heute baskischer Nationalsport ist. Ebenso lernt Loti den *Fandango* kennen, einen rauschhaften Tanz, und den *Irrintzina*, jenen hohen Schrei, mit dem sich die baskischen Hirten über Berge und Täler hinweg verständigen.

Dem weit gereisten Franzosen erscheint das Baskenland mit seiner wilden, urwüchsigen Natur nicht weniger exotisch als Tahiti oder Japan. Er ist von den dschungelartigen Wäldern und den tiefen Taleinschnitten mit ihren Wildbächen ebenso fasziniert wie vom einfachen Leben der Bauern auf ihren Pachthöfen, das noch ganz dem Lauf der Jahreszeiten und den Regeln des katholischen Glaubens folgt – mit einer ausgeprägten Trennung der Lebensbereiche von Männern und Frauen –, und von den baskischen Häusern mit ihren stets blendend weiß gekalkten Wänden, ihren ochsenblutrot oder dunkelgrün gestrichenen Fachwerkbalken, Fensterläden und Holzbalkonen. Überall hängen unter den Dachüberständen und vom Balkon die leuchtend roten Stränge der zum Trocknen aufgefädelten Schoten des *Piment d'Espelette*, und in den Dörfern und um die Höfe herrscht eine Ordnung, die eher an preußische Disziplin und Schweizer Uhrwerk als an französisches Laissez-faire erinnert.

Der klein geratene Pierre Loti frönt einem ausgesprochenen Männlichkeitskult, inszeniert sich in seinen Kostümen und Rollenspielen gern als Pascha, Wüstenscheich, ägyptische Gottheit, furchterregender Sarazene oder Mandarin, er lässt sich auch fast nackt wie ein Sumo-Ringer als Muskelmann ablichten, er turnt, fährt Rad und spielt Pelota. Aber nicht nur ihrer stählernen Muskelkraft wegen ist Loti von den baskischen Pelota-Spielern und Schmugglern, die ihre schweren Waren bei Wind und Wetter in 40-kg-Kisten zu Fuß über die Berge schleppen, ebenso hingerissen wie von den bretonischen Fischern; er bewundert auch das aufregende Leben der Pelota-Spieler, von denen die besten schon damals Profis sind, die von ihrem Sport leben können wie Otharré Borda – manche spielen sogar auf dem amerikanischen Kontinent, machen dort ein Vermögen und kehren als gefeierte Sportler zurück, bei den Olympischen Spielen 1900 in Paris ist Pelota sogar olympische Disziplin. Auch das abenteuerliche Leben der Schmuggler fasziniert ihn, für die es keine Grenzen zu geben scheint und die das Katz-und-Maus-Spiel mit den Grenzbeamten fast wie einen Sport betreiben und nicht nur, um Geschäfte zu machen, denn diese bringen, wie Loti betont, oft weniger ein als andere handwerkliche oder bäuerliche Tätigkeiten.

Zurück in Rochefort, beginnt Loti im Herbst 1893 mit seinem baskischen Roman, den er drei Jahre später, ebenfalls im November, beendet. In seinem Tagebuch notiert er: »*Dienstag, 1. November 1893. – Ruhiger Tag, leuchtend hell und kalt. Große Melancholie des welken Laubs, der abgestorbenen Dinge … In der Einsamkeit meines Arbeitszimmers entwerfe ich den Plan für* Ramuntcho *und beginne [den Roman], der vielleicht meine große Zuflucht vor der endlosen Tristesse dieses Winters sein wird.*«[1] Aus Begeisterung für das

---

[1] Pierre Loti, *Tagebuch,* zit. n. André Moulis, »Genèse de Ramuntcho«, in: *Littératures* Nr. 12, Toulouse 1965, S. 55.

Baskenland und vielleicht auch, um seiner Tristesse in Rochefort zu entfliehen, mietet Loti nach Ende seiner Mission auf der *Javelot* in Hendaya ein Fischerhäuschen über der Bidassoa-Mündung mit Blick auf den Atlantik, dem er den baskischen Namen *Bakhar-Etchéa* gibt, das »Haus des Einsiedlers«, das er einige Jahre später erwirbt und ausbauen lässt. Zeit seines Lebens zieht er sich mehrmals im Jahr dorthin zurück, um allein zu sein. Auch dort schreibt er weiter an *Ramuntcho*, ebenso wie im *Hotel de La Rhune* in Ascain, das direkt neben einer Pelota-Wand, dem *Frontón*, am Hauptplatz des Dorfes liegt, heute die Place Pierre Loti (in seinem Gästezimmer mit der Nr. 21 kann man heute noch logieren).

Die Handlung des Romans lässt sich kurz zusammenfassen: Der junge Raymond, spanisch Ramón, baskisch Ramuntcho, unehelicher Sohn eines unbekannten Vaters und einer Baskin namens Franchita, Tischlergeselle, hauptsächlich aber Schmuggler in der Bande des alten Itchoua und erfolgreicher Pelota-Spieler, liebt Gracieuse, baskisch Gratchutcha, Tochter von Dolorès, der Witwe eines französischen Grenzpolizisten. Seit ihrer Schulzeit sind Franchita und Dolorès verfeindet, Dolorès verachtet Ramuntchos Mutter für ihren »Fehltritt« und will nicht zulassen, dass ihre Tochter einen »Bastard« heiratet. Gracieuse liebt zwar ihren Ramuntcho, verbringt aber auch viel Zeit singend und betend mit den frommen »Schwestern« und ist stark eingenommen von all den Mythen und Riten. Um eine Heirat überhaupt möglich zu machen, muss Ramuntcho, da er einen unbekannten Vater hat, in Frankreich erst richtig eingebürgert werden, und das geht nur, indem er drei Jahre Militärdienst absolviert. Als er danach in sein Heimatdorf Etchézar zurückkommt, lebt Gracieuse in einem Kloster. Ob sie freien Willens oder unter Druck Nonne gewor-

den ist, bleibt offen. Ramuntcho plant jedenfalls, sie dort heraus-
zuholen und mit ihr nach Amerika auszuwandern, notfalls auch,
sie zu entführen mithilfe von Gracieuse' Bruder Arrochkoa. Der
ist sein alter Jugendfreund und Pelota-Partner, ein etwas undurchsichtiger und unzuverlässiger Bursche, der bei den Schmuggelgeschäften Itchouas nicht aus wirtschaftlicher Notwendigkeit, sondern aus Lust am Abenteuer mitmacht. Als die beiden nach einer
Tagesreise tief in den Pyrenäen im Kloster von Amezqueta
ankommen, stellt sich heraus, dass Schwester Marie-Angélique,
wie Gracieuse inzwischen heißt, lieber bei den Nonnen bleiben
möchte. Aus Respekt vor der andächtigen Haltung des Mäd-
chens lassen die beiden schließlich von ihrem Vorhaben ab, und
Ramuntcho macht sich enttäuscht und verzweifelt allein auf den
Weg nach Amerika.

Der Roman folgt strukturell dem Lauf der Jahreszeiten,
beginnt und endet – wie Loti mit dem Schreiben – im Spätherbst.
Wie in seinen früheren Romanen beschreibt und schildert er die
unbändige Natur in ihrem Werden, Wachsen, Erblühen und
Verblühen, die unterschiedlichen Wetterlagen und ihre Auswir-
kungen auf das alltägliche Leben der Basken mit einer unglaub-
lichen Genauigkeit und Empfindsamkeit, sodass Kritiker schon
zu seiner Zeit von den »Farbfotos« sprechen, die Loti mit seiner
Sprache evoziert. Tatsächlich schöpft er aus eigener Anschauung,
aus eigenem Erleben – viele Passagen des Romans hat er nahezu
unverändert aus seinen Tagebuchnotizen übernommen.

Doch Loti begnügt sich nicht damit, baskisches Leben in seinen Roman zu bringen, er will auch etwas von sich ins baskische Leben einbringen, für eine baskische Nachkommenschaft
sorgen: »*Ich komme [ins Baskenland], um neues Leben zu erschaffen,
um mir ein junges Mädchen zu suchen, das die Mutter von mir stam-
mender Kinder werden soll, damit ich mich im Mysterium neuer Inkar-*

nationen fortpflanzen, ausweiten, neu ersinnen kann, denn ich fühle mich voller Lebenswillen, Kraft und Jugend.«[1] Bei der Suche nach der geeigneten »Nebenfrau« ist ihm sein baskischer Arzt und Freund Doktor Durruty behilflich, und nach verschiedenen Anläufen fällt Lotis Wahl auf eine 27-jährige, schwarzhaarige Baskin namens Crucita Gainza, die er verführen und nach einigem Hin und Her – unter anderem will sie gleich wieder mit ihm brechen, als sie erfährt, dass er als Protestant geboren ist – in einem Vorort von Rochefort unterbringen kann, in einem Haus, das er extra für sie erwirbt. Crucita war nicht Lotis große Liebe, vielmehr begegnete er ihr *»mit Vertrauen und Zuneigung, was besser ist, da ich sie ja vor allem nehme, damit sie die Mutter meiner Kinder wird«*.[2] Und so bringt Crucita nach einigem Zögern – *»unsere fleischliche Heirat wird ihrem Wunsch gemäß erst nach vierzehn Tagen der Prüfung stattfinden …«*[3] – im Juni 1895 Lotis erstes uneheliches Kind zur Welt, ein Sohn, den er tatsächlich auf den Namen Raymond/ Ramuntcho taufen lässt.[4] Wie stark die Engführung zwischen Fiktion und Wirklichkeit bei Loti ist, kann man an seiner Wahl und Verwendung der Namen sehen. So stehen im letzten, in der französischen Nationalbibliothek archivierten Manuskript noch die Namen der Vorbilder seiner Romanfiguren, Franchita heißt noch Crucita, Arrochkoa noch Otharré; das fiktive Dorf Etchézar ist noch Sare oder Ascain, der Gizune noch La Rhune,

---

[1] Loti, Tagebuch, op. cit., S. 107.
[2] Ibid., S. 110.
[3] Ibid., S. 111.
[4] In späteren Jahren bringt Crucita noch drei weitere Söhne von Loti zur Welt. Raymond stirbt 1926, in jungen Jahren, die beiden letzten Söhne sogar unmittelbar oder kurz nach der Geburt, nur der zweite, 1897 geborene Alphonse-Lucien, genannt Edmond, lebt bis 1975 und hat selbst zwei Kinder.

das Kloster von Amezqueta lag noch im realen Méharin. Den Orten des Geschehens hat Loti, auch wenn sie vorhandenen Vorbildern folgen, sprechende und vor allem schillernde baskische Namen gegeben: Mendichoco bedeutet Bergsattel, Aranotz ist die kalte Ebene, Oyanzabal der große Wald, Urubil meint nahe am Wasser, Amezqueta, wo sich das Kloster befindet, heißt Land der Träume[1] ... Einen entsprechenden Namen trägt auch Gracieuse, die Anmutige, Liebreizende, die im Kloster zu Marie-Angélique wird, der engelhaften Jungfrau.

War Pierre Loti in seinen früheren Romanen in gewisser Weise als Alter Ego seiner Protagonisten anwesend, so fehlt er augenscheinlich in Ramuntcho. Und doch hat er sich in diesen Roman eingeschrieben als den abwesenden Vater, den er auch im realen Leben verkörpert. Welcher Zwiespalt, welche inneren Widersprüche sich im Vater Loti aufgetan haben, davon zeugen seine Tagebücher, was es für seine »Nebenfrau« und ihre Söhne bedeutet haben mag, wird bei der Lektüre des Romans deutlich, der in den Schilderungen der Sorgen und Qualen, mit denen sich Ramuntcho und seine Mutter Franchita abplagen, kein Blatt vor den Mund nimmt.

Noch vor seiner fleischlichen Vereinigung mit Crucita ist Loti im Frühsommer 1894 auf der Suche nach spiritueller Erfahrung, nach einem mystischen Erweckungserlebnis ins Heilige Land gereist, doch selbst in Jerusalem hat der Atheist, wie seine Romanfigur Ramuntcho, nur den leeren Himmel gesehen – allerdings kehrt er als strammer Antisemit aus Palästina zurück. Auch diese Reise mündet in großartigen und berauschenden Reisebe-

---

[1] Die Übersetzungen folgen denen ins Französische von Patrick Besnier, dem Herausgeber der annotierten Taschenbuchausgabe von *Ramuntcho* 1990 bei Folio/Gallimard, in: *Notice,* S. 255 f.

richten: *Jerusalem* (1895) und *Galiläa* (1896). Sie bilden den Auftakt zu einer Vielzahl weiterer Veröffentlichungen von Reiseberichten, die er von seinen privaten Reisen ebenso wie von seinen militärischen Missionen mitbringt, Missionen, die ihn ab 1900 als Fregattenkapitän, ab 1906 als Kapitän zur See nach Indien, Persien, aber auch wieder nach China (Peking kurz nach Niederschlagung des Boxer-Aufstands), Korea, Japan, Kambodscha und mehrfach ins Osmanische Reich und nach Konstantinopel/ Istanbul führen. Nach seiner Pensionierung 1910 engagiert er sich zunehmend politisch für das Osmanische Reich und nachfolgend auch für die türkische Republik, deren einzigartige Kultur er durch den Westen, vom »bösen Hauch des Abendlands«, bedroht sieht. Obwohl altersbedingt aus der Marine entlassen, meldet sich der 64-jährige im Ersten Weltkrieg als Freiwilliger Aufgrund seines Drängens akzeptiert ihn das Heer schließlich als Verbindungsoffizier. Nach diplomatischen Missionen in Belgien und der Teilnahme an geheimen Verhandlungen mit der Hohen Pforte wird er zwischen 1916 und 1918 auch für Kurierdienste an der Front eingesetzt, lernt die Schützengräben im Elsass und in der Champagne kennen, veröffentlicht Artikel und mehrere Bücher über den Krieg, darunter *L'Horreur allemande* (1918).

Große Liebeserklärung an das Baskenland

Wenngleich manche der grandiosen Naturschilderungen Lotis an idyllische Schäferromane à la *Paul und Virginie*[1] erinnern, und manche Kommentatoren in der Handlung einen »Bildungsroman« entdecken, trifft beides nicht richtig zu: Die Handlung spielt sich zwar in einem abgeschotteten Naturraum ab, erfüllt sich aber nicht darin, denn das Liebespaar kommt nicht zusammen; zudem machen die Protagonisten keine wirklich Entwicklung durch. Loti liefert vielmehr zwei Zustandsbeschreibungen, einmal die Situation vor Ramuntchos Militärdienst – der erste Teil des Romans –, einmal die danach – der zweite Teil. Und von Idylle kann nur punktuell die Rede sein, etwa wenn Ramuntcho mit Gracieuse auf ihrer Gartenbank sitzt. Aber das dramatische Geschehen bot sich geradezu an für eine Bühnenfassung, die Loti 1907/08 dann auch schrieb, allerdings mit einem tragischen Ende, dem Tod von Gracieuse. Dem Stück war kein großer Erfolg beschieden, nach der Uraufführung am Pariser Odéon am 29. Februar 1908 folgten noch 20 Aufführungen, dann wurde es abgesetzt. Der Roman jedoch erlebt bis heute fortwährende Neuauflagen und -ausgaben, im Baskenland liegt er noch immer – als wäre er eine Art Nationalepos – in den Auslagen jeder Buchhandlung. Von 1918 bis 1959 gab es vier Verfilmun-

---

[1] Roman von Jacques Henri Bernardin de Saint-Pierre, erschienen 1788, der auf einer tropischen Insel spielt und zu den Lieblingsbüchern Alexander von Humboldts zählt. In gekürzter Version ist er bis heute eines der prägenden Kinderbücher Frankreichs.

gen, das Thema wurde in mehreren Chansons aufgegriffen, und der italienische Komponist Stefano Donaudy verarbeitete den Stoff 1921 zu einer Oper, der allerdings wie Lotis Theaterstück kein Erfolg beschieden war. Das Drama allein, ohne Land und Leute, ohne die grandiose Natur und Geografie des Baskenlands sind dann doch zu wenig für das Publikum.

Bereits 1893, nach Lotis erstem Kommando in Hendaye, beginnt sein Pariser Verleger Calman-Lévy mit der Edition seiner *Œuvres Complètes* in neun Bänden, die 1906 vorläufig abgeschlossen wird, dem Jahr, in dem Loti mit *Les Désenchantées* seinen letzten Roman veröffentlicht, den er zu schreiben beginnt, nachdem er 1904 Opfer eines Missbrauchs seiner Autorenschaft wird: Er sieht sich veranlasst zu einer Art Fortsetzung seines Romans *Aziyadé* und bedient sein Lesepublikum noch einmal mit seiner Mischung aus Exotik und zurückhaltender Erotik. Das Buch wird wieder ein Riesenerfolg, manche Kritiker halten es für seinen besten Roman überhaupt. Außerdem gelingt es Loti mit *Les Désenchantées*, dem Wunsch der nach ihrer Verheiratung meist eingesperrt lebenden Osmaninnen nach etwas mehr Freiheit und ein wenig Emanzipation Ausdruck zu verleihen. Tatsächlich ist diese Erinnerung, in gewisser Weise sogar Wiederbelebung seiner Liebe zu Hatice, noch einmal eine literarische Liebeserklärung an die Kultur und das Leben im osmanischen Reich. Genau das ist im Grunde genommen auch *Ramuntcho*: eine große Liebeserklärung an das Baskenland. Am 10. Juni 1923 stirbt Loti an den Folgen eines Schlaganfalls in seinem Einsiedler-Haus in Hendaye.

H. F.

Quellenangabe

Die Übersetzung folgt der von Loti unwesentlich überarbeiteten Ausgabe in den *Œuvres Complètes* bei Calman-Lévy von 1903. Alle Fußnoten im Text stammen vom Autor selbst.

Informationen und Hinweise für den Nachtrag sind dem Essay *Genèse de Ramuntcho* von André Moulis, Toulouse 1965, und dem Vorwort von Patrick Besniers zur Taschenbuchausgabe von Lotis *Ramuntcho*, Paris 1990, entnommen. Eine bedeutende Quelle war außerdem die wunderbare Beschreibung der »Maison Pierre Loti« mit vielen Abbildungen, *Chez Pierre Loti: Une maison d'écrivain-voyageur* von Alain Quella-Villéger, Poitiers, 2008.

Pierre Loti
1850 — 1923

»Die vorliegende Übersetzung wurde im Rahmen des Programms
›NEUSTART KULTUR‹ aus Mitteln der Beauftragten der Bundesregierung
für Kultur und Medien gefördert. Die Vergabe des Stipendiums erfolgte
durch den Deutschen Übersetzerfonds e.V. im Rahmen des Unterpro-
gramms ›extensiv initiativ‹. Verlag und Übersetzer danken den beteiligten
Institutionen für die großzügige Förderung.«

Die Beauftragte der Bundesregierung
für Kultur und Medien

1. Auflage 2021

Die Übersetzung folgt der von Loti unwesentlich überarbeiteten Ausgabe
in den *Œuvres Complètes* bei Calman-Lévy von 1903. Alle Fußnoten im Text
stammen vom Autor selbst.

Übersetzung aus dem Französischen: Holger Fock & Sabine Müller

Satz & Buchgestaltung: Dario Benassa, d.a.b.studio
Cover: Collage Dario Benassa »les pelotari«, Hommage an Paul Ordner

Druck: Friedrich Pustet GmbH & Co. KG

ISBN 978-3-03762-096-0